波西米亚楼

[美] 严歌苓 著

天津出版传媒集团
天津人民出版社

目录

波西米亚楼

非洲札记

苓珑心语

创作谈

波西米亚楼

波西米亚楼

“波西米亚”在英文中也是个形容词。比如我的一个画家朋友向我推荐一处住所时用种赞许的口气说：“那幢楼你我这类人会喜欢的—— 特‘波西米亚’！”他指的“这类人”，意思是挣扎中的艺术家。我被这位画家带到了这座“波西米亚”公寓里，发现它的确和意大利歌剧《波西米亚人》的布景有一丝相仿。楼是普通的四十年代公寓楼，但内部装潢却很奇特：粗粝的原木门窗，墙壁的砖石垒砌全然裸露，壁炉也是精心设计出的笨拙，两张荡椅被粗大的铁链吊在横椽上。所有的家具都显出质朴和灰暗的调子，楼中的气氛因此也就是沉重而忧郁，透着一层无可言状的怀旧情绪。我立马喜爱上了这座公寓楼。它似乎是逃遁现代物质文明的一个避难所，也有一层对强大无情的美国主流社会叛逆以及自我流放的意思。

房东太太接待了我。我与她达成了房租上的协议：一月六百美元，包括家具、电视。六百美元的房租对六年前还是穷学生的我，无疑是个沉重的数字，亦可见这里每一点貌似的朴素与陈旧都相当昂贵。它使我明白由无产阶级到资产阶级再到无产阶级这样一种非寻常的意识形态的进化：从物质贫乏到物质富有是人自身的一次解放，而从物质丰富再返回所谓的简陋则是人的又一次解放。第二次解放大部分取决于人的自由选择，亦在于人的人生态度、审美观。房东太太六十岁左右，常把“庸俗”挂在嘴上，有次问她的“庸俗”定义何在，她说：“假花固然是一种庸俗。但对我来说，庸俗是一个人开辆豪华奔驰车，但连买本书的钱也花不痛快。”

公寓楼里果然没有开奔驰的阶级代表。十二家房客有一位画家、三个作家（包括我自己）、一个影评者、一个教授，剩下的，都是职业面貌模糊的人们。比如，珍妮在一个非营利组织做半工，那个组织为贫困户提供低价住房，但珍妮也同时做好几份杂事，编写教会印刷物之类，因此她对一生只学一门本事，以那专一的本事谋求一生粮草的人十分不屑。

珍妮的本名当然不叫珍妮。正如楼中一位心理学教授为他所有就诊者保密，我也不能透露珍妮的真实姓名。据房东太太说，珍妮是在两年前的一个半夜投奔上门的。房东太太很乐意把自己的“波西米亚”楼当作女性心灵创伤的野战医院，凡有珍妮这样的突然投奔者，她一向不打听她的原因。在房东太太看来，原因无非那几桩：受了丈夫或男友的暴揍，或者陷入不可自拔的情感灾难，甚至有更难以启齿的精神创伤——家庭伦常所致的伤害。就像三楼的吉亚，一位绝顶美丽的黑姑娘，楼中相传她是受到公公的性骚扰而出逃的，而这位公公属于芝加哥最富有的黑人家族之一。究竟吉亚是什么身世，那位矮小的犹太心理学教授一定是清楚的，仅是同一幢楼的住户，就有三个是教授的固定就诊者，吉亚家就占两名：吉亚和她十岁的儿子。我后来写作的长篇小说《人寰》，那间心理诊室，其实就是照搬了教授的那间神秘、古怪，壁炉里总有温吞火苗的大房间。房客中仅有教授不宿在此地，他另有豪宅，只是因为喜爱这楼的“波西米亚”风味而租下最大一套房做诊室。

房东太太对任何投宿者都不收押金，也不与他们签租赁契约。她说她的直觉十分敏锐，一旦直觉认同某人，那人绝不会具有拖欠房租、吵闹、酗酒之类的习惯。房东太太经营这座“波西米亚”楼有十余年了，尚没有一个房客最终成为她直觉的意外。她说两年前珍妮在夜晚十一点半打了个电话来，说是一位朋友向她介绍了这个住所，她请求房东太太尽快接收她。珍妮是在当夜十二点半被房东太太的直觉检验合格当即接收的。房东太太说，珍妮当时说她只住一到两个月，很像是暂时避避难的样子，可她一住就住了两年多，而那种紧迫的避难感从未消退。房东太太长着淡蓝的眼睛、险峻的鼻子、小而敏感的嘴唇，是那类十分宽容又十分严格的人，而从严从宽的准则全在她的内心。比如她曾赶走一个医学院预科生，因为他暗暗揍过她的猫并且常常将粗俗不堪的音乐音量放得很大。但对楼道中时常飘散的一股大麻气味，她从来不加追究。那股淡淡的毒品气息给这波西米亚楼添了一丝消极和颓败之感，使我一搬进来就意识到这楼中的某人正经历某种不幸或企图抹拭曾经的某场不幸。也像所有无聊的小说家一样，我感到一切浅淡的不幸都是美丽的。

珍妮和我的交情开始在我迁居波西米亚楼的第二个月。她不能在自己房里抽烟，因为同租一套公寓的另一房客对香烟过敏。一天她歉意十足地说她在我窗外的阳台上抽了一支烟，希望我不介意。我说那阳台本来也半属公众：每个从露天楼梯下楼的人都必经此地。房东太太在那里摆了一张粗重的木长椅，也是意在给人歇息或相互交往的。珍妮脸微微一红，说她撒了谎，其实她在我窗外吸烟已有一个礼拜了。她说：“我一直等你抗议。”我笑道：“我一点都没有察觉！”她以她灰色的眼睛看了我一会儿问道：“你们中国人都这样随和吗？”我调侃一句，说假如我们不学得随和些，十多亿人是无法共同存活的。

第二天，珍妮手里拿着一束花，说是野地里采的。我奇怪地想：美国的一草一木都碰不得，碰一碰就是破坏环境保护，珍妮怎么采来这满满一把野矢车菊？她笑而不答，把花插在我的一个玻璃瓶里。从此后，珍妮和我在其他房客眼中就成了一对形影不离的朋友。她领我到各个实惠的食品店去买食物，也领我逛遍了橡树公园城的所有二手货商店。有次我夸赞她的一个发卡，一周后她买了个一模一样的给我。这时我已发现我不能随便夸赞珍妮的任何东西，她会不声不响记在心里，再满世界去为我寻觅。当她把一个我早已忘却的心愿突然实现——将一种护肤或护发或女性其他的用品突然呈到我眼前，四十岁的珍妮脸上会绽放出孩子式的烂漫笑容，她毫不掩饰自己的殷勤。房东太太有天对我说：“珍妮住在这里两年多了，从来没有接近任何一个人，也从来不让任何人进她的房间。”她老谋深算、意味深长地盯着我微笑。我不懂她是什么意思。

一个星期六的半夜，三楼的吉亚发出的一声呼救震撼了整个波西米亚楼。大家知道吉亚新交的牙买加男友又在揍吉亚的儿子了。牙买加人是个影评家，常组织全楼房客去看他中意的电影。谁也无法想象他在一扇门后的粗暴面目。我上到三楼就看见珍妮已站在吉亚门口，脸色由于愤怒而变得惨白。她用拳头擂着门喊牙买加人的名字：“你给我立刻开门！”这时的珍妮身上出现一种光与力，使我对她天性中的正义感以及我们中国人欣赏的仗义油然生出一股敬畏。她越是威严，嗓音便越是低沉，当她对牙买加人的喊话有了威逼成分时，珍妮用一种我从来没听过的低沉音色说："要我破门而入吗——你这杂种？！"

门打开了，珍妮身后已站着全楼的房客，全副睡装。吉亚领着儿子出来，自然而然便一头栽在珍妮肩上饮泣起来。这样一个白种女子和黑种女子相依的造型，在美国种族对立的历史上该有着深远意义。我为有珍妮这样的女友而自豪。珍妮对牙买加人说："你——你是该走的那位，吉亚和儿子留下。"牙买加人拿起自己的帽子灰溜溜地走了。几天后珍妮鄙薄地对我说："吉亚是没救的，又让牙买加人回来了。"

我和珍妮的友情正常、健康地发展下去。在眼见她怎样仲裁吉亚和牙买加人的纠纷之后，我感到自己变得脆弱了，把一些陈年的心灵创伤渐渐向她揭示。她静静地听着，明知我在拿这些隐秘心事与她交换，她却一字未提自己当初投奔这座波西米亚楼的缘由。她给了我一篇散文，主要是讲一个女孩经历怎样一场艰难、痛苦的记忆过滤，把那些致病致命的记忆滤去却又难以滤去。她说那是她二十年前写的。她的意思是告诉我，我想交换的秘密都在其中了。珍妮知道我每个星期必去我的中国女友家一次。在她家好好吃一顿中国餐再饱饱聊一场中国天。一回珍妮约我去参加露天画展，我从中国女友家打电话给珍妮说我会晚两个小时，因为我的中国女友跟我的谈话尚未尽兴。我回到波西米亚楼时正逢珍妮独自向外走。我叫她，她像听不见一样。我追上去问她怎么了，她眼里似乎有泪，还有一股类似嫉妒的火焰："你以为别人的时间都不值钱吗？想改变时间就改变吗？！"

我被她斥得一头雾水。她一个人去看露天画展回来，走到我门口，轻轻叩开我的门，低头说她不该那样对我，希望我原谅她。她悲哀的样子让我很不安，追着她来到她的居室。我马上惊呆了：她屋内的地板被一尺深的旧物淹没，有衣服、书本、纸张、信件、卡片……一股熏人的陈旧气味让我险些窒息。难怪珍妮从来不邀请任何人进她的房间。她无力地对我一笑，说：“一部分的我是瘫痪的，没法从旧事物里摆脱出来。” 我似乎一下忆起她二十年前用老式打字机写下的那篇散文。我近乎懂得了她所受的创伤在何处。

房东太太告诉我：“珍妮爱上你了。”我吓了一大跳。她说：“你看上去好像很恶心。”我想我当时的面部表情大概是恶心。房东太太又说：“这事从一开始我就看出来了。后来全楼的人都看出来了。”我说我是爱男人的女人。房东太太说：“那也不妨碍女人爱你。”我觉得这个事实令我吃不消。当晚我做了个可怕的梦：一个女性裸体压在我身上。它浅粉的白种人肌肤的质感那样清晰，就像珍妮和我坐在桑拿浴室里我所观察到的。我在梦里拼命挣扎扭打叫喊唾骂。第二天早上，珍妮和我照面时眼皮一垂，带些羞涩与愠怒。我心里大惊：我的梦似乎被她知道了！从此后珍妮对我像对所有房客一样，彬彬有礼，保持距离。

我为这事困惑得耐不住了，便去请教犹太心理教授，他诡秘地笑着，问我：“你确定那只是一个梦吗？”他马上说他绝不是在暗示什么。我想我无辜地在珍妮如山的陈旧记忆中又添了一份她想滤去却无法滤去的创伤。爱的那个永远像珍妮这样忍气吞声，被爱的那个永远可以不负责任，坐享情谊。爱和被爱就这样遥远、沉默地存在，都很无奈。

我结束学业后搬出波西米亚楼。一个中国刚来芝加哥的医科女学生向我打听租房行情，我马上推荐她去找房东太太。我对医科女学生说：“那楼特有情调，特波西米亚！”医科女学生不以为然。我又进一步蛊惑：“橡树公园城是有悠久艺术传统的地方，是海明威的诞生地！”她说：“海明威？”我说：“就是写《老人与海》的海明威呀！”她说她不认识。她看了房子后打电话给我：“这么贵的房租，里面墙上的砖都露在外面！”我还想就“波西米亚”再讲两句，转念，算了。如果一个人不懂它的情趣所在，怎么可能去经历甚至欣赏它中间那感伤的、怀旧的、微妙至极的人情味呢？它将对那个人是个浪费。

而珍妮的耗费和投入在我这里，绝对不是浪费，我透过偏见、遗憾，甚至同情，深深地记住了她。

芝加哥的警与匪

芝加哥的警察是全美有名的。再通过好莱坞电影好意或恶意的夸张，警察们就闻名了全球。他们以庞大的体积、易怒的脾性、不苟言笑（近乎凶狠）的面容、对人性恶的广博知识而体现的冷嘲而倦怠的眼神等享有盛名。当然，还以他们同 30 年代两位著名黑社会大佬奥克鹏与迪伦哲数次枪战，以他们从这些战役中建树的传统而闻名，而逐渐演化成了今天的这类近乎狰狞的警察面目。

我第一次领教芝加哥的警察是在一九九〇年秋天，我刚刚到达芝加哥的第二周。我的学校在市中心，白天东南西北都是繁华。一到夜幕垂降，便只剩乞丐、酒鬼和警察了。偶尔见到一些行色匆匆的人，便是我们这类上晚间课的学生。这天我走出地铁，发现白天的东南西北此刻都不算数了，我这边突突，那边撤撤，最后完全陷入了迷失。这时我看见马路对面走来一位女士，下半截脸缩在竖起的大衣领子里，步子干脆迅捷。我马上朝这位女职员模样的年轻女子迎上几步，用我胆怯的英文说：“Excuse me！”她倒退半步，大声道：“Leave me alone !”（“别打扰我”或“请走开”）我看着已成为背影的她，被她无来由的发作弄得很委屈。我说：“对不起，我只想……”她头也不回地说：“我也需要钱！我也还没吃晚饭呢！”原来她把我当作向她乞钱的人了。我洁白的羽绒服、浅蓝牛仔裤、黑发披肩，算不上时髦，可也不该像个乞丐吧？我还想追着她为自己平反，但想到就要开始的课，就作罢了。早听过人说芝加哥人的坏话，说他们暴躁无礼，这算有了验证。

原路又折回地铁，见一个晦暗的人影斜在墙角，我以更像倒霉蛋的理亏声音把我的问题向他提出。他说：“你已经在你的学校门口了，拐过这个街角就是。”我看见他两个银白的眼珠在一片暗淡中忽闪，心想好心人怎么都去做了乞丐。

我顺着乞丐指的方向往前走了几步，突然感觉有人跟了上来。回头，正是那影子般的乞丐。他对我说：“我能给你买个汉堡吗？”我非常惊异，说：“什么？！”他重复了他的话，也重复了那番快活语调。我告诉他我并不饿，谢谢他。他却锲而不舍了，追着我越来越快的脚步，话也越来越快。我想前面那位的不好客和这位的好客是否都正常？快到拐角处，两个彪形警察出现了，马上注视起我们这场荒谬的邀请和谢绝来。警察们真是高大呀，行走起来如两座移动的炮楼。

警察甲问我：“他想干什么？”

我说（一脸要哭出来的笑）：“他一定要请我吃一个汉堡。”

警察们面无表情地拦下了他。我往前走了一截，听见后面一声金属碰击“咔嗒”。回头，那位乞丐已被铐上了。他还想解释什么，警察请他闭嘴。警察的声音不大，也不凶，是种被此类人和事烦透了的懒洋洋的语调。乞丐在两个庞然的执法者手里显得毫无重量，像一堆碎布扎的。我想这不太公道，便忙折回来为他说情。我说："他并没有怎样我，只是想给我买一个汉堡啊！"

警察乙说："他打扰了你。"

我开始为他抱屈了，提高嗓音说："假如我不是急着赶去上课，说不定我会吃他一个汉堡呢！"

警察甲说："那你就赶你的课去吧。"

他们开始搜他全身，似乎并没搜出一个汉堡的钱。现在我看清乞丐的面貌了。一个很瘦的人，眼睛大得不近情理，里面竟有种近乎快活的目光。

我想我怎么也不能让他就这么给铐走了，我要进一步证明他的好意。警察甲却说："你闭嘴。我们可以决定他是否打扰了你。"我仍想强辩，但在他们那副杀人不眨眼的气概下立刻灰溜溜地走了。不久听身后传来乞丐的声音："芝加哥欢迎你！"……"保重啦！"……"回见！"……

"噢！别弄疼我呀！"

这位乞丐居然看出我是芝加哥的客人，因此他那番未兑现的款待还是合逻辑的。比起那位叫我别打扰她的女职员，乞丐显得动人多了。我也同时理解了女职员歇斯底里的反应，在这个时分的芝加哥，任何打扰都带有点恐怖色彩。

一天傍晚，我结束了下午的课乘地铁回住处。我租的公寓离地铁站仅有十分钟路程，并且在傍晚时分并不冷清。我走到离公寓十多米的时候，发现有人跟上了我。回头一看，只见一个十七八岁的男孩温和地冲我一笑。他个子不大，偏瘦削，气质中带一股文弱。我立刻打消了戒备，拿出钥匙打开公寓楼的大门。大门十分沉重，在我猛力拉它时，感觉自己的胳膊肘戳在了一个人身上。原来那个男孩也要进这座公寓。我想我大概碰痛了他，说：“对不起。”他微笑说：“没事。”非常礼貌的男孩。

这样我们就一同进了公寓，并一同步上昏暗的楼梯。我刚搬进此地不满一个月，没有闲暇了解左邻右舍。我在上到二楼时问他：“你也住这里？”

他含糊地“嗯”了一声。

然而他并没在二楼停住，一径跟着我往三楼去。三楼的人我大致熟识，便问：“你是跟那个画家学画的？……”未等我得到答复，我的脖子已被一条胳膊从侧后方扼住。我这才明白自己放进来的并不是个温雅男孩，而是个温雅盗匪。我十分冷静，拿出谈判态度说：“你是想要钱吧？”

他说：“是。”他将一件利器顶在我的腰上。大概是刀。我从书包里抽出一个信封，里面有五张二十元的钞票。我把信封递给他，说：“全在这儿了。回头你慢慢数。”他接过信封，那件利器又抵得深一些，说悄悄话似的对我说：“不许嚷，等我下楼以后再嚷。”

我说：“好的。”

他轻盈敏捷，一步三级地下楼去了。我当然不会等他逃远，马上大喊“救命”！此楼充盈着温暖灯光的家家户户全无反应。正是晚餐时分，每个家庭都围坐在餐桌边息声敛气地听着我凄厉的呼救声，同时用眼神相互制止援助行为：这图景是我事后想象的，它是我对芝加哥的一系列失望中较重大的一次失望。

年轻的抢劫者完成了逃亡之后，一位邻居带一丝羞惭对我说：“应该报警。”警察们在五分钟后到达，又是两个大汉，又是那副见多识广的慵懒模样。他们问了三遍前因后果。一个问，一个躬身在写字台上做记录。正常尺寸的写字台在他的身材对比下，顿时发生了比例差错。我一面述说经过，一面看那个伏在案上活受罪的巨人，那厚实庞大的臀部磐石一般，带有粉碎性的摧毁力，紧紧锁住它的裤子随时都有绽线的危机。

警察们认为错主要出在我这里：不该根据相貌、气质、衣着的体面程度来判断人的好与歹，因此他们对我缺乏同情是为我好。我想他们是有道理的，我对芝加哥的险恶远远没有觉悟。

第二天我来到邻里的警察站，从一本相册里辨认那个少年抢劫者。每一页都贴满了人的正面、侧面头像，密密麻麻的五官弄得我头晕眼花。我合上相册，对他们摇摇头。他们又拿来另一大册。几册看下来我要虚脱了。这个五官的海洋把我对那少年抢劫者最后的一点记忆淹没了。

那以后，我时而接到警方的电话，说新近逮捕了一批少年犯，问我可否配合他们，辨认出那个猎获过我的少年。我正为各门功课忙得不可开交，支支吾吾地推托了。我渐渐感到那一百元给我换来的是一连串不得清静的日子。抢劫者不知去向，警察们就只能逮住我。我第三次来到警察站，站在一扇玻璃窗后面看审讯，据说玻璃的那一面是看不见我的。这种所谓的“配合”使我忙碌的生活又添了许多忙碌。每次“配合”结束，我尽量让自己想开：我至少拿警察们练了英语。

学期进入了严冬，晚间课结束后已近深夜，脚步踩在厚雪上都有了异样的声响。一天夜里，四周静得诡异，我总觉得静谧中似乎不止我一个人的脚步声。我却不敢回头去证实是否有个心存歹意的人在和我暗中做伴。我开始奔跑，越是跑越感到另一双脚的足音。这时一辆汽车天降一般刹在我面前。两个巨人警察霎时出现在我身左身右。他们中的一个问：“你跑什么？！”

我这时发现那个跟踪者纯属我的臆想，警察们把一个无缘无故狂奔的人看成某种嫌疑者是很自然的。我大喘着说："没、没跑什么。"

另一位说："上车。"

我想，完了。他们冷漠地嚼着口香糖，为我拉开车门，我刚才一定跑得像个亡命徒在逃避捉拿，我知道跟警察犟嘴是讨苦头吃，只能招来更糟的待遇。我在车上坐得很乖，眼泪死噙在眼里：眼泪在他们看来不是眼泪，是伎俩。开车的警察突然问我："你住哪里？"口气很硬。

我战战兢兢说出地址，不一会儿，车停了。我一看，竟是我的公寓门前。"押"我的那个警察先下了车，替我拉开车门。他一尊金刚似的站在那里，直到我走进公寓大门，他那不动容的面孔使我连句感激的话都难以启齿。

我离开芝加哥后，常对人讲芝加哥给我的感受。我突然发现在自己描述芝加哥时含有类似怀恋的情绪。尤其当电影《绝命追杀令》在美国轰动后，我这个仇恨动作片的人也被 Tommy Lee Jones 扮演的警长震住了，他有着类似芝加哥警察的魅力。这魅力来自勇敢、冷酷、执法如山，还有那种为执法而杀人不眨眼的气概。还有，就是知道自己很不讨人喜欢而表现出的无奈的嘲意。

原来，我对芝加哥的感情，包括着我对于芝加哥警察的感情。

丹尼斯医生

这位医生的名字叫丹尼斯，是我从医疗保险公司的名册上找到的。丹尼斯这个姓听来有点雅，跟一个漂亮女性的名字“迪妮丝”发音接近，索尔·贝楼（Saul Bellow，犹太作家，诺贝尔文学奖得主）小说中的一个漂亮精明的妻子就叫此名。我就认定丹尼斯医生做我的家庭医生了。其实“常务”医生更接近他职责的性质，就是不管大病小痛，首先要去给他诊，由他诊出大概之后，再把你交到各科专家手里。专家是至“专”的，五脏六腑，从头到脚，从骨髓到皮表，好几十个行业的分工，名称也各是各，医脚气的专家也有很长的希腊文的专门名称。当然是不只治脚气，踝骨以下的都归他关照。并且美国人对脚气的看法也较为积极、正面，叫它“运动员脚”。比如肥的不叫肥胖，叫超重。据说商店里的衣服尺寸也改得较为鼓舞人心：特大号“XXL”不再往前头加“X”了，而把大得无以复加的形体尺寸叫做“Happy to Be Me”（我乐意做我自己）。在各种思潮都领先的柏克莱（美国唯一的劳工党当政的城市），对各种残疾的称谓更是祛除歧视的意味，比如一个驼背不可以叫他驼子，而叫他“被脊椎挑战的人”（Spinely Challenged）， 由此扩展向社会，若谁道德败坏，他便是“被伦理道德挑战的人”，这样便排除了任何成见，表现了柏克莱人的新概念和开明。

还来说我的医生丹尼斯，我只凭他姓氏给我的良好印象而选择了他。有一阵我失眠恶化，来到他的诊所。他和其他五个医生共同租用一幢平房，棕色仿木的建筑外体，看上去这个医生的小集体在时尚和审美上是十分老实的。走进去，护士请我到丹尼斯的一间检查室里等候。屋里基本是秃的，没有装饰。看来丹尼斯医生有个细腻名字的同时还有个求实精神。

我坐在那儿等丹尼斯医生的出现。不觉也就顺便想象他的模样、性情，一定是位细致而温存的男性，中年，却未超重。总之是很“常务”的医生，有种主妇的周到入微，安详体贴；总之是温文尔雅，同丹尼斯这姓氏不差太远的……正想得紧张，门“砰”地打开，一个拄双拐的老爷子在门口站立，一条腿裹着粗大的石膏，脚也被绷带缠得很大一坨。他身上披一件不太白的白大褂，于是石膏、绷带、两根加金属的木拐，连同那灰蒙蒙的耷拉着的白大褂使这老爷子每一个动作都拖泥带水。我想他必是丹尼斯医生的另一位候诊者了，便立刻站起，腾椅子给他。却听一个大嗓门说：“我们哪里不对劲？”这大嗓门竟属于这老头儿。他看看有七十好几，听听却不老不残。我一时愣着，挂一个无利无害的傻笑。我不懂他和我怎么就成了“我们”。

老头儿好不容易把自己的平衡调整好了，空出一只手，伸给我：“丹尼斯。”

我这个很会见风使舵的人居然会如此失教养地木讷，令我事后很悔。我尽量以柏克莱的“无歧视”精神来自我鼓舞，全身仍是由于失望过度而没了力气。他像是根本没看见我随时有可能找借口溜走，然后马上打电话请保险公司把我从丹尼斯老头的监护下挪出来。随便谁，爱谁是谁，不姓丹尼斯就好。在如此的心理冲突和沮丧中，我回答了例行的病史病例提问。

丹尼斯十分吃力地以一种杂技平衡鹤的站姿立着，把我的回答记录下来。在一本黄颜色带格的信纸上画着字，为将就他的老花眼他把字写得大而疏松。很快就写下去半个本子。其间他告诉我他如何出了车祸，手术如何完美。然后他强调地说：“你知道吗？我是个退休军医。”原来他的大嗓门和大动作都是军旅作风。

我不自觉地对老医生感兴趣起来，因为我也是个退役上尉，也因为他怎么看怎么不像个医治别人的人。不多久问到我的病症上，丹尼斯说：“睡不着觉？”我说失眠有十来年了。他立刻问：“想过自杀吗？”我连忙摇头，心想，真想过也不能告诉你。老医生认为不想自杀就是不大要紧的失眠。他说：“我给你个处方吧——睡觉前做爱。”可以想象我当时的神色。我像看着个老年痴呆症患者。“做爱是最好的催眠药。”他声音响得马路对面也听见了。像是给大兵训话，要不就像议员拉选票的演说。

我压着羞恼，保持脸部平静，别让人觉着我见识太短，连“做爱”作为偏方都接受不了。我在美国的头几年主要练一个本事：对任何词汇、行为、概念都藏起大惊小怪的样子。我认为对无论怎样怪诞奇异的事物面不改色是美国式的“好样儿的”，反之，就是土、古板、不够当代、不够世界化，也就是不“cool”。

当我从“自杀”和“做爱”两个词的精神余震中复原时，见老军医已经在做结束就诊的打点了。他合上笔记，把两根拐杖在胳肢窝下摆舒服，大声叫我到前台去结账并约定下次就诊时间，他还挺自信，他这么处理我，还坦然地等着“下回”。

我忙追问：“你给我开的药呢？”他说：“我不是给你开了‘做爱’吗？”我的好脾气撑不下去了，险些对他说：你还该回大兵营去，假如他们还收留你的话。我简洁有力地说：“我来看你，是为了得到医治，最起码是得到好点的安眠药。”“没门儿！”他说，“我不会给你开安眠药。越好的安眠药越坏。”

我说：“没有药我今天是不会走的。”既然我们都在军营里混过，我也就不考究语气了。美国俗话：做任何事都有一个正确方法和一个错误方法，还有用来区别对和错的“军队方法”。我就用这军队方法从丹尼斯那里逼来十颗药片。他命令我每次只吃半片，实在熬不住，再吃那半片。他声音虽依旧粗重，眼神却是自家姥爷式的，担忧而心疼地瞅着我。他其实在说这样的潜语：“你要乖点，晓得好歹，孩子。”

后来我先生去他那里做例行体检，回来就说丹尼斯是老怪物。在肛查时他自言自语地说：“你该为你的运气而高兴。我手指头特细，远近闻名的细——好多人慕名而来请我做肛查呢！”

在一次朋友聚会时，碰巧有个医生，他听说丹尼斯任我们的家庭医生时，说：“啊，他还活着！”

但我觉得他除了老，以及倚老卖老的出口粗鲁，在治病上还是无可挑剔的。只是他对安眠药的军阀式控制，很令我吃不消。我每次要逗着他说半天有关他孙子孙女的趣闻，才讨得几颗药片。他总说：“安眠药不是糖豆儿，你给我记清了。”

我还是决定辞掉丹尼斯。此后我投奔过两三个家庭医生。到一九九六年十一月，我才正式进入旧金山的“失眠中心”。给我诊断的失眠专家（他首先是一位精神病理学家）对我一面摇头一面说："假如你那些家庭医生在给你开安眠药时不那么慷慨，你的失眠不会恶化到今天这步田地。"意思就是，在安眠药上对我的娇纵，是这病的真正诱因之一，是医生们图在我这里找点清静，图省事，也就是不够负责使然。

我这才顿然想到了丹尼斯，五年前每给我一张安眠药处方时，他那不安抑或痛心的目光。我再次打开医生名册，却不见他的名字了。我不知这回他从哪个意义上退役了。

蛋铺里的安娜

一九九三年初，我回到芝加哥，打算把修了一半的艺术硕士课程修完。一九九二年秋天我在旧金山完婚，也算个“有家室之人”，该尽本分做妻子，至于回校读书，心里自然不很坦然。因此把自己读书期间的财政预算主动压得很低。朋友托朋友，找到一处房租低廉的居室。据说它最令人羡慕的长处是，方圆一英里之内，有地铁，有家“九毛九”百货店和一个“Egg Store”——芝加哥的中国留学生没有不知道这个著名的食品减价商场的。它分布在城市各个贫民住宅区，如同一个个食物急救站，能及时扑灭周围的饥饿。为什么给它取名叫“Egg Store”（蛋铺），我一直没考证出来。有人说它的源起是专卖鸡蛋的小铺。因为鸡蛋是美国最便宜的食品之一，所以在它拓展成为今天这样庞大的连锁二手货食品店时，仍沿用鸡蛋作为它物美价廉的象征。还有就是从复活节来的那层寓意：鸡蛋是复活节的主食。只要有鸡蛋的地方就有生命之孵化，生命之起死回生。因此，鸡蛋象征的是生命之早春。我比较赞同对“Egg Store”

的后一种注解。应把这个“蛋铺”改成“生命之春”食品商场——Spring of Life ：有生命弹跃而起之意，也有生命如泉喷涌之意。

我很快便跻身采购的人群中去了，也很快就碰到一个熟面孔。她先叫出我的名字，我才想起她是我在餐馆打工时的工友。她是陪读刑法博士的丈夫来美国的。听说她家早已搬到以白领阶级为主的近郊去了，不过她每个周末仍要走出自己的阶级，到蛋铺来采买一周的食物。我认识的许多留学生都是这样，毕了业就了职，房产汽车都齐了却仍折回“蛋铺”来买这些有残疾或欠标致的瓜果。或许这宽大简朴的店堂曾以它的丰盈消除过他们最基本的生存恐慌，他们对它的持续惠顾出于一种感恩心理；或许是在这里采买，好比在一座食物矿场里开掘，掘出什么都给人近似挖宝或历险的心理满足。或许仅仅因为留学生的本性——留学生是世界上最懂节俭的一种人，他们总是远远地回来。

走到奶制品一栏时，发现一个很瘦小的老太太坐在两大桶牛奶边上。“蛋铺”充满喜洋洋的各国语言，若不留心，绝不会听见这老人细弱的呻吟。她几乎是整个店铺中唯一的一个白面孔。美国人但凡有个体面收入，是耐不住性子来这里和各种肤色的移民打捞食物渣滓的，我还没走上前，就闻到一股奇特的气味从老妪身上泛起。

我问老太太哪里不妥，她哼哼着说：“我的脊梁要杀死我了！”我必须完全蹲得与她一样矮小才听得见她的话。我试着去拉她的手，她把那只手从我手里缩回，给了我另一只手。因为头一只手的手心里有几枚硬币。她像一截定了型的老藤一样，被我一点点抻直，眼看要直了，她尖利地惨叫一声，又缩回原来的形状。她身边搁着一个手推车，是专为老年人购物所设计的那种，只是它也老得如她一样变了形。

我把两大桶牛奶放到手推车上，从她婴儿一样尖细的期期艾艾中，我弄明白了，她在这儿佝缩了一个小时了，就是想把脊背的疼痛挨过去，再把两桶牛奶搬上车。我左手推着她的车，右手环过她的背，插在她的右腋下，等于将她的体重全挂在我的右臂上。我感到她整个人不比两桶牛奶重多少。我问她还需要买别的什么，她说不需要了，两桶牛奶足够她和她的家庭一周的过活了。我差点问：一周七天光靠牛奶？但我及时闭了嘴。在美国，是可以把悲惨当某种怪癖来理解。而把悲惨当作怪癖来尊重，也就等于尊重个性，尊重个人对生活方式及自我信仰的自主权。

我问老太太家住哪里，她说只有三个街口之遥。我决定把她面交她的家人。根据我对医学广博的无知，我断定老太太一定有脊椎错位之类的病症。她根本已瘫痪在我的右臂上。经过付款过道时，她将手里的硬币给收银员。款数刚好，显然她预先做了计算，也预先打算好除这两桶牛奶绝对不买任何其他食物。“蛋铺”的牛奶便宜得近乎自来水。

我担着老太太和牛奶，走到马路上。那股奇特的气味我现在已判断出来了——是一股类似动物园的气味。老太太告诉我她叫Anna。我发现安娜的衣着是六十年代的，是件大致是黄色的灰外套，或说是大致成了灰色的黄外套。安娜极清瘦，衣服也过于单薄，因而她那几乎弯成“S”形的脊柱，清晰地显现在她背上。假如把她整个人抹平整，她不见得比我矮多少。我问起她的家庭。她说：“是啊，我有个大家庭等着我去喂呢。”我纳闷竟没有一个比她健康点的晚辈来承担这采购。她像读懂我心思似的，解释说：“我有两个儿子，在韩战时上前线了，都没回来。至少我不知道他们有没有回来。”

我说：“您一定弄错了，不是韩战，一定是越战吧？”她说：

“我没弄错，是韩战。越战的时候我一个儿子也没有了。” 我心里暗暗吃一大惊：安娜至少有八十五六岁了。虽然她勉勉强强算是活着，但毕竟有这把孱弱的阳寿。再瞅她的脸容，不知何处使她看去像个婴孩。残缺不全却幼稚无邪的那一种面容，头上稀疏柔软的黄白绒毛在无风的太阳里浮动。我很难启齿地又问：“那您丈夫呢？”安娜说：“他去世已经二十年了。”这时我们已走过第二个街口。我由于不小的劳力支出而浑身有了汗。安娜指指前面说：“看，那就是我们的家。”她手指的地方，一大片灰蒙蒙的鸽子，你挤我我挤你地发出打嗝似的低音。我留意她说“我们的家”，心里觉得有些宽慰。

三个街口我和安娜竟走了四十多分钟，其中安娜不断请求我停一停，因为剧痛又朝她脊梁袭来。疼痛使她蜷曲、扭歪，原已变形的身躯更加走样。我也已筋疲力尽了，总算听她说：“就这里。”

是一排店铺式房子，大部分都倒闭了，关着门，陈列橱窗玻璃上被涂鸦，被贴着招租广告和卜卦、纹身、逃犯通缉告示。那一大群鸽子见了安娜，一齐“呼啦啦”振翅起飞，轰炸机似的朝我们冲过来。我感到扑面的是带着腥膻体温的一片固体肮脏。我闭眼屏气，躲着那羽毛间夹尘土的风。安娜的嗓音更细弱温存：“我的天使们！”

她请我把牛奶倒在路边一个残破玻璃盆里。她说：“抱歉了，就只有牛奶了。”等我照她吩咐完成了对鸽子的服务，抬起头立刻怔住了——她那间店铺房的陈列窗里一下子挤满了大大小小的猫，大概有二十多只，全都像安娜一样细瘦，只是眼睛都直逼逼地晶亮，被饥饿点燃着。我这才明白安娜所说的“家庭”，我不敢走进安娜这个家庭。从敞开的门窥入，里面是一目了然的赤贫。有张床垫，有个冰箱，没有浴室和厕所，也没有炊事可为。我只把两大桶牛奶给她提到门内，大半个身体坚定地留在门外。但我还想为这个已进入末日的孤独老人做点什么。她蹲着身挨进门，她身上的气味马上融入屋里暖暖的生物气息。猫们竟比安娜要干净些，也多些优越感。我迅速撕下一页纸片，写了我的电话号码，递给安娜："如果有什么事——比如你的背痛要杀死你，你起不来去买牛奶，就给我打个电话。我住得很近。"

安娜却没接那号码。她说："谢谢你。我没有电话。"

"你从来不给任何人打电话？"

"不打。我没电话，也没人可打。"她刻意躲着我锋利的逼问。

大概也为省一笔电话钱。我木木地看她掩上门。猫霎时全从陈列橱窗里消失了。然后就听见屋内响起猫们你死我活的欢宴声，以及安娜婴儿啼哭般的笑声。

我站在铺满鸽子粪便的台阶上，半天挪不动脚步。从未见过如此贫穷和孤独以及衰老以及……其他。此刻我比安娜更需要安慰和止痛。不知怎么两眼茫然地走回了我那月租一百八十美元的寓所，它陡然变成了天堂。几天中我心里都很难过，却又无所归咎。

一个月之后我决定搬离那个贫民区，在海明威诞生的橡树公园城找到了六百美元月租的公寓。我才明白自己没有那样一颗坚强的心，来旁观安娜这样悲惨的人的一生。我无法将悲惨当作怪癖来理解，从而尊重这怪癖，以致达到对于个人生存方式的尊重。

四个月后，学期结束了。我乘火车回到那个有"Egg Store"的地方。那时已是五月底。"吹面不寒杨柳风"的芝加哥使贫穷得到大大的缓解，或说使贫穷也得以装扮。我来到安娜的门前，从门的缝隙看进去，没有安娜了，却仍是一地的猫。它们更瘦了，薄薄的一片，如同影子。我想安娜一定还在世，猫在等她。邻近"蛋铺"，如安娜这样的生命总可以维持一个大致活着的状态。这样想，蛋铺是功德无量的，它翼下孵着多少大致存活着的生命。

Bohemian House

书祸

我在乘车时读的书是专门挑选出来的。如 *Reader's Digest* 、*New Yorker*、*Time* 都是我乘车时的最佳读物。它们便于携带，内容又多是美国社会的热门话题，读起来立刻使人很投入，还有一点，这些杂志的重点文章的长度一般与我的旅途相仿，这样我可以在下车后将它“遗忘”在坐椅上，它或许可以使另一位乘客的旅途沉闷得以减缓。从阅读中获得的充实感使旅途无形中缩短了，主观感觉上一定会比自己驾车短许多。尤其是交通不顺畅情形下的驾驶，满腹怒气又无处发泄，那样的一分钟可以长得像半辈子。

不过我也因为乘车读书闯过祸。十多年前的一个礼拜日，我爸爸约了几位客人一同晚餐，家里人手不够，便打发我去北京的西单菜市场买两条鱼和半只火腿。我当时正在读卡夫卡的《城堡》，那是一本须把自己囚于其中才能读出所以然的书。从西单菜场回家的电车上，我已在《城堡》深处。只听售票员吆喝：“北太平庄啦！”脚先于我的意识，我已蹿出车门，而脑子里仍是《城堡》的种种迷津。

木木呆呆走到家，爸爸开门便问：“东西呢？”我反问：“什么东西？”爸爸眼睛鼓了起来：“咦，等你买的鱼和火腿呀！”我嘴一下子张开——东西全忘在车上了。我爸爸一副揍也揍不得、骂也骂不出的样子：女儿毕竟成人了，如今回家也算半个客。他几乎捶胸顿足：“你让客人吃什么？！”他顶好客又顶怕亏待客人。我赶忙认错：“我读书读糊涂了。要不，我再跑一趟？”当然是来不及再跑一趟的。那时菜场来了鲜鱼，排队至少也要个把钟头。

到了美国，正和我先生在恋爱阶段，一天一个女友得了感冒，临时请我代她打一天工。所谓的“工”是照料一个两岁的小女孩，每小时有五块现款的工钱。小女孩的母亲是一位艺术评论家，当时正在赶写一篇舞蹈评论文章。她匆匆教给我换尿布、喂饭、放卡通片等技术要领，就潜入地下室写作去了。我先生（那时还是交往不久的男朋友）打电话来，说他下班会很晚，可能酒店已关门了。我自告奋勇，说打完工我立刻就去买酒，我知道这瓶酒对他的重要性。他父母一年只在圣诞前夜喝一瓶 Hennesy，而他们住在以摩门教为主要宗教的盐湖城，那里的酒比别处贵很多，因此这瓶 Hennesy 总是由他们的儿子做礼物送给他们。这已经成了他们的家庭传统。我结束了八小时对换尿布和卡通片的经营，拿到四十块钱现款，买了酒并请店员给了它最豪华的节日包装。天擦黑时我已挤在下班人群里走进了地铁。一找到个光线较好的位置，我马上打开随身带的英汉字典。那时我在准备考 GRE，想出个背字典的愚蠢办法来提高单词量。于是就背得十分忘情，直到发现自己已坐过了两站。下了车总觉得步伐飘然得有点可疑。直走到家门口，才发现两手是空的，才猛然省悟到换了八小时尿布挣来的钱，已去了一半，只好赶去一家超市，把剩的一半工钱拿出来，再买一瓶 Hennesy。从那以后，我每次因乘车读书而误事时，我先生总要提起那两瓶 Hennesy，他为我感到痛惜；换一天的尿布，几乎一文钱也没落下。他对不可理喻的我苦笑：“唉，你丢这丢那，不是乘错车，就是下错站，怎么就从来没丢过书呢？”倒真是的，我这人吝惜两样东西：一是书，二是稿纸。似乎是个脑筋很老，生活方式也古旧的穷酸书生。

一次在华盛顿开往纽约的火车上，我读完了《洛丽塔》，一时间泪流满面，哽咽不止。一车厢的人都旁观我的搐动，不知如何是好，一位年轻女士戳戳她的男友，问他可知缘由，那男友耸耸肩，眼珠翻上去望望上苍，表示只有天晓得。那次损失最小，只把一枚从加拿大买的牛皮书签丢了。

且将新火试新茶

到了美国的第五年才认真想到要过一回春节。那四年的春节总被忙碌或无心境省略了。只知道唐人街菜蔬店早早关门的这天是除夕，整天的打烊，当然就是年初一了，没有穿新衣、新鞋的大群孩子把炒花生和炒米糖之类拿到街上来吃；没有头插红绒花的少女；没有绢绸或纸扎的灯笼；也没有往女孩子身上扔炮仗的男孩子。节日就是某些中国人开的银行赠送的日历上的红字码，提醒你这个漂洋过海带到这里的古老新岁。你得特别留心，不然很轻易就错过了它。

我从来没了解过那些关着门的菜蔬店里面是怎样过年的。错过了四个春节，似乎情感与思念渐渐变得强壮抑或麻木了。有时会打个电话向父母拜年，却意识到一洋之隔错过得更多，那边已是年初二，或初三了。我也对感恩节、圣诞节、新年热情不高，但那些节日似乎太主流，因此太有淹没性，不容分说就把我纳入其中了。

这里大部分中国孩子对圣诞节的期盼远远胜过春节。那样的热切期盼使他们在感恩节之后立刻就进入了圣诞，而春节就成了他们节日情绪的收尾，有一点烟消云散的惆怅。他们意识到长辈们那与生俱来的勤劳在这个节日中苏醒，它启开的是望而生畏的三百六十个艰辛日子。偶尔也有孩子们披挂起来耍龙舞狮，锣鼓七七八八，龙和狮都显得有几分羞怯和扭捏。

我的朋友们问我:“春节你打算怎样过？”我回答:“没有打算。”我倒没有多去想：节日还需要个“打算”才能过？他们都打算去中国驻芝加哥的领事馆举办的除夕联欢晚会，有晚宴和歌舞表演，还有画展和抽奖。十五块一张门票能帮你打算出这么多节目，我可不能再错过它。

十多天前，我买了两张票，邀请我的房东太太依琳一同去参加这个联欢会。依琳六十多岁，是个不断在中国人身上看到美德和优点的美国人。她常叫我替她多找些中国房客来，她说：“你们从来不拖欠房租，也不会把 party 开到早上三点。”依琳远比我兴奋，这是她第一次过中国人的节日。她洗了头发，盘个溜圆的髻在头顶，这发式让左邻右舍的孩子们叫她“甜圈饼奶奶”。

雪不大，并带着喜意，落在高速公路成千上万疾驰的车上。我忽然感到了一点童年过年时的感觉，那种盼望年夜饭的感觉，那种手掌摸在崭新的衣服上凉丝丝的感觉。依琳倒是穿了新衣，一条暗红印花长裙，她告诉我那是圣诞节从女儿那里得到的礼物。我的情绪渐渐赶上了她的，一遇堵车我就问她：“我们不会迟到吧？”

到了门口依琳拽住我，说：“怎么没有对联？”我说：“大概要到新年的早上才会有对联贴出来。”

其实春联在这里也是被省略的东西之一。这儿的中国人家门户上极少有贴对联的。唐人街的后代们对中国文字和语言也都缺乏热切感，往往会说几句而不会读写。春节在这里，成了个没有语言的节日。再没有那种图景：某人停在某个门前，为一副春联的新颖别致摇头晃脑地感动一番。不时在门上看见的，还是圣诞节剩下的松枝饰环，都枯了，却还占据着春联的地盘。这让我想到一些消失了文字的古老游牧民族，他们靠一系列节日中围篝火而坐的老人们把自己民族上千年的文化和历史吟唱给下一代。那些没了牙的嘴咬着快要磨损掉的歌词，把他们曾有的疆土、河流交代给后生们。后生们不明不白地承接过来，传诵下去，不是通过越来越浑沌不清的歌词，而是通过那节日气氛的濡染。把自己想成一个漂流而来的古老游牧民族，倒挺浪漫。这古老民族是靠气味、饭食、一切直观感觉而单单不靠文字使自己的文化传宗接代。

热烘烘的人语在楼梯上，孩子们用英语尖声喊着，在人们腿缝间乱窜，像深水层的鱼。不少女士穿着貂皮大衣，使她们需要大一些的活动半径。厅却很小，人们只能毛贴毛地站着寒暄，可惜了那些个款式和成色。依琳对那么多貂皮大衣惊讶不已，问我是不是中国人过春节规定要穿貂皮大衣，我说不是。她仍是不解，说："我从来没见中国人在大街上穿貂皮大衣！"我说那是因为在街上没有人和她们结伴穿，穿会孤立；而在这儿，不穿大概会感到孤立。她说："可我印象里，中国人总是喜欢最便宜的东西，比如'九角九'商店，我看到最多的就是中国人。"我说我们中国人买九角九半打的袜子与买九千九的貂皮大衣是毫不矛盾的呀，我们的节俭是为了豪华。

我们打听着画展的方位，都说不清楚。最终看见角落里支起一块大案板，上面铺着一些未装裱的中国画。那些裱了的，有的挂在墙上，有的挂在直立的衣帽架上。画面因深刻的褶皱而显得古旧并来历曲折，似乎五分钟之前还紧紧挤压在行李卷中。卖画的是个满口山东腔的汉子，红紫脸膛，眼神愣中带羞。他在人群中显然看不见一张熟面孔，就索性把目光和每个人都错过去，使焦距涣散一些，人们对他的疏忽也成了他对人们的不理会。上前一问，他憨厚地笑着说自己刚从国内来，几百张字画果真是他卷裹成行李，随身扛来的。他解释说因为地盘小，也没有足够的时间装配画框，只能凑合了。依琳当下买了两幅扇面，他高兴起来，不顾禁止吸烟的警示和那么多貂皮大衣，一支接一支抽起烟来。他叼着烟头，给烟熏得一只眼睁一只眼闭，把案上叠摞起的画一张张掀起，请依琳看。依琳少见多怪的“噢噢”声引得三四个人围过来，一个穿貂皮大衣的二十来岁的女孩，非常淡远地看着一张张画，看到一个上千元的价签，她就圆起眼睛向她男朋友（或丈夫）使个眼色。卖画的汉子渐渐折腾出一头汗来，他将嫌紧的黑色毛衣顺肚子卷上去，卷在胸脯上，里面是件米黄高领衫，乍看像裸出的肌肤。他不那么羞了，大口抽烟，大声讲着黄永玉的运墨特点。人们听着他，看着他，像看着码头上一个耍大刀的，看看就离去了。

这时大家急着要进入内厅去吃晚饭和看歌舞，忽然发生一阵恐慌：卖出去的餐票比餐位要多很多，很多人有票却不一定有饭吃。把门的人直是抱歉，说餐桌已坐满，请暂时没位置的人先忍一忍，等第一批人吃完。不少父母和孩子被拆开了，里面外面地呼叫。我和依琳推让了一会儿，我坚持她先进去吃，因为她十天前就攒出个好胃口，当天省去了午饭，就为了要好好吃一顿中国年夜饭。

二十分钟后我也被放进去，被安置在离依琳三张桌的位置上。她回头对我做了个鬼脸。我发现桌上有一盘面包、一碟黄油，每人面前摆着三道菜的刀叉和一碗生菜色拉。舞台上一条红布条幅，上面一行汉字一行英文，大意是庆祝春节之类。除此之外，就是一个个中国宫灯，再没其他字了。吃热菜时歌舞开始了。舞台上出现十多个穿旗袍的美国姑娘，金发红发盘成中国式发髻，每人执一把中国折扇，跳起中国秧歌来。她们个子都很高大丰满，做某些灵敏诙谐的小动作时，显得吃力无比却十分别致。缎面旗袍衩开得很高，圆滚滚的长腿一直露到根梢。她们一招一式都显出对自己肉体的坦然和磊落，那种中国女性的闪烁、暧昧或含蓄在她们身上荡然无存。尽管她们的步法、招式都对，但你越看越糊涂，不知她们在跳什么，不伦不类，倒颇有看头。原来民族的舞蹈并不只是一些动作，而是那民族心理特征的外化。那些招式和扭动应该同厅外画摊上的画相和谐，岩石或树枝从来不像这些洋姑娘的肢体和躯干，毫无阻力地伸展，毫无限制地自由，该是带些挣扎的、曲扭而充满疙疙瘩瘩的力量。

这个长达十多分钟的开场舞蹈使我意识到这个大年夜和我曾经在国内度过的大不相同了。年夜饭也不是曾经的年夜饭，依琳的好奇心受到了一定挫折。甜食是柠檬派，所有人都心满意足地吃着，丝毫没感到缺了什么。没人感到什么挺重要的东西被取代了。我们对中国传统的捍卫早已不那么认真了。

一位据说是十分著名的中国歌星上了台，穿着粉红曳地的纱裙，一层一层又一层，娇小个人儿，似乎被一堆轻柔缥缈的粉红肥皂泡浮载着。她穿着十八世纪的西方盛装，唱的是二十世纪的流行歌曲。因为掌声不让她谢幕，她唱第八支歌时便成了黄梅戏。依琳不求甚解地跟着喝彩，不断用餐纸拭着额上的汗。这时我已步到厅外，实在招架不住厅内的温度。不知那些貂皮大衣什么感受。

厅外只剩了那个卖画的山东汉子，毛衣还是被卷起来的。他告诉我他是山东潍坊人，从小学画。他说：“潍坊那地方靠画画咋挣钱？”他十年前和一些向往现代化的人投奔了当时最现代化的城市深圳。他十分自豪地讲到中国卖画的行情，不像这里，没几个人真识货，磨一晚上嘴皮子，才卖了两幅扇面。我问他想不想家——大年三十的，他不置可否地嘿嘿笑笑。他说：“国内也就是这些（他指厅内），吃着喝着，看看电视，电视上也就是跳跳舞，唱唱流行歌儿。”过一会儿他想起什么，说：“也不是想家，就是想咱山东的饺子！”

依琳这时也出来了，表情很快乐却有点丈二和尚摸不着头脑的样子，显然对大歌星或整个节目的内容都不太懂得。我们就同孤零零的卖画汉子告辞了，来到非常冷清的大街上。依琳把我拽进一家爵士吧，说怎么也要把这个中国人的重大夜晚替我好好过完。她替我和她自己都要了“Bloody Mary”，跟我碰杯说：“Happy New Year！”吧台上的人扭头来看我们，心想这两人准是醉了，跑这儿来过哪国的“New Year”？

我们喝酒，听爵士，守岁。挺逗的，这样一个大年三十。什么都不对，但一切都地道。我想起卖画人讲“咱山东的饺子”，可以想象，那饺子的地道。那地道原可以使我有一个机会去怀旧和自新，去沉醉一回。

母亲与小鱼

那还是这个世界上没有我的时候。大概已有些哥哥的影子了。那些修长的手指，那个略驼的背，还有目空一切的默想的一双眼，后来都是哥哥的了。哥哥的一切都来自这个人。那时只有十八岁的我的母亲总是悄悄注视着这个人。据说这个人的生活中一向有许许多多的忽略，连母亲的歌喉、美貌，都险些被他忽略掉。母亲那时包圆了歌剧团中所有的主角儿，说是她风头足极了，一匹黑缎子样的长发，被她编成这样、那样，什么佩饰都不用，却冠冕似的华丽。有一些黄旧的相片，上面十八岁的母亲，一袭背带工装裤，一件白麻衫，眼睛骄傲天真，却是有了一个人。

后来这个人是我的父亲。听来是这样，一天她忽然对他说："你有许多抄不完的稿子？"

他那时是歌剧团的副团长，也在乐队拉几弓小提琴，或者去画两笔舞台布景。有时来了外国人，他还凑合做做翻译。但人人都知道他是个写书的小说家。他看着这个挺唐突的女子，脸红了，才想起这个女子是剧团的名角儿。在抄得工整的书稿中，夹了一张小纸签："我要嫁给你！"

她就真嫁给了他。我还是个小小姑娘时，发现妈妈爱父亲爱得像个小姑娘，胆怯，又有点拙劣。她把两岁的我抱着，用一个舞台化的姿势，在房里踱步。手势完全是戏剧中的，拍着我，荡气回肠地唱着舒伯特的《摇篮曲》，唱得我睡意顿时云消雾散。我偷觑她已进入情绪的脸，眼神不在我身上。那时我还不明白她实际上是在唱给父亲听。她无时无刻不从父亲那里邀来注重、认同。她拿起小提琴弓开始拉"哆、咪"。还将左手拇指扣进调色板，右手拈一支笔，穿一件斑点了色彩的大褂，在一张空白帆布前走近走远。要么，她大声朗读普希金，把泡在阅读中的父亲惊得全身一紧，抬头去找这个声音，然后在厌烦和压制厌烦的矛盾中，对她一笑。

她拿这一笑去维持下面的几天、几年，抑或半辈子的生活。维持那些没有钱，也没有尊严的日子——都知道那段日子叫"文革"。父亲的薪水没了，叫"冻结"。我们常吃一种黑黑的菜，只因为多放些猪油和糖，便叫它"梅菜烧肉"。妈妈早已不上舞台，身段粗壮得飞快，坐在一张小竹凳上，"吱呀"着它，一晚上在桌子上剖小鱼。小鱼在父亲有薪水的时候是我家猫吃的。她警告我们：所有的鱼都没有我和哥哥的份，都要托人送给在乡下"劳动改造"、一年没音信的父亲。

几百条小鱼被穿起来，被盐轻腌过，吊在屋檐下晾。最终小鱼干缩得成一片枯柳叶，妈妈在锅里放一点儿油，倒油之后，她舌头飞快在瓶口绕一圈，抹布一样。不知她这种寒碜动作什么时候已做得如此自如。总是我和哥哥被哄得早早上床，她来煎这些小鱼。煎鱼的腥气胀在房间里，我和哥哥被折磨得没觉了，起身站在厨房门口。

“小孩子大起来有得吃呢！”她发现我们，难为情地红了脸，像个小姑娘偷递信物时被人捉了个准。“爸爸现在好瘦，好瘦。”她像在征得我们原谅一样，喃喃地说，带信回来的人只说父亲黑瘦了一些，她心里的丈夫便形同枯骨了。

她一条小鱼也没请哥哥和我吃。我们明白那种酥、脆，连骨头都可口。然而我们只有嗅嗅、看看，咽回一泡又一泡的口水。

父亲回来后，只提过一回那些小鱼。说，真想不到这种东西会好吃。后来他没再提过小鱼的事。看得出，妈妈很想再听他讲起它们。她诱导他讲种种事，诱他讲到吃，父亲却没再讲出一个关于小鱼的字。几年中，成百上千条小鱼使他存活下来，使他仍然倜傥地存活下来，妈妈围绕着父亲，以她略带老态的粗壮身段在父亲面前竭尽活泼。这时，已长大的哥哥和我有些为这个还是小姑娘的母亲发窘。她似乎没有注意到自己的变化，也没意识到父亲的变化。

又有这个那个出版社邀他写作了。他又开始穿他的风衣、猎装、皮夹克，在某个大饭店占据一个房间。他也有了个像妈妈一样爱他的女人，只是比妈妈当年还美丽。

一天，哥哥收到爸爸一封信，从北京寄来的。他对我说：“是写给我们俩的。”完了，他要和妈妈离婚了。

信便是这个目的。让我和哥哥说服妈妈，放弃他，成全他“真正的爱情”。他说，他一天也没有真正爱过妈妈。这点我们早看出来了。他只是在熬，熬到我们大起来，他好有写这封信的这天。我们也看得出他在我们身上的牺牲，知道再无权请求他熬下去。而这个呕心沥血爱了大半辈子的妈妈呢？

许多天才商量好，由我向妈妈出示父亲的信。她读完它，一点声音也没有地靠在沙发上。好像她辛辛苦苦爱他这么久，终于能歇口气了。哥哥这时走了进来，这屋的沉默让他害怕。她看看我们兄妹，畏惧地缩一下身子，她看出我们这些天的蓄谋：我们绝不会帮着她死乞白赖地将父亲拖回来，并决定以牺牲她来把父亲留给他爱的女人，她知道她是彻底孤立了。“他怎么会吃好饭——住在那种大饭店里？”她说。在几小时内，这是她唯一的话。这一夜，我们又听到了那只竹凳的“吱呀”声，听上去它要散架了。

第二天一早，几串被剖净的小鱼坠在了屋檐下，初阳中，它们是纯银色。父亲从此没回家。一天妈妈对我说：“我的探亲假到了。”我问她去探谁。我知道父亲尽一切努力在躲她，不可能让她一年仅有的七天探亲假花在他身上。“去探你爸爸呀。”她瞪我一眼，像说：“这还用问？！我知道他不会好好吃饭！”

又是一屋子煎小鱼的气味。我们都成年了，也都不再缺吃的，这气味一下子变得不那么好闻。哥哥半夜跑到我房间。“叫她别弄了！”他说，“现在谁还吃那玩意儿？”我们却都忍不下心对她这么说。我并且陪她上了“探亲”的路，提着那足有二十斤的烘小鱼。只是朦胧听说父亲在杭州一个饭店写作。我们在一家廉价旅馆下榻，妈妈说就暂时凑合，等找到父亲……我心里作痛：难道父亲会请你去住他那个大饭店吗？四月，杭州雨特稠。头两天我们给憋在小旅馆里。等到通过各种狠声恶气的接线生找到父亲的那个饭店，他已离开了杭州，相信他不是存心的。谁也不知他的下一站，绝对无法追踪下去。我对妈说：“冒雨游一遍西湖，就乘火车回家。”

妈妈却说她一定要住满七天。看着我困惑并有些气恼的脸，妈惧怕似的闪开眼睛，小姑娘认错般地嘟哝：“邻居、朋友都以为我见到你爸了，和他在一起待了七天……”她想造一个幻象，首先是让自己，其次让所有邻居、朋友相信：丈夫还是她的，起码目前是的；她和他度了这个一年一度仅有的七天探亲假，像所有分居两地的正常夫妻一样。她不愿让自己和别人认识到：她半途折回，或者，是被冷遇逐回的。

她如愿地在雨中的小旅馆住满了七天。除了到隔壁一家电影院一遍又一遍去看同一部电影，就是在对门的小馆吃一碗又一碗同样的馄饨，然后坚持过完了她臆想中的与父亲相聚的七天。

等上了火车，我发现行李中少了那个装小鱼的竹篓。我没有提醒妈妈。它该是个最痛的提醒。抑或许，她有意将它遗失在哪个角落。

父亲再婚后很幸福。妈妈见到我就问："会做菜吧？"我当然明白她指谁，我说："做得很好。爸爸也戒烟了……"她赶紧垂下头就走开。无论说爸爸的新夫人好或不好，她都不敢再听。临回北京，我见她又把那竹凳搬到厨房。竹凳也上了岁数，透着灵肉般的柔韧光色。还是一堆小鱼儿，我不阻止她，懒倚在晾台上欣赏她工匠般的操作。她将一条小鱼铺平在案上，拇指的指甲一推，去了鳞，再以一把小刀一剜，去了内脏。她已架起老花眼镜来做这桩事了。竹凳叫疼一样"吱呀"，她说："再有场'文革'就好了。你爸又被罚到乡下，低人九等，就没有女人要他了，只有我要他。"她不敢抬头看我，怕我看见她眼里还是那片无救的天真；还是小姑娘那张因非分之想而绯红的脸。

我将一篓子烘熟的小鱼捎到爸爸那里。正是高朋满座的时候，桌上是继母的国宴手艺。我对爸爸使了个眼色，将他熟识的竹篓搁在了一边。他瞪了它一会儿，似乎也愁苦了一会儿，又去和一桌朋友嘻天哈地。

父亲肯定不会再吃这种猫食了。我眼里尽是母亲雕花般的剖鱼动作。我本该将那篓小鱼送给哪户有猫的，只告诉妈妈是按她的做法做的：小鱼水里泡过，剁些青葱，掺和豆瓣辣酱温和地炒。

这天父亲醉倒，当七八个客人的面，突然叫了几声母亲的名字。客人都问被叫的这个名字是谁，我自然吞声。继母善良美丽的眼里，全是理解，全是理解……

失落的版图

——告别母亲

我平生参加的第一个葬礼，竟是母亲的葬礼。

三月的一个下午，我照例完成了一天的写作，吃了一顿以牛奶为主的“站立午餐”，心里莫名地生出一阵微痛的思念。我通常是在这种思念之痛突然发作时，一把抓起电话。因为是心血来潮，往往在电话那端有了应答时，发现自己并不知想说什么，只不过觉得母亲的声音比之信中的字更来得有声色些，更物质些（physical），并且使我和母亲远隔重洋的沟通，又多出一维空间。这天我那识途的手指再次按下妈妈的号码。对父母的电话号码的记忆，早已不必经过大脑，手指头就如钢琴家熟识琴键上的音阶那样。

三月的那个下午（正是祖国的清晨），接电话的竟是我的继父。妈妈是个敏捷至极的人，电话铃一响，她总是闻声起舞似的向电话一跃。我甚至怀疑她时时都埋伏着，守候我的电话。自我远嫁，她知道早晨七点的电话铃声必定发自我这里。有时我连个

"喂"都来不及招呼，妈妈那边已经唤起来："嘿！女儿！妈妈就知道是你。"而这回接电话的不是妈妈那相当青春的嗓音，事情已大不寻常了。我劈头就问："妈妈呢？"继父没直接回答，反问我失眠症可有好转。无数猜测造成了我瞬间的木讷，任继父例行公事地问我的写作，问我先生的健康。我一字未答，等他圈子兜完，我仍是那句："妈妈呢？"

继父说妈妈住了医院，前两天刚刚经历胃切除手术。他接着告诉我，妈妈胃癌已是晚期。在老爷子喋喋不休的陈述手术过程时，我重复地对自己说：有时噩梦也会如此真切，最终总要醒的，发现它不过是个唬人的梦。我只希望此时有个人来猛力推推我，告诉我，我只是让梦魇所陷。但是没有这个把我拉出噩梦的人了。这噩梦我是要做到生命终结的。

妈妈是个那么健壮的人，一副爽脾气，怎么可能患这样可怖的病呢？每次回去探望她，她总是不容分说地抬起（扛起、背起）我所有的行囊，在拥挤的人群里给我开道，我却甩着两只空手，不断恳求她慢些走，至少也让我拎一半行李。她根本不理我，因为在她眼里我一向柔弱，浑身没三两力气。有时我会跟她叫嚷："妈妈，别人看见我这样甩着两只空手，让你老太太当挑夫，会说这个女儿真够'孝顺'的！"她仍是不理会，只是像个坦克一般闯去。这样的一个妈妈怎么会说病就病到了死亡的门口？

几天后我到了上海，再乘火车到南京。妈妈已从外科转到了肿瘤科。在我到达之前，大家都期待由我来把真实病情告诉妈妈。哥哥一家和继父的儿女们都觉得轮不上他们来给予妈妈这一句宣判。正如二十年前，由我来宣判爸爸对她的感情已耗尽，他们的婚姻该解体。人们之所以把这份重大而残酷的权力委派于我，因为他们知道我在妈妈心里的地位，当然也知道妈妈在我情感中所占的篇幅。

从火车站到医院的路上，我只感到将遭判决的是我，而不是妈妈。人们在计程车上你一句我一句，讲着妈妈生病的始末。我一句也没听进去，只在心里组合那个最残忍的句子。我还一遍遍说服自己：妈妈应该知道真相，妈妈有权利明白地生或明白地死。我想，有我在她身边，她会添很多力量来接受这有着巨大杀伤力的真理，我还相信妈妈的坚强，她那些磨难若搁在我身上，每一个都等同一次死亡。我在穿过肿瘤科的长走廊时，话都排好在了舌尖上。

进病房时，我后脚没跨进门就见妈妈脸迎着门，眼睛望穿秋水的满是等待。我叫了一声“妈妈”，泪水淹着眼睛和五脏。妈妈眼中，那等电话的等，等信的等，等在火车站接我的等，此刻全聚集在那儿……她像是等着我来搭救她，伸出已瘦黄的两只手，张向我，叫一声：“女儿！”

她嗓音已失却了大部分亮度。我走上去，把自己置于她的双臂之间。我那天在她病房里待了六个小时，那句最难启齿的话，忽而在我喉口，忽而又退缩回心头。我想，我们把真实瞒着她，其实不是为她好，而是为我们自己好，使自己能得到虚假的安宁气氛。在伪造的好气氛中，健康人与病人的关系，要好处得多。我非但没把实情告诉妈妈，还去串通主治医生，请他帮忙维护我们善意的谎言。可是在我就要离开病房的时候，妈妈突然拉着我的手。南京三月的春意，是潮冷的，妈妈的掌心却如以往那样干爽和温热。妈妈说：“女儿，妈妈得的是癌症，你知道吗？”

我瞠目看着她，看两行眼泪从她眼里流出，翻越了不久前才崛起的高高颧骨。我的手在妈妈的两只掌心里越发冷下去。我说：“别瞎猜。不是的，只不过是严重胃溃疡。”妈妈看着我，有泪在我眼中烧灼，她笑了一下，带出一口叹息，似乎本指望等待我回来，就是要我同她一块儿承受这份真实的，却发现我也禁不住真实，我也站进了对她隐瞒真相的人群中，靠着谎言，混一天是一天。看来她只得孤零零地去肩起那份真实的负荷。我眼泪再也噙不住，她却轻快地拍拍我的手，说："好好，不是就不是！"这种时候，她和我只有不朝那痛处看，或者看穿也不去说穿它。

这天以后，我每天去附近的菜市场，买回最新鲜的鱼和菜蔬。看妈妈吃饭，是我最紧张和痛苦的时候。她是吃给我看的，机械地咀嚼，任何美味之于她都不复存在了；再别出心裁的菜肴，在她嘴里都嚼成一块蜡。化疗越来越使她的进食变成一种折磨。妈妈却还总说："嗯，好吃！闻起来就香！"当然，这话她也是说给我听的。我跨了重洋归来，帮她回忆她从童年至今所爱的一个个菜谱，一些失传的，一些刁钻的，也都使出浑身解数为她做出来，她即使再难下咽，也领我一份心的。我自然也是领她的心的。就像每天早晨我进入病房，大声哈哈道："妈妈，你今天气色特好！"她总是领情地回一句："是吧，我也觉得不错。"

第二次化疗后，妈妈常从头上抓下一大把一大把的头发，似败草一样。妈妈曾有好极的一头厚发，演《雷雨》中的四凤，编一根又粗又长的大辫子。那样活的一根辫子，一甩一挥都是生命。话题就从头发开端，妈妈讲起她演的一出出话剧中的一个个角色，讲到得意时，她是完全康复了。退回到了几十年前的岁月，眼睛也是二十岁的眼睛，那早已拖长而形成一条深皱的酒窝，又圆了。妈妈是好看的，年轻时更是，荣耀的日子有过不少，似乎什么都有过，只是从没得到过爸爸的爱。

五月份，我必须回美国完成一些写作，处理一些事务。那时妈妈的情形也相对稳定。临走前的晚上，我在妈妈床边坐到很晚。她忽然讲起她生我时的情形，她讲得很仔细，一个细节也不滑过。她说我是在三分钟内就冲锋到了她的体外，当护士告诉她是个女儿时，她从产床上蹿起，拉起医生护士的手就说："谢谢！谢谢！"似乎是医生护士们成全了她对女儿的渴盼。

我没想到，妈妈会在离别时讲这件事。也许她自己都不知它的寓意。

八月初，癌症已转移到妈妈的脊椎，破坏了全身的造血机能。身体里已基本没有红血球，妈妈在靠输血过日子。然而所有的人都对我封锁消息，担心我失眠症再次大发作。似乎是某种感应使我早早订了机票，于八月六日赶到上海。刚在旅馆下榻，我便拨了电话，通报我的到达。而我得到的第一句话是：妈妈昨天早晨过世了。

我连一声惊讶都无力表示了。下面的话我全听不懂似的，只是僵僵地把话筒渐渐从我耳畔挪开。我什么也没说，直接把电话挂断了。似乎是一把刀刺进来，血尚要有一会儿才会流出来，疼痛也需要一段时间才能追上我的知觉。我一再问自己：我是个没母亲的人了？一个没了母亲的人是谁？我是什么人？住在这空寂的旅馆，走出去，外面将是个没有母亲的空寂世界。

我哭不出来。我坐在旅馆厚厚的陌生中，坐了不知多久。大约是十二点多了，我吞服了三倍于平常剂量的安眠药，躺在床上，等着痛楚追上来，等着眼泪追上来。安眠药半点效力也没有，我再次吞服了更大剂量的药。此时窗外的黑夜已在褪色。我无梦无眠亦无思。没有了母亲，祖国的版图在我心里，从此是缺了一块的。

五点钟，我起来，拨通了美国的长途，我先生恰在等我电话。我不知道讲了些什么，只知道讲得很长，抽泣使句子很断裂。此后我收拾了行李，去搭最早一班往南京的火车。我坐在那儿，心里白茫茫的，眼睛不大眨，也不大转动。车上的人心情都很好，很热闹地买着沿途每一种特产食品。我没了妈妈，人们照样啃无锡肉骨头。

追悼会安排在我到达的第二天。只有一小时，因为殡仪馆四点钟关门。我临时写了悼词，语辞文法都稍嫌错乱，只以满腹遗憾、通体悲伤，将全文凝聚起来。我仅念了第一句："亲爱的妈妈，我回来了，不过已太迟了……"站在第一排的哥哥"轰"的一声大哭起来。四十岁的哥哥，我是头一次看见他的眼泪。

妈妈躺在鲜花丛里，嘴唇微启。哥哥告诉我，妈妈的最后一夜，一直在喃喃地说："不知还能不能等到歌苓了。"

妈妈年轻时同台演戏的朋友们都来了，还叫着我的乳名，还口口声声叫我"好孩子"。有一刹那，错觉来了。似乎又是几十年前，我在后台，穿梭于这些熟识的演员叔叔、阿姨之间，寻找妈妈。总会有个人喊："贾琳，你的千金在找你！"

遗体告别仪式结束了，门外的蝉声仍在号哭。我有一点明白，妈妈为何把我出生的经过那样仔仔细细地告诉了我。

FBI 监视下的婚姻

（1）

做媒的是我幼年时期的一位女友。半夜，她打来长途电话，语气热烈地介绍道："他是外交官！中文讲得跟我一样好！认识一下有什么关系？成就成，不成就拿他练练英文嘛！"

此女友是我幼儿园里的小伙伴，从第一次婚姻中走出来的我即便对全人类都没了信赖，对这女友，我还是有一句听一句的。当然，对于一个年轻的美国外交官我也难按捺油然而生的好奇。

傍晚六时三十分左右，我在女友的公寓准备晚餐。听到叩门声，我迎出去，一个大个子美国青年站在门口，脖子上的细链吊着一块牌子，上面写"美国国务院/ 劳伦斯 · 沃克"。我们握手的一瞬，谁也不曾料到这块进入美国国务院的牌照将会是那么一种下落。更没想到，这个随意的相会在我和劳伦斯的生命中埋下了那么戏剧性的一笔。

（2）

劳伦斯的确操一口标准国语。一问，原来他在美国驻中国沈阳的领事馆任了两年的领事。他的随和、健谈立即冲淡了这类会晤的窘迫。我挂好他的外衣后对他说："抱歉，我还得接着做晚饭，你先在客厅坐一会儿！"

他笑嘻嘻地说："我可以在厨房里陪你聊天！"

他于是一条胳膊肘斜撑在厨房餐柜上，跟我东拉西扯起来，三句话必有两句会逗我大笑。幽默至此的人，我还是头回遇见。

（3）

不久，劳伦斯和我真成了好朋友。他常领我去参观各种博物馆，从艺术到科技，从天文到历史。一天，我跟他走过国务院大楼附近的一条街，他神色有些不对劲，那种天生的嬉闹逗趣，忽然全不见了，眼睛里有的只是警觉。他对我说："你最好装作不认识我。""为什么？"我纳闷地问。

"我不想让熟人碰见。"他有些尴尬地说。

"为什么？！"我自认为自己还不至于使一个并肩走路的男人尴尬。他支吾。等我们在一个饭馆落了座，我仍是耿耿于怀，半打趣地问他："怎么啦？跟一个中国姑娘走一道有伤体面？"他忙解释，绝对不是因为我。他微拧眉头，身子凑我近些，说："你知道，美国外交官是不允许跟共产党国家的人结婚的。"

我头一个反应是：他在胡扯，要不就是在逗我。"有那么严重？"我问。"我希望没那么严重。不过在我们关系没确定之前，我还是应该保护自己，也保护你。不然他们会来麻烦你的。”

我想，保护他自己该是最真实的顾虑，美国人嘛，保护自己，是顶正当、顶正义的一件事。我还是认为他在故弄玄虚，在他们美国人太过温饱平和的生活里制造刺激。

我笑了，对他说：“你是CIA（中央情报局）的吧？”“不是。是也不会告诉你。”他睁着诚实的蓝眼睛。“那你肯定是！”我靠回椅背，感觉脸上的笑容已狡黠起来。“真不是！”他又急又委屈，“是的话，我绝不会答应去见你！我只是一名普通的外交官！美国在五十年代初制定了外交官纪律，跟任何一个共产党国家的公民建立密切关系，都要马上向安全部门汇报。”

我又对着他瞅了一会儿，才认定他不是在开玩笑。“那就不要和我建立密切关系。”我说，带一点挖苦。“我想辞职。”他说。我吃一惊：“值得吗？”“我宁愿牺牲我的职业。”他说到此沉默了，似乎在品味这场牺牲的意味。对于精通八国语言的三十二岁的劳伦斯，做外交官应该是种最合理的选择，甚至是仅有的选择。辞去外交官的职业，无疑是一种不得已的放弃。

“就没有其他通融方法了吗？”我问，焦虑起来。他笑笑：“我辞职，比他们把我踢出来好。” 几天中，我脑子里一直盘旋着这个问题：难道我与他的结合必须以他失业为代价吗？难道他在我和他的事业之间必须做一场哈姆雷特式的“是活还是不活”的抉择吗？好在我们并不在一个城市，距离可容我将这事冷静地思量。我俩都想安安稳稳相处一个阶段，一方面加深相互间的了解；另一方面，他必须暗中联系工作，一旦外交部向他发难，他不至于加入失业大军。

（4）

一年后的一个下午，我如常来到学校，一进教室，几个同学眼神异样地瞅着我。我是系里唯一的东方人，所以我习惯被“瞅”。然而这回却不同。课间，一个年纪较轻的男同学跑到我身边来：“你干了什么了？”我反问：“我干了什么了？”“上课前有个FBI（联邦调查局）的家伙来找系主任和几个同学谈话，调查你的情况！我估计他是反间谍部门的……”那么就是说，我正被怀疑为间谍？我吃惊得说不出话来。

“FBI 怎么会知道我？”

“听说是因为你的男朋友，是他把你的资料提供给他们的！”

回到公寓，我马上给劳伦斯打长途。的确是他“供”出了我。在不久前的一次外交官安全测试中，他在表格中填了我的名字和我的背景材料。在对我俩关系的阐述中，他老实巴交写上了“趋向婚姻”。

“你没必要现在就讲实话呀！你不是在争取被派往罗马吗？”我急问。

“我们宣誓过：对国家要百分之百地诚实！”他答。

电话中他还告诉我，刚填完“安全测试”表格，他便收到去罗马的委任书。我早了解到他对罗马和意大利的向往。他还告诉我，他的意大利语已通过了考试。我的心似乎放松下来，也许美国在冷战时期建立的规章已名存实亡，我和劳伦斯的关系或许不会给他的事业带来太大的害处。我告诉他：只要能帮他保住外交官这个不错的饭碗，我不介意FBI的打搅。

“FBI？”他吃惊道，“他们找你干吗？”

"他们不是根据你提供的资料调查我吗？"

"不可能！我填的安全测试表格是国务院安全部发的，FBI绝没有可能拿到它！"他疑惑道，"你是不是听错了，把别的安全部门当成了FBI ？即便是FBI，也不会这么快——我刚刚在表格上填了你的名字，他们已经找到你学校里去了……"

我说："但愿我搞错了。"还希望这是那男同学跟我开玩笑。

（5）

然而，就在当晚，我接到一个陌生人的电话，是个十分和气的男声。"……别紧张，我是FBI 的调查员。"他说，"请你明天上午到我办公室来一趟，好吗？"

我答应了，心突突直跳。这个约会辞令已很不美国化了：男人约见女人，首先该问女人何时最方便，由女人决定时间，而这位调查员却指定时间、地点。挂上电话不久，铃又响，拿起听筒，竟然还是那位调查员！这次他一字不提我和劳伦斯，天南海北跟我聊起来。他的中文带浓重的山东口音，我只得捧着电话认真应付他，心里明白他的"闲话"不闲。

第二天上午，我准时来到了FBI 的办公地点，却不见任何人在会客室等我。十分钟过去，从侧门走出一个二十七八岁的男子，以标准的中文对我说，约见我的那位调查员生了病，只得由他代替来与我谈话。我跟他走进一间很小的房间，里面的陈设一看便知是审问者与被审问者的席位，四壁无窗，气氛单调得怵人。审问者倒是客客气气，不断提问，我回答时他就一一往纸上写。不一会儿我发现他的提问兜了个圈子回来了，我原本流畅的对答，变得越来越吞吐。我发现他在摧毁我的逻辑，而逻辑是我的防卫。我看着他带有白种人冷漠的礼貌的脸，突然弄不清自己是好人还是坏人。

几天后，两个朋友给我打电话，说他们都受到了FBI 的盘查，中心内容是核实我的证词。我开始抗议，拒绝跟这帮调查员再谈一个字。马上，劳伦斯那边感到了压力。他打电话给我，口气很急："为了调查能尽快结束，请你忍一忍，配合一下！""我是个中国人，你们美国要做得太过分，我可以马上离开这个国家！我以为美国是个最自由的国度……"我又悲又愤，哑了口。"请你忍一忍，好吗？等我们结了婚……"我厉声打断他："我宁可不结婚！"

劳伦斯在那边顿时沉默了。他意识到我生活中的宁静的确是被这婚约毁掉的。我的确因为他而失去了跻身无名之众的安全和自由。我不敢肯定我的每个电话、每次外出是否处于某种监视之下。最大的讽刺在于：我是在美国懂得了"人权"这字眼，而懂得之后，又必须对这个神圣的权利一再割让。亦或许，他们的人权是有种族条件的，对一个我这样的外国人，他们以为只要有一层虚伪的礼貌就可以全无顾忌地践踏过来。

劳伦斯在电话中流露出恳求的语气："你一定要忍耐，就算为了我，好吗？"我答应了。我已意识到在这里做外国人是次等人种；次等人的人权，自然分量质量都不足。转而，他兴奋地告诉我，他已收到了美国驻意大利使馆的欢迎函。我想，也许我的忍耐会给我俩带来美好结局，那么就忍吧！

又半个月过去，那个带山东口音的调查员再次露头。他请我去他的办公室会谈，却再次迟到半小时。此调查员先生四十岁左右，个不高，有无必要都张开嘴哈哈大笑，有种乱真的山东式豪爽。当你看到他一双油滑的灰眼睛时，你知道他的心根本不会笑。

“请坐请坐，我们已经是朋友了！”他哈哈道。

我不置可否。

“怎么样啊？你和劳伦斯什么时候结婚？”

“还没计划。”我笑笑。

他装着看不见我脸上的疲惫和挣扎着压下去的反感。

又是一间不见天日的小屋。他开始问我父母的出生年月日，以及我自己在哪年哪月哪日做了哪件事。我仔细地一一答对，一个数字上的误差就会被认为成谎言。谎言不可能被精确地重复。

“这些问题，上次那位调查员已经问过四遍了！”我终于苦笑着说。“是吗？不过我是头一次问你，不是吗？你的每件事对我都是闻所未闻！”他摇头晃脑地用着成语。

我突然意识到，上次他根本不是因病失约。他成心让那个年轻调查员先盘问我，目的是找出我两次答对中不相符的地方，那将是他们揭开我“真相”的索引。问答还算顺畅。我有什么好瞒的呢——出身于文学家族的我十二岁成为军队歌舞团的舞蹈演员，二十岁成为小说家，祖祖辈辈没出现过政治人物的家族繁衍到我，政治观念已退化到了零。“Is your father a member of communist party（你的父亲是共产党员吗）？”他突然改成英语问。我明白他的用心：他想制造出无数个“冷不防”。我在母语上的设防，极可能在第二语言中失守。一瞬间犹豫。“是的。”我说。

问答又顺畅起来，如此持续了半小时，他无缘无故再次山东味十足地哈哈大笑起来，说我的合作十分理想。我心松弛下来。他一面收拾桌上的案卷，一面不经意地对我说：“有件小小的事还得劳驾你协作。”

“什么事？”

“假如我们要你做一次测谎试验，你是否会答应？”

这太意外了，我企图看透他似的睁大眼。

“绝不会费你太长时间，”他开导我，“这样可以大大加速调查进程。” 一时间我想到劳伦斯的话：“请一定再忍耐一下，就算为了我！”我点点头。晚上我在电话中冷静地告诉劳伦斯，我接受了做测谎试验的要求。

他那边炸了：“你怎么可以接受这种无理要求？！这简直是人身侮辱！只有对犯罪嫌疑才能提这样的要求！”“那我怎么办？！你以为我情愿？”我气恼并充满委屈。“我要起诉他们！这已经成了迫害！”他冲动地喊起来，“这不仅侮辱你，也是对我的侮辱！你不该答应！”我抢白道：“我也不应该接受你的求婚，不应该来这个貌似自由的鬼国家！”我一吐为快地说。

我挂断电话，独自坐在没开灯的房间里，一种寄居异国的孤独感头一次那样真实可触地浮现出来。原来，我并没有着陆，这个国家不允许我着陆。

劳伦斯第二天突然飞抵芝加哥，他很不放心我的情绪。我告诉他，我不愿为这场婚姻给他和我的生活造成那么多麻烦；我不想任何人推测我怀有某种意图来靠近一个美国外交官；如此推测是对我尊严的侵犯，是对我人格的贬低。“你别再跟我来往了。”我说。“事情不像你想的那么严重，也许这只是例行的调查。”他安慰我，心里却十分没底。劳伦斯回去后，打电话告诉我，他赴意大利的行期已定，他已向上级递了通知：在赴任前和我结婚。

“现在没事了——也许这场调查的结果是令他们满意的，否则他们早就该取消我去罗马的调令了……”他说，带着侥幸者的喜气，“他们再不会要你去做测谎试验了！”

我也感到了释然，情绪好转。电话刚撂下，门铃响，从窥视孔看出去，我又傻了：来者竟是那个矮个调查员。

“很巧，我散步时发现你几乎是我的邻居！”他笑哈哈说道。第一个直觉便是：几天来他监视了我和劳伦斯的行动。我让他进门，让他以“浏览”为名侦察了我房内的一切。

“最近你忙什么呢？”我问道。

“很忙。”他答非所问。

“是不是你们必须创造一些事来让自己忙？”

他看我一眼，大概在琢磨我的出言不逊是出于坏的英文还是坏的教养。

“对了，我上次忘了告诉你日期，”他说，“你不是已经答应了吗——就是那个测谎试验？我想请你去填一张表，签个名，表示自愿做这个试验。”

几天后，我却又接到一个电话，那人自我介绍道：“我是国务院安全部的，我可以和你谈一次吗？”交谈开始前，我告诉这位友善得多的先生，FBI已无数次向我提问过。“FBI ？”他大吃一惊，“这事与他们有什么相干，这属于内部的安全问题……”

“活见鬼，他们有什么权力干涉外交官的安全审查？！”他瞪圆眼睛，向我张开两个巴掌。

我拿不准他们是不是在跟我唱红脸、白脸。我不能完全相信他的话，尽管他比FBI 少一些警察气。对话完毕，我问：“下次谈话在什么时间？”

他惊讶地笑一下：“下次？我想我们这次谈得很成功，不需要下次了，不是吗？”

我长吁一口气。他送我出门时又说：“你看上去很焦急，千万别。你们一定会结婚的，一定会一块儿去罗马的，我预先祝贺你们！”

星期四我上完了课，如约来到FBI 总部，坐在接待室那张熟悉的沙发上等待。矮个调查员满面春风地迎出来，手里拿着一张表格，嘴里打着惯常的言不由衷的哈哈。

我刚要伸手接表格，他却突然一缩手，说：“我希望这里面不带任何强迫。” 我无表情地咧咧嘴，意在表现一种“死猪不怕开水烫”的大无畏。“我希望这完全是出于自愿。”他更强调地说。

我说：“我明白。”表格被郑重地递到我手中。我拿出笔，用力瞅他一眼。往这张表上签名的是什么人？骗子？小偷？杀人犯？没有比让一个说尽实话的人做测谎试验更屈辱的事了。我还是像一切骗子、小偷、杀人犯一样顺从地签了名。

回到家天已黑，答话机上信号灯闪烁，我打开它，竟是劳伦斯气急败坏的声音：“……今天下午一点半，我得到国务院通知：我已不再有资格进出国务院大楼！我去罗马的委任令也被撤销！”我不相信自己的听觉，马上打电话过去。劳伦斯正愤怒得冒烟：“他妈的！安全部刚刚来人让我马上交回国务院大楼的出入证……”

“你交了吗？”我问。

“我坚持要他们拿收据来，我才交……”他口气越来越急，我怎么劝他也安静不下来。从他不太成句的话里，我完全能想象他最后那个激烈却徒劳的行动。

我突然意识到，在我往测谎试验的表格上签字时，劳伦斯的命运其实已被决定了：就是说，FBI在向我强调这个测谎纯属我自愿的时候，已知道了外交部对劳伦斯的处置。为什么还不放过我呢？

我们在电话的两端沮丧着，沉默着。二十世纪末了，我和劳伦斯的结合还必须经历如此一幕，似乎古典，似乎荒诞。“还没完呢——我还得去做那个测谎试验。”我说。“让他们去见鬼！”劳伦斯说。“可我今天已经签了名，同意做了……”

我想这大概是劳伦斯有生以来最愤怒的一次。

（6）

一九九二年秋天，劳伦斯和我在旧金山结了婚。他得益于自己的语言天赋，很轻易便找到了工作。日子是宁静的、明朗的，但我仍会冒出这么个念头：我身后真的不再有眼睛，通电话时不再有耳朵了吗？会不会哪一天突然跑来一个人，又客套又威逼地邀请我去做测谎试验？

……谁知道。

还乡

一九九三年六月，我带着我爸妈的洋女婿回国省亲。对于我结的这个“洋婚”，我父母始终没有明言的赞同与反对。他们的内心独白大概是：“难道这是真的？”

爸妈离异后，各居南北二京。事先已想妥，这个家庭政治平衡可不能玩砸了：南、北两京城我跟洋女婿得各住八日；一处多住了，怕是会有厚此薄彼之嫌。我是无所谓：我整个这个人是父母美德与恶习的集大成，我根本没意愿对二老择出亲疏。只是洋女婿有意见，他认为北京大而物博，自然该大住；南京呢，小住为佳。我说：“你要想当好中国人家的女婿，第一步就是听我的，我是说在中国境内。”

在上海吃了几天黄鳝，挤了几趟淮海路，乘火车北上。一路看，“正是江南好风景”。车倒舒适，有空调，有昂贵的无锡排骨和可口可乐。到南京太阳将才落进长江，剩的就是热。那个热像往身上裹一层热的胶膜，想往下揭它，又知揭不掉。

妈妈显然才去了发廊，头发刚刚出笼。跟我握手时，眼睛不断去看洋女婿，潜台词是：这回噩梦成真了。“住处给你们安排好了——住晓明丈人家。”我妈说。晓明是我继父的儿子，当下随父母偕老婆南迁，在深圳开公司，说是苗头不错，一时回不来南京。洋女婿马上道谢，但表示他宁愿住旅馆。我用英文温和地请他闭嘴。“妈，恐怕不方便。”我说。妈说：“哎哟，我提前三天就把房子清扫干净了！”

顾虑到妈妈那三天汗流浃背的清扫，我们答应去住。省一笔旅馆费也乐得。妈说那房子的客厅装有一个窗式空调，哪里还及不上旅馆？算不上三星，二星一定够格啦。淋浴也有，就是水势小，跟人拿嘴吐的一样，妈又说。

雇了一辆机动三轮车，连人带货就往那住处去了。一路上的南京人都朝这个坐三轮的洋人行瞠目礼，怕他偌大个人把车坐翻掉。有人还“嗷嗷”吼一嗓子，没有好意也没有恶意。我心想，我们不成了个游行动物园？

到了那弄堂口时，一辆巨大的卡车正堵在那儿，我们的三轮车进不去。等了一会儿，见大卡车上有人上上下下地搬箱子。司机说：“有得搬哩！”过了十分钟司机又说，“还不晓得要等到什么时候！”又过十分钟，司机不高兴了，叫我们结账下车，自己拖着上百磅重的两个行李进弄堂。妈跟他吵，说这条弄堂有半里路长。司机说，已经等掉了他半小时的生意了。我们拖着箱子走进弄堂时，家家都在吃晚饭。天热，家家都把小桌子小椅子摆在门外面。饭菜都很简单，人们边吃边看我们，同时大声说：“咦，外国人！”箱子的轱辘滚在麻坑的路面上吵死人，真是很不识时务。更多的人夹在窄弄堂两边，对着我先生说：“咦，老外，老外！”这个老外倒不腼腆，自己也说："老外，老外。" 听到老外讲中国话，人们都快活了，弄堂里又添一成热闹。我妈说："这里没来过外国人。"

楼房没电梯也没电灯，人们此时都跟到了楼梯口，看我们如何把两个大行李往上搬。都觉得老外搬东西的笨拙模样太好玩，于是就看他搬，绝不上来搭把手。从一楼把行李搬到五楼，我们三人都流汗流成了湿人。

房是很大，有四间屋，有空调的客厅没有人睡的地方，妈建议我们将大床垫抬到客厅，搁在地上睡。"天热，没那么多讲究；什么客厅卧室？哪样舒服哪样来！"妈妈说。说完她就告辞了，好让我们早些歇息。一小时之后，我终于忍不住对我先生说："这空调一点冷气也没有。" 他将手伸上去，试一会儿那里面出来的风，说："仔细感觉，还是有一点点冷。"他这人一向能在坏事中找出好来。"可它太响啊！"我说。"我来看看，能不能让它轻声点。"他开始摆弄它的这个键那个钮。

他这方面从来不灵，它更响了。我大声说："你别给人家弄坏了！"他马上住手。我们俩就那么汗流浃背地偏着脑袋瞪着这个又热又闹的东西，等着它把我们冷却下来。实在不行了，我终于说："还是打开门窗吧，我快没气了。"

后来发现开窗也不对，好几扇窗没有纱窗，满屋子都是蚊子叫。再关上窗拍蚊子，直拍到半夜十二点。总算累得死过去，倒在那张大床垫子上安生了。

起初我以为我做起噩梦了，梦到警车呜呜地叫，还夹着警察的打门声："开门开门！公安局的！"我"哇"一声大叫，我先生给我叫醒，一副"不知身是客"的表情。这才发觉不是梦，果真有人在打门，打得好凶："开门！开门！公安局的！"

我俩相视一眼，瞬间都在想我们这半辈子都干了什么，让警察半夜为我们操劳。我忽然想起我这是在自己祖国，不及时请警察们进来是不对的，是会有后果的。

我赶紧奔向大门，还抱着千分之一的希望向门外问："请问是哪位？""警察！""请问找谁？"我声音很乖，还带点微笑。"找谁？"警察说，"查户口！"我想我们是有户口的，有美国的一大把户籍证件，我怕什么？我就把门打开了。门口的三个男人没一个像警察的，都穿着短裤，脚上是凉鞋，没袜子。再看看，连凉鞋也不趿，其中两人穿的是拖鞋，露着风尘仆仆的脚丫子。三个人虽然衣冠不整，却是个个正颜铁面。

"谁是这房子的主人？"三人中稍老些的问我。

"主人不在……"

没等我说完那人就问："那你是谁？"

这时我先生已出现在客厅，一脸的糊涂。我用英文简单解释了我俩的处境，然后仍用英文对他说："不要讲中文。由我来和他们对话。" 三个不速之客眼睛飞快地扫扫我，又扫扫这位手无寸铁的大个头老外，一种"果不出所料"的浅笑出现在他们嘴角。"把你们的证件拿出来！"老成的那位呵斥我，眼皮耷拉着，似乎不屑把我往他视野里装。其他两位也表现出相同的鄙夷。"原来邻居们还真看准了……"一个年轻警察说，"现在这种女的真不少！"说着他抖抖腿，趿着拖鞋搜视整个房去了。

他们把我当成了个挣老外钱的暗娼了。或许左邻右舍就这么报的警。

我走进客厅，在地铺上坐下来。我对我自己的从容十分满意。

这时我先生已明白了一切，愤怒地瞪着三人，将我俩的身份证件“啪”地往他们面前一拍。我使劲压住被耻辱引出的恶心。“你和他，”那年长警察以下巴指一下我的老外夫婿，像是指一件家具，“是什么关系？”

我及时制止了我先生的回答。正因为他通中文，我才恐怕他发言。任何一个人在情绪激动时都最好不用非母语讲话，肯定讲不好。我怕他万一讲出不知深浅的什么词儿，惹恼了这三位，我们今夜很可能被捉去坐班房。最终当然会无罪开释，但在这样的热暑中，跟其他犯人挤一块儿，没窗子，没澡洗，加上蚊子臭虫……到末了开释你，你罪也受完了。

“夫妻关系。”我回答。

三个人相视一眼。“有结婚证吗？”

此刻我先生正在包里激烈地翻腾。他是对的，上路前将英文的结婚证译成了中文，又拿去中国领事馆做了公证。当时我还笑他迂道，中国现在充满自由和人权，跟我离开时大不相同了。但我制止了他：“先别动，先听我的。”当然我是讲的英文。“你们都看过我们的证件了？”我说，“知道我们是谁了？”三个人威严地沉默着。“那么，请把你们的证件拿出来，因为我还不知道你们是谁。”他们没料到，一阵无声的慌乱。“按说你们夜闯民宅，头一个就该亮出你们的牌牌。任何受过正规训练的警察都会在搜查别人之前亮出身份，是吧？”其中一位问同伙：“你们哪个带了？我忘了带。”唯有那个年长者掏出了一个小红本，打开，里面写了他的名字，他是男是女，他几岁。那是某某派出所的工作证。

这时我先生将我们的结婚证书在他鼻子下面展开，手指使劲点了点上面加利福尼亚州长的签字，又点点那枚金印，最后，以最强调的手势，指住中国领事馆公证的大红圆章。他胸脯涨满了气，显眼地急速起伏。我知道他话已满到了喉咙眼，只要我应允，最粗的话就会啐出。

全检查完了，没有丝毫破绽。年长的警察将证书还给我，我先生却正照着他工作证上的姓名一笔一画地往一张纸上抄。年长警察抖了抖嘴角，脏脚丫子在拖鞋里抽搐几下，对没拿住我把柄、将我当暗娼捉走这事很想不通。我不是暗娼，他也无法按治嫖客的法子狠狠罚出一笔钱来。他挺失望，脸都有点瞌睡了。

我想这回他们该让我们接着把觉睡完了。没料到年长警察说："你们不能住在这里。" "我们有房子主人的邀请。"我说。

"房子的主人也没权邀请一个外国人住到家里，你知道你们现在在谁的房子里吗？"我想：什么？！他说："国家的！"他瞌睡没了，满脸国威。他又大起来了，高起来了。

"那好，我们明天一早就搬走！"我说。"不行！你们必须立刻搬走！"我提高一个调门："现在你让我们往哪儿搬？深更半夜，连出租汽车都找不着！"他细声慢语地答道："那是你们的事。" 我问："附近有旅馆吗？"他说："我不知道。"他当然不会不知道，"我告诉你，你必须马上离开此地。你们必须住到指定的外国人允许居留的旅馆，外国人不能想住哪里就住哪里。"我想我千万得管好我的两只手，免得一不留神它们扯开大巴掌照那脸上掴过去。还好我先生遵守诺言，气得眼珠子更蓝了，却始终不吱一声。我说："现在十二点半了，我明天一早——六点就搬，不行吗？"他说："你们必须现在搬，否则我们不能保证你们的安全。" 我先生再也挺不住，大吼一声："保证我们的安全，就是让我们睡在马路上吗？！"三位都吓一大跳。他那一口远比他们标准的中国话大出他们所料。我只得给各家旅馆打电话，看看谁肯在这个时辰收容我们。终于找到了玄武宾馆。我对仍杵在面前的三位长官说："请你们出去，我们得换衣服和收拾东西。" 年长的警察说："要快些，你们不离开，我们也不会离开的。"他根本意识不到我刚才的话里有要他难为情的意思。我们拖着行李从弄堂走出时，各个黑洞洞的门窗里都有人头人脸。

我顿时想，他们对于别人的风化问题非常在乎。

到了玄武宾馆，我们仍无落足之地。因为我们没有护照，我们的护照叫一位朋友拿了去，代我们买去北京的机票了。给朋友打电话，他说他买不来机票，买票的是朋友的朋友。

"没有护照，我不能给你们开房间。"柜台小姐说。虽然也不善，但比之一张半老警察脸还是受看得多。"我们已经很累了。"我说。"我们已经很累、很累了。"我先生说。

我先生的话显然被理会了。小姐指指大厅一头："你们可以在那边的沙发上休息。"她表情说：我已经再慷慨没有了。我们看看没戏，只得拖着行李挨到墙边沙发上，休息。早晨四点，朋友取回了护照，我们才被赐了间房。我先生却整个地没了觉，从冰箱里取出一瓶又一瓶啤酒，边喝边给南京市长写信。我们回到美国，跟朋友们嘻哈地讲这事，都当笑话听了去。我们现在还记着那位为首的警察的名字，不知他现在可还忙着为国家除害，夜闯民宅，捉奸捕盗。但愿他那正义感是真的。

我渐渐不再讲这事，因为我渐渐发现它的不好笑。无奈的是国还是自己的，因为家在那里头，不回去不成。我常对许多不懂中国的人说：中国在一天天好起来，你们该去看看。我这样说时，企图笑得真切并且骄傲。

自尽而未尽者

二十一年前的一个早晨，萌娘自尽了，一口气吞了一百粒安眠药。

得信时我和全家正站在大抄家的废墟中：我饲养的蚕宝宝被红卫兵扬弃了一地，此后又被踏成一小摊一小摊的水渍。

萌娘的自尽没有惊着谁，包括九岁的我。自尽是我那单调童年唯一的奇妙景观，某人被辱得吃不消了；被游街批斗折磨得累了；被强加在身上的无数罪名弄得自己也仇视起自己了；被众叛亲离的处境搞得自己与自己也闹起不和了，这就决计把自己结束掉。有回一对老夫妇从楼顶坠落，手拉手，着地时把挺硬的泥地砸了两个深坑。后来他们的尸首被抬走多天，还见彩色糖纸不断地自楼顶纷扬飘下。由此我猜他们是铁了心自尽，因为糖果在那时很珍贵，一下子吃掉那么多糖，显然不打算过余下的日子了。

萌娘并没有如愿地成功地死掉，当红卫兵撞破她家门时她刚吞下最后一把药粒。我赶到医院，见阴湿肮脏的公共走廊里躺着的一具灰白人形，那便是我和许多人崇拜的萌娘。

萌娘被懂她的人崇拜着，像我父亲；萌娘也被不懂她的人崇拜着，像我。那时的我不懂她文章的妙处，现在的我太懂生活之不妙而对她文章的美妙感到不可理喻。七岁的我头一回被父亲引去见萌娘时，就一下凝住了。萌娘有大大的额、圆润的面颊和脑后一个过时的发髻，这些并不足以拼凑出一个美的概念来，而我认定那就是美。七岁的我还不懂气质神韵之类，但我感到在萌娘的美面前，我深深地自卑。一切可言喻的美都将深深自卑。

二十一年，足以使人们忘却萌娘的自尽，恐怕在她自己的记忆中都没剩下什么。如今淡淡地活着的萌娘已有了可观的寿数：七十五了，若容我放肆地猜一回。她眼睛几乎瞎了，等我咋唬着、热闹着走得与她额碰额，她仍是一再失败地认出我。我是谁，我是那个在你自尽而未尽时，归阴还阳无结论时守护了你若干昼夜的女孩。她全然不知我，正如她对自己赤条条经人摆弄了良久，全然不知。那时她躺在医院的走廊里，被各种输进导出的液体维系着生命，人们兴致勃勃地叫嚷着去看一位被剥净人生权利、被剥净衣服的女作家。

后来她活转来。随之我的某个失雅行为使她感到难以宽恕。再后来就是二十年的分离。

萌娘指着这里那里请我坐。屋的四壁苍白着，那冷清甚于她脸上的冷清。她丈夫的画像挂在正中，框了黑框。我迟疑着是否致个哀，或打问一句朱先生何时去的。朱先生生前是位名画家，却不像一般画家那样吊儿郎当、风流倜傥，他很严谨，一个板眼都不错。与他相处是有敬有畏，还有些活受罪，所以我一向躲着他。我等萌娘自己向我提起朱先生的过世，她却迟迟不提。她与朱先生不很相爱，因为他们都太爱自己，太倾心自己的生涯。萌娘在自尽时连个字都没留给朱先生。但他们过得很美妙，比如胶似漆的男女们过得美妙多了。萌娘在被抢救的三个星期中，朱先生没露过面，尽管他当时也被人牲口一样撵着喝着，浑身羁绊，但不至于连到病床前问个凶吉的自由都讨不出来。开头我恨他不露面，渐渐我害怕他露面。萌娘那时的样子难看极了，不歇的抽搐使她身子曲曲扭扭；人似乎瘪了，一动，便像只挣扎起飞却不再可能起飞的残破风筝。就在那时，我有些悟出萌娘与朱先生那若即若离的爱情生活的哲学。萌娘从二十一天的弥留状态苏醒时，先定睛瞅一会儿床前那灵幡一样的标语，上面宣布她的畏罪自杀是叛党叛国云云。然后她便转脸瞅我。

“萌娘……”九岁的我僵笑一下。后来才弄清，她的视力被药物毁了。

“谁来过？”她问我。

我说谁也没来过。其实谁都来过，除了朱先生。谁来都被我的尖叫止住了步。待我将萌娘赤裸的身体以那脏得发黏的被单遮盖得严丝合缝，才容他们走近。想想吧，我怎么能让一个奇迹般的生命，一个以她的著作给人智慧、诗意、审美享受的精灵，突然变成被和盘托出的一具肉体？况且是一具被扭曲得没了原形的肉体！她的书是那样深奥，无人能探到那底蕴，而这肉体却如此一目了然，似乎让那些曾在遥远的地方崇拜她的人一眼识破了所有的谜。

“哦……”萌娘舒了口气。谁都没来过，尤其朱先生不来，令她大大舒出这口气。假如我实话实说：她躺的这条走廊每天川流不息着三教九流。医生护士在她身上做各类治疗时就当她是具标本而毫不顾及她的尊严、廉耻，将她暴露给好奇的猥亵的无数眼睛，她绝对会再次朝自己下手，而且会干净彻底地下手。我瞒住了一切：当我向医生护士，向医院的军管会恳求将萌娘的床挪进病房时，他们告诉我她无资格住进病房。她本是死有余辜的，还在意什么羞辱。若萌娘知道实情，她会再干一次，干得会彻底些，不像这回留如此难堪的残局让这世界来收拾。我不愿讲二十一天里我怎样寡不敌众地与多少人搏斗过。一批又一批的“红卫兵小将”、“革命群众”冲着无知觉的她又喊口号又挥着拳头时，我只是紧紧按住遮盖萌娘的那条被单。那一刻，九岁的我对人这东西看了个透。一个丑恶的传说在城里不胫而走：某医院的走廊里躺着光身子的女作家萌娘，随之，越来越多的人奔来了。每人只要往臂上套个红臂章，或在这里贴张标语，喊喊口号挥挥拳头，他就有借口在此地逗留，直等到那条被单被貌似正当的理由揭去。我感到九岁的自己渺小极了，被人们那样省力地就拎到了一边。我不知多少次对他们喊出“求求你们”，谁都没有闲暇顾及我的哀求：那些如刀的目光早把毫无防卫的萌娘从头到脚细细剐了一遍、斩了一遍。

那时我怨你，萌娘。你不该等听到红卫兵砸门、知道自己劫数已定才开始拧开药瓶。那已太晚了。你抱着一丝希望：自杀可以威慑住他们，从而躲过一场使你身心崩溃的批斗。你没有诚意去死，只是想躲，只是想以自杀来做个缓冲。当红卫兵发觉你手里紧攥的药瓶时，他们便立刻剥去你的衣裳。他们在你身上做的“人工呼吸”正是你和父亲常挂在嘴上的，所谓的“斯文扫地”。但那时我不懂我的怨，只觉一股极窝囊的情绪，自萌娘起死复生的一刻滋长了出来。那尊严和廉耻的丧失便是我理想的丧失；他们用眼睛糟蹋萌娘身体的同时便是掳走了我心灵的贞洁。

一年后萌娘从乡下回来，瘦而黑，似乎落去了一半头发，大额变得格外显著。她进出仍被人押解着，据说是怕她在悔过自新前再自尽。那时作家协会门口矗立着一座水泥钢筋的牌子，我和一群同龄的孩子常攀上去，顺口编些歌谣一唱就是一天。那类歌谣没一句不脏不野。尽管没人听懂我们的指天骂地，但我们冲天的委屈毕竟得到了发泄。萌娘走过来时，我不再吱声。我注视着她胆怯而迟疑地向前迈进的双腿，以及本能地伸向前方的双手。由此我判断她的视力已糟透，一行动手先摸索起来。泪烧灼着我的鼻腔和眼眶。所有孩子都随我静下来，因为那些歌谣主要是我编撰的。“狗娘养个草狗子……”我突然锐声叫道。押解萌娘的军代表猛回首，只见我与所有孩子一样缄默。待他刚转身，我又迸出两句更不堪入耳的话。如今我否认满口野话的我与现在的我是同一个人。没一个孩子响应我，一则他们难以接受这话的粗野和刻毒程度，再则他们并不恨这位军代表，他的一贯正派谦和甚至赢得我父亲等人的信赖，尽管家长们对孩子们私下里称军代表“草狗子”装聋作哑。

“谁喊的？”军代表朝语录牌走来，以他冷峻威严的目光扫视我们全体。没人吱声。我坚信我的伙伴们不会叛卖我。当他连问几句“谁喊的”而无结论时，萌娘突然开了口。

“小穗，你已经完全变成了个野孩子。”她依旧斯文典雅、慢条斯理，似乎从未经历数不清的游街、批斗和自尽。“讲出这种粗野话，别说你父母，我也为你羞死了。我为你无地自容。”

军代表不做更深的计较，继续押解萌娘往那禁闭室去了。我却不住口地喊，更粗更野地喊，不知何故我已泪流满面。我看见了萌娘为我的粗鄙而痛苦的表情：那表情全在她那不时战栗的背脊上。

她之所以偏爱我，是因为我曾是个爱读书，擅长背诵古诗、词、曲，见了长辈就鞠躬的女孩。

怎样才能向萌娘讲清我自己，难道我能如实告诉她，某个夜晚，当我从睡梦中惊觉，那位貌似正派的军代表正杵在萌娘床前，而覆盖她的被单被撩到了一边？我哪里是变了？我是被毁了——在萌娘的奥秘、尊严、贞操被毁的同时我也被毁得不剩什么了。想想看这有多么残酷：让个九岁的女孩顷刻间认清了太多的人之无耻和丑恶……

我的谩骂最后变成了号啕。至今我还忆得出我那败尽书香门风的大哭。我让萌娘无地自容，而在此之前，由她那不彻底的自杀引起的恶劣故事，以及故事所展示的人之恶处劣处早让我无地自容了。

我突然起身告辞。萌娘手里的杯盖顿时落在杯子上，“叮”的一声，冷清的客厅回音四起。“就走吗？”我想我这一走下一位客人不知多少日子后才会来。现在没人知道萌娘了。若逼着谁回忆，大概唯一能被忆起的就是她的自尽。

“我会常来看您的，我的学校离这里很近。”我说，心里纳闷着即使近也是两年中头回来看她。

“学校住得挤，就住到这里来吧。这里多静多宽敞！我有个保姆每天专门来给我做三顿饭。我叫她烧些菜给你吃吃……”这话她在两个钟头内已向我讲了不知几回了。在我弯腰系鞋带时，听她说：“朱先生去了，去年。我有没有告诉你？”她存心讲得很无意。我一双鞋带系了许久，我怕看见她的泪。

“……那我就叫保姆把房间收拾出来，你哪天来都行。我看，你最迟下礼拜一定搬来。”我满口答应着，心里知道我肯定不会来了。

也献一枚花环

——忆梅新先生

十月三十一日，我应马来西亚的《星洲日报》邀请，到吉隆坡担任“花踪文学奖”的评审。飞机上坐了十多个小时，又在台北机场转机，到了吉隆坡粗粗一算，整个行程已二十四五个小时之久。然后便直接进入决审会场：评说、投票、争论、表决。都完成了，已是晚上九点，满头仍轰鸣着飞机的嗡嗡声，昼与夜在我主观感觉中，是翻了好几个筋斗的。总算坐在了饭桌上，那是三十多小时以来第一顿真正的晚餐。喝了几口透心芳香的鲜椰子汁，始终悬在空中的饥饿感和倦意才开始在我身心着陆。同桌的人都倦倦的，唯有《星洲日报》的主编萧依剑，还是紧紧地上着发条，周到细微地照应着每一个人。这时，邻座的张错忽然提到梅新。我是知道梅新先生正在生病，住进了医院，我一直做着到了台北马上去探望他的打算，然而张错却告诉我：“梅新已过世了。”我盯了他半晌，他只得把这消息又说了一遍。这一遍是添了确切时间、地点的。

我念叨着“怎么可能”之类的话，心里却很明白，正是像梅新先生那样生命力饱满的人，会在某一天仓促长辞。八月份，我的母亲也是这样匆匆走的。这样的生命如灯炬，要么就通明地亮，要么就彻底熄去。

我就那么坐在餐桌边，偶尔以筷子送一两口食物到嘴里，却嚼不出荤素。八年前，我和梅新先生是以书信结识的。那时我发表了《栗色头发》、《我不是精灵》等短篇小说，他总是每每来信鼓励，虽是短语三五行，热情与真诚却饱含其中。那是我刚到美国最艰难的日子，每天上学、打工，芝加哥大而冷漠，常在扑面的飞雪里横跨十个街口，从打工的餐馆奔到学校，时而感觉做烈士的豪壮。而烈士都是有虔诚信仰的，我却正处于所有信仰都被粉碎的时期，婚姻的、爱情的，一切。无信仰而做烈士，剩的就只有纯粹的孤苦。每回只是在收到梅新先生的信时，心里才感到世界不全然是荒凉。梅新先生每回都亲笔写信给我，通知我哪篇小说被采用。他的语言是诗人式的，有股很大的欢乐在里面。他对我作品的赞扬，也是毫无保留的。

一九九〇年深秋的一个清晨，我的室友被电话铃惊醒，说有台湾长途来，找我的。我在电脑前写英文作业，膝上盖着毛毯。我将电话凑近耳朵，迟疑地“哈罗”一声。里面是个陌生嗓音，却是不陌生的苏浙言语。说了几句话，他才介绍自己道：“我是报社的梅新！” 我急忙“哦、哦”地应答。梅新先生口气殷切亦急切，说：“我们设立了一项文学奖，你来参加好不好？我觉得你很有希望！”我不记得自己说了些什么，但对此一番热情昂扬的激励，我是唯恐辜负的。那个时期，我自视为一名失败者，于婚姻、于写作、于恋爱，都是最不得要领的时候。人在这样的时期，是把自己很看低的。我于是觉得，文学奖是距我遥远的东西。梅新先生在电话中又高一个调门，对我说："这个奖你一定要争取，啊？"

现在想想，要是没有梅新先生那么猛力一推，我或许不会就此振奋。

从一九九一年的暑假开始，我每天写作五六个小时。打工一整天，回到家整个人的神志和思维都是极度涣散的。即便煮杯深黑的咖啡，也难将自己强按到写字台上。当时我住在芝加哥近郊，夏天夜晚的街上，不时有喝了啤酒大声笑闹的学生们从我窗下走过。芝加哥的夏天是很彻底、很绝对的夏天，连乞丐也有份的。而我还照常打工、写作。每天写到夜里一点，浓咖啡似乎正在劲头上，但我又必须搁笔去睡，第二天一早要去打工。就是那段时间，我似乎每星期写出一个短篇小说，直到写出《少女小渔》。

《少女小渔》得奖的消息也是梅新先生写信告诉我的。此后我和梅新先生每月总有一次书信往来，渐渐成了熟朋友。我从他送我的诗集中隐约读到他的身世。我当时已搬到加州，住在旧金山远郊的一个小公寓里。那是极隔绝的一种居住形式，近邻们都巧妙地维护自己的孤寂而绝不打破别人的孤寂。我就从那时候起跟梅新先生谈起自己对第二次婚姻的忧虑。不久收到回信。梅新先生在信中是一如既往的乐观、热忱，叫我不要永远养旧伤，"要听从新的爱情的召唤"。

一九九二年，我的《女房东》获奖之后，梅新先生邀请我去台湾。那时祖国大陆作家去台湾地区的还很少，我们都没料到一些手续竟会那样繁杂。中间一度，我气馁了，梅新先生却一而再，再而三地努力，终于在一九九三年八月，我见到了在机场迎接我的梅新先生。

从此，我印象里就是这样一个梅新先生：身板挺得笔直，爱大笑，动作迅捷而思路更迅捷，精神状态非常非常年轻的一位长者。时隔四年，我第二次到台北参加文学研讨会时，梅新先生的健朗如故，只是发添一层霜雪，人添一层疲惫。在这个大型研讨会筹备期间，他显然在健康上蚀了一些老本。

我总有感觉，人如梅新，即使肉体的健康受损，他过人的强健精神也会支撑他，永久地支撑他。因此当我在吉隆坡听见噩耗时，我无法接受现实。悲伤、遗憾、痛惜都谈不上，只是想，命运要怎样摆布就只能由它摆布。得到这个噩耗，又何尝不是命运的摆布呢？从我第一次参加文学奖，到现在我第一次担任评审，这其中有梅新先生完整的一季辛劳，这难道不亦是一种宿命？

记得去年离台前，梅新先生为我主持了“下午茶会”。大病初愈的他消瘦了许多，面色也很暗，全部的精气神和生命力，似乎都集聚到眼睛里了。会散时，我为大家签名，他静默地等在一边，一时间，苍老出现在他身上。我对他说：“梅新先生，你脸色不大好，要多多休息啦！”他哈哈一笑，把我的郑重其事给打趣了。

从吉隆坡到台北，我才打听到，梅新先生的葬礼在我到达的前一天已举行过了。同黛嫂等几个朋友一同晚餐，谈一个晚上梅新先生。点的菜也多是梅新先生爱吃的。

这是我第三次到台北，梅新先生却已是追忆中的人了。

非洲札记

行路难

一到尼日利亚就发现行路难。国家政府收纳了人民的税务，却连公共交通设施都不提供。这座首都城市最常见的交通工具就是“奥卡达”，意思是“摩托计程车”。奥卡达在大街小巷游串，招手即停，速度贼快，生死由天。司机不戴头盔，顾客当然就更不戴了。阿布贾城市特色为多弯，坡大，石头遍地（这是个出产各种昂贵石料的国家，一堆击碎的铺路石，也是花岗岩）。一部奥卡达从坡上冲刺下来，遇急弯滑翔而过，灵巧如耍马戏。我从来统计不出每天奥卡达的交通事故率，因为媒体放眼大事，民间对生命似乎也看得很开，乘奥卡达丧生的危险和疟疾、艾滋、上层社会的压榨、警察的“误杀”相比，应该算是最小的。所以奥卡达的危险只对惜命者而言。我出去散步，常看见路口聚着一群人，一打听，都是拦奥卡达的。奥卡达很稀少，假如要搭乘它去教堂或回寺，大概会在上帝和真主那里常做不守时、不守纪律的人。

有一次我烧菜烧了一半，发现买来的红辣椒不辣。这是个不辣不美味的菜，做出来也会煞风景。我便和我的女管家希望小姐说："这里买辣椒像是摸彩，不切开来不知是辣还是不辣。"的确如此，当你需要不辣的辣椒时，常常也会事与愿违。买辣椒的小贩们很会察颜观色，两句话的交流，他就能断定你是想买哪种，断定出你想买辣的，他见风使舵，告诉你他的辣椒如何之辣。奇怪的是本地辣椒从外形和气味上很难判断它的滋味，除非你有着本地的采购经验，如希望小姐。过了二十多分钟，希望小姐拿出一包红辣椒，放在洗菜池里。我问她哪里找来的，她说她刚去了一次市场。市场离我家开车得半小时，她二十多分钟已经满载而归。我问她怎么来去得如此神速，她笑着跳到一边，大声说："你不让我乘奥卡达，但你看看，它有多快！"有时碰到堵车，奥卡达便到人行道上去开，大车进不去的路，对奥卡达来说畅通无阻，除了有丧生之险，奥卡达一身美德。

再一看希望小姐的装束，我又不解了，她穿了一条长裙，很难骑坐在奥卡达后面。她避开直接回答，说："坐惯了就好了。"非洲女子的裙子十分典雅，全都长及脚踝，从腰到膝是紧裹的，只在膝盖以下散放开来，形状像美人鱼的尾巴。这个国家食物紧缺，没有发胖之忧，女孩子们都苗条秀丽，穿上长裙，优点更被强调出来。当然，她们穿长裙也有宗教上的原因。街上从来看不见超短裙或短裤，我们这些休闲装到处穿的人，一定会被她们看作不够检点，有伤风化。可长裙子如何骑坐奥卡达，对我来说它始终是个谜。大街上的奥卡达来如风去如电，很难看清女子们解决长裙的麻烦，怎么处理腿与裙、裙与座的关系。

上了大街，一有奥卡达的声响远远传来，我便站下来等。有一次碰巧看到一个年轻姑娘，头上顶个大塑料盆，盆里装满冰块和鲜鱼，站在街边等奥卡达。我牵着爱犬可利亚，站在她身后。这出表演会是高难度的，她即便人上了车，鱼怎么上车？我很有耐心地陪她等车，有些居心不良，看好戏的感觉。

终于从通往高尔夫球场的土路上飞驰而来一辆奥卡达。土路口横拦一块大木牌，几乎封锁了进与出，上面的字写道：私人地产，禁止一切车辆、行人、牲口通过。但从来没见这段警语生过效，大家照样自由穿行，尤其是奥卡达，畅通无阻。人还得小心翼翼从木牌旁边穿过，奥卡达杂耍似的一溜边就过来了。停得也漂亮，眨眼间已停在卖鱼女子身边。两人悄声抬价杀价，交易达成，卖鱼女子一提溜长裙，紧箍在大腿上的那一截被提高到臀部，膝盖下如喇叭花的裙摆便到了大腿上，不知怎么腿向后一偏，如同稳坐马鞍一样骑在了后座上。她做这一套动作只用一只手，另一只手还得扶住头顶上的小型水产商店，看上去不轻，有二三十斤的鱼再加冰块。

我为他们“双人飞车加顶盆”的绝技给震住了，目送他们向无路灯的大街驶去。我猜想卖鱼女子是回教徒，要不就是奥卡达司机是回教徒，因为她上车之后手不去扶司机。双手大撒把，头顶上还有辎重，两腿被长裙约束，真是惊险至极！一百米外是大街，奥卡达车身偏斜，转过弯去，前后配合之默契，仿佛经多次排演。司机的身体与乘客在转那个急弯时，形成的完美平衡让我目瞪口呆。这动作需要多彻底的信赖才能完成？首先乘客得完全信赖司机，让他为她的性命负责，再是司机信赖乘客的顶盆技术，万一失重，破坏了他的平衡，也会人仰车翻。既然都无法信赖这个腐败无能的政府，大家只能把信赖给予萍水相逢的陌生人。

另一天的清晨，我看见一个女孩顶着一锅煮熟的玉米乘坐在奥卡达后面，刚下过雨，地上一洼洼积水，奥卡达左右绕着水洼舞大龙，从锅里冒出的水蒸气很是温暖香甜，逶迤一路。还有更绝的：两个女子想分担一份车费，招了一部奥卡达，司机面有难色，又不甘心放过这笔生意，让她们各自添一点钱，便叫她们上车。毕竟已经是晚上八点，生意清淡下去。我马上站下来，想看“三人飞车”怎样进行。两个女子全穿长裙，这个难度就够了。我看第一个女子右腿屈起，先跪在后座上，腿再从座位另一边伸下去，两腿踩到前面的杠子上。第二个女子把自己硬挤进几英寸的空座，身体紧紧靠在前面女子背上。三个人合成了一个人，车子照样灵巧如燕。

听我们司机说，一个奥卡达司机每月可以挣三四万尼拉。算一算他至少可以养三个孩子，租一处不错的住房，假如是穆斯林，娶得起第二个，甚至第三个妻子，一星期两餐荤，孩子也上得起学。我们司机挣得还不及一个奥卡达司机。问他为什么不买部摩托车，也做奥卡达生意，他回答买不起车。只要买得起车，就等于保障了小康生活。乘奥卡达便宜，再穷的人都乘得起，所以生意一跑就很旺。

虽然奥卡达不安全，但它填补了政府公共交通的空白。邻近阿布贾的一个州极其贫穷，州政府为创造就业机会进口了五千辆摩托车，低价卖出来。不过五千辆上了奥卡达牌照的摩托车很快在那个州消失，在阿布贾浮现。阿布贾车费高，雇车的人也多，所以他们开着故乡政府为他们创造的就业机会，直奔首都。

还有一次我看见一个女人乘坐奥卡达，前面抱个婴儿，后面背带里背着一个一岁左右的孩子。这是一道奇观。奥卡达飞车表演，看到此，叹为观止。没想到过几天又看到一个更绝的：乘在后面的男乘客带了一件巨大的行李，有一立方米的体积，包裹在中国流动人口常用的尼龙编织包里。这种包很可能起源于中国大陆，极其牢固，分量又轻，盛装量大，盛行在做服装买卖、进城找活干的流动人口中。它们一律白底、红蓝条为饰，便宜耐用。在尼日利亚，这种包也流行得很，各种小贩、流浪者、邻国的偷渡客都用。有一度加纳经济萧条，而尼日利亚的经济还不像当今这么惨淡，大批加纳人偷越国境，来尼日利亚谋生。加纳人都是带着这种包过来的。那一阵这种包在尼日利亚被叫作“加纳人必滚蛋包”。我看见的奥卡达乘客便是用的这种包，不过比一般的大许多。看上去他是个卖民间织物的小贩，把织品从民间收搜上来，到大都市走家串户，卖给收藏异国情调工艺品的外国使者。他和奥卡达司机商讨了一个价钱（大概要多付一倍车费），然后自己骑在后座上，把一立方米体积的大包袱搁在司机怀里，他的双手再从司机后腰抄到前面，扶住大包。司机的下巴搁在大包顶上。身子和车把之间，隔着大包袱，好在非洲人体形好，长臂长腿，否则这样的双簧飞车是不可能的。

写到此处，听见墙外小道上奥卡达鸣笛而过。天色极暗，一场热带大雨正在逼近，全城不知有多少奥卡达司机和乘客将破雨飞驶，那将更加惊险。我想哪天也惊险一回，乘一次奥卡达，但美国大使馆有禁令，不准使馆官员和其家属乘任何本地人的车。

地上宫阙

在阿布贾这个首都城市到处能见到建筑史上各种文化的实验品。当然移民史和各种族文化的兼融痕迹也都在建筑上体现得很明显。之所以说它们是建筑的实验品，因为建筑设计师们以它们发挥了最大胆的想象力，使一个建筑往往要承载他太多的光荣与梦想，因此画龙点睛的、画蛇添足的都有。每幢建筑物都不胜其累，既要体现别出心裁，又要体现雍容华贵，还要体现民族文化传统。想想也真不易，建筑设计实现了如此多如此宏大的企图，还得顾及实用性。有时实用性就在主次关系排列中往后推移了。邻近我们住处的一幢巨宅华厦（不知什么原因，它的工期长达一年，还没有竣工的迹象。我猜想设计蓝图在实践中正被大大涂改）高出围墙数米，大门的巨大罗马柱威风凛凛，柱子撑起宫殿似的拱门，结构之繁琐，工料花费之浩大，将来的宅主可以大过豪华之瘾。何止豪华，几乎是帝王之气。每次乘车从它前面过往，都为它遗憾：这么豪华的拱门廊柱，却开错了方向。我计算了一下门与围墙的距离，只有不到五六米，也就是说，墙与大门之间，没有任何空间让你举头瞻仰它的宏伟、高大、凌人之势。建筑师忘了，空间是豪华的一部分。正如受佛教哲学影响的中国画家，把空白作为笔触块面的一部分。没有哪一座著名的帝王建筑不借空间造势。也许是房主造得起房买不起空间，也许是他是个实惠之人，买多大地就用多大房把它占满，一寸土地也不浪费。不过无论他怎么设想的，给我的感觉是他太不懂如何豪华了。几百年殖民主义的影响深远，殖民者当时在英国享用不起的豪华，到此地都要享用，因此这类豪宅便是上流社会的象征，是本地人可望不可即的去处。它之所以坚持几百年前豪宅的风格，尽管在当代生活中显得堆砌、臃肿、虚张声势，就是因为它代表贵族生活。所有有钱的本地人都要拥有一座如此的住宅。所有没什么钱的外国要人，也会租赁一幢如此的住宅。英国人在哪里殖民，就会在哪里传播它迂腐的等级制，就会培养一大批醉心贵族的平民。

这段殖民历史不仅在建筑外观上体现充足，房宅内的设计更令我啼笑皆非。我们的房子全是不厌其烦地设有双门、双通道，刚搬进去，我百思不得其解，为什么把好好的整体切割得支离破碎：一个大厅有一个拱门不难看，弄出肩并肩两道拱门，看上去既琐碎又多余。我当时想：一个拱门上应标有“男”，另一个标有“女”。或者一个作“Entrance”，一个作“Exit”。不然怎么来理解建筑设计师的意图呢？后来我才明白：主人走右边的门和通道（抑或左边的），佣人走左边的（或右边的），贵贱绝不容混淆。前门归主人走，佣人是没有钥匙的，侧门归佣人走，主人也没有钥匙，主仆不必担心有打个照面、嘘寒问暖、谈谈天气的时候。大概这种建筑设计的理想是把仆人变成隐形的服务者和劳动力，因此无论美国人英国人怎样以粮食、药品、教育援助非洲，这样的住宅设计会永远提醒非洲人外来人和他们的本质关系，永远不会忘记黑是黑、白是白，只要一有引发点，全体揭竿而起。在心灵上没有尊敬的物质援助价值又如何？因而，接受援助的一方也缺乏尊重。我们所住的房子都带有“Boy's Quarter”，即“仆佣居室”，面积窄小、没有空调，在炎热无比的非洲，全指望他们祖祖辈辈袭承下来的抗暑性。同一院墙内，贫民窟和华厦并存。并且“Boy's Quarter”的叫法也让我深思：不论男女，不论长幼，皆“Boy”也，似乎人一卑贱，在优越者眼里就永远是半个人，是无法平等对待的未成年“Boy”。厨房和洗衣房也没有空调，意思就是这两个地方主人不必涉足，碰上我这样爱烹饪的人，等级制度派生出的这种建筑设计就祸害到我了。四十几摄氏度高温的季节，厨房里假如两个冰箱一块用，加上烤箱、炉灶，每次在家里大宴宾客，我自己先蒸成一只红头龙虾。

因为城市的坡地多，我喜欢在高处看市容。应该说这是个非常美丽的城市，是热带丛林中的都市，大自然与工业文明（尽管极其有限）没有明显接壤处。最辉煌的建筑都不属于人，而属于神。不是教堂，就是清真寺，最大的清真寺是阿布贾的自豪，远看真是与朝日夕阳同辉。最大的天主教堂架构已经落成，等竣工后将何等气魄，完全可以想见。但我看见四周几部大吊车始终静止，也从未见任何建筑工人出没，就向一个朋友打听。回答说这座教堂和全城无数未完成建筑物一样，是腐败系统的牺牲品：一般公共建筑得到资金之后，层层官员贪污此中其一，还要用于贿赂各个部门，如买器材、工料。若什么器材必须进口，就更惨，因为海关雁过拔毛，不满足他们，器材将被长久扣押。尼日利亚几乎没有重工业，许多材料和器材想必是要靠进口。因此资金预算便开始透支，建筑的速度远远不及挖墙脚的速度，于是一堵墙一堵墙被贪污者揣进了腰包，这两天我终于看见大吊车开动了，听说国内国外捐款的人很多，但愿建筑能加速，赶在贪污者把墙脚挖塌之前。

我发现只要风格单纯，建筑就好看，一旦设计师想在建筑里实现种族大团结、各文化大统一，结果就是不伦不类，似是而非。一座简简单单的楼，偏要装上阿拉伯式的葫芦形门窗，颜色又漆成非洲人的大红大绿、鲜黄翠蓝，让我看了捶胸顿足。有一座巨型办公楼完全是按远洋客轮的形状建造，甲板、船舷全有，连颜色都仿照远洋客轮漆的，远看就是泊在绿色丛林中的轮船。由于力求形状逼真，楼内必然被切割出许多无用的零碎面积，以及死角。设计师只顾让他的想象力疯狂起舞，把实用性忽略了。还有一些楼房，通体贴满花哨的大理石，有些土红色大理石本来很美，做了这种用途不但不显得华贵，反而显得艳俗。而且任何豪华的东西大面积堆砌效果等于一个女人通体挂满首饰，让看的人目不暇接，气都喘不上来。我的趣味当然不能替代大众。但我相信审美是有一定原则的：比如能用一根线条达到效果，不应该再多加一根线条。真正贵气的东西，往往在外观上内敛，沉着，大拙若巧。还有一点，就是人性化，即无论建筑设计的追求怎样伟大，它应该为人服务。意大利佛罗伦萨的圣玛克图书馆（Library of SanMarco）建于文艺复兴时代，以它的宁静、朴素、极度和谐使人感到人性化的高境界。意大利北部的尔比诺，又一座公爵馆（Ducal Palace）也是线条流畅，开阔而和谐，一反宫殿的繁臃。它们之所以成为建筑史上的经典，并使当代人在欣赏它时没有身处文物的感觉，就因为它的简约、明快、人性化。并不应该排除华美，只要是华美得精致、细腻、工序到位，也是精品。华美的建筑典范在东方和西方都很多。华而不美的例子也很多。最可悲的是醉心豪华又对美完全麻木，后果就是住起来麻烦，看起来丑陋的建筑败笔。

看来最早的殖民主义者留下的影响是很难肃清的，而且这并不是贵族的影响，而是醉心贵族的人的影响。我可以想象，离开英国，来到安危未卜的非洲开种植园，进行贸易的探险家们都属于什么社会等级。贵族是不愿意来的，他们离开了上流社会圈子、离开他们的生活方式很难生存。只有不怕输光的人，也就是没什么可输的人，才会在危险中寻找机遇。也不排除生性不安分的人，他们好奇心过剩，生命的追求在于揭晓他们心目中一个又一个疑谜。这类人是人类精英，占极少数，而大部分殖民者是为生存所迫。

大概刚刚落成的美国大使馆办公楼是全城最现代的建筑了。银灰楼体，线条简约，造型具有几何感，大气中不乏精致。里面装饰墙面的画都很抽象，全是经过了精心的整体设计。家具也非常酷，流线体，色彩是这几年流行的明朗色彩。楼体离马路很远，全部铺着水泥，烈日之下光辐射令人目眩。一眼望去，这座建筑有一点未来世界之感。像是世界毁灭之后，再生出来的全新的异化的文明。没什么可说的，这是一座工业大国的建筑代表作。但我只去过两趟，为了使用大使馆时常畅通的E-mail（我家里的线路时常不通），就再也不愿意去了。反省起来，我想我反感这座建筑冷酷无情、拒人于千里之外的感觉。大部分设施不是为了人在里面自在和愉快，而是为了防范。精力财力不为游人花费，而是为敌人而花费。周边的开阔地绝不是因为审美所需的距离，而是为了防弹。一旦人肉炸弹冲进去，可以有足够距离周旋。还有就是要以如此的冷面吓退本来就心中打鼓的签证申请者。所以非人性化的建筑，辉煌是空泛的、无机的，再精致也不美，至少在我是这样认识的。

古染坊

卡诺是尼日利亚的第二大城市，排位仅在拉格斯之下，并且很古老，有一段千年城墙。从中国回到阿布贾，我一下飞机听说一帮朋友要去卡诺，也不顾三十几个小时旅途的折磨，拿了几件衣服就跟着上了路。一部中型商务车里坐了七八个人，看来是想以人多壮胆。卡诺在几个月前发生了一场血战，出动了上万基督教徒和穆斯林教徒，牺牲者有几百。而且公路上有土匪出没，有时歹徒装扮成警察，提着卡宾枪，借口搜查逃犯，停不停车都在劫难逃。同路有一位刚从美国来的实习生，说她昨天早晨四点从机场出来，不久就碰上了土匪，幸好有武装警卫押车，闯了过来。我问：“那又怎么区别土匪和警察呢？”有人回答：“没有区别。”大家常常在阿布贾的马路上碰到一群警察，荷枪实弹，截下车就把个巴掌伸到你鼻子下，说：“行行好吧，这年头当警察太苦了，午饭钱都挣不来。”他们倒不完全是胡扯，政府常常欠发工资，他们的制服费用、摩托车油费、饭钱都得靠他们在马路上劫持车辆，挑毛病罚款，找不出茬子的就软硬兼施地伸手，逼人为善。

进了卡诺城就觉得气氛和阿布贾不同，一些地方有“美国人必须走！”的标语。看来是需要靠人多壮胆的。穿过城区，到达王子酒店，门口见一群卖水的人，坐在手推车旁边，车厢里装满巨大的黑色塑料方桶。一桶水花十个尼拉，周围居民就靠这样买水过活。王子酒店是当地的五星级酒店，房间里搁一张大床，剩的空间就只容人侧身横行。我和来瑞都变得多礼起来，动一动就相互咕哝“对不起”。浴室倒是赏心悦目，一片天蓝色，但毛巾只有一块。水是从一个悬吊在浴池上方的大桶里出来的，但并不是你想叫它出它就出；它不出也早有对策，屋角放了个塑料桶，盛了些备用水，请你自己动手。餐厅非常讲究，蜡烛、假花、雪白的台布，至少是美国假日酒店的规格，菜的价格却是伦敦的或巴黎的。当晚是大使馆做东，请当地的几位名流。客人一到场，我吓了一跳，男的一身名牌，女的素雅高贵，让我错觉是在曼哈顿。一路进城时，说到卡诺的富人，谁指着树林深处告诉大家：巨宅豪门，在此地都是隐蔽的。看来客人们都是从那些隐蔽的住处来的。谈话内容也是高尔夫，欧洲和美国。他们是黎巴嫩人，拥有一个工厂，设计和印染非洲的传统花布。

第二天我们到了黎巴嫩人的印染工厂。厂部设在一个不比公寓大多少的店面里，朝街的一边放了几部计算机，坐着几个工作人员。后面的走廊里陈列了几百种设计布样，一条一条悬挂在架子上。老板的办公室就在走廊拐弯处。没有坐的地方，大家就围着办公桌站着。一会儿，黎巴嫩的早点和咖啡送进来了，我们站着吃喝起来，一面听老板介绍了几种在非洲女人中最盛行的花色，说它们从织到染再到印的一系列工序。一块布的完成，竟需要两个礼拜。

可惜工厂很不景气，因为中国人的仿制品冲进了市场。两个礼拜的工序，仿制只需要几小时。老板的悲剧原来和我的同胞有关。

卡诺还有一个古老的染坊，有五百年历史。染坊是一个大院子，地面上布满一个个染坑。染坑有一丈多深，大小相当于中国的水井，只是没有井沿儿。院子里跑着一群群羊羔和孩子，都敏捷地在坑上跳跃。染浆绝大部分是深蓝，相仿于中国民间的印花布颜色。我们小心翼翼地绕着坑走，怕一失足就改了肤色。染浆都很陈，有的有上百年的历史，上面浮着落叶、虫尸、花瓣、纸屑。富有的染匠一般拥有几口染坑，大体上能从染坑里捞足衣食住行的本钱。但多数染匠都很贫穷。染匠们坐在坑边，把一块布料按没在染浆里，然后把它拎起来，在空中待上几秒钟后，再将它按入水中。这两个动作要重复八九天，一块布才能染成。把布料拎起，为使颜色在氧气的作用下产生化学反应。我以为染布都靠煮，颜色是煮上去的，这儿的染法似乎更古老。美国人看见古老的东西不照相是不行的。于是都找上那个形象最古老的染匠合影。老染匠一下子就把头挡起来，张开没剩几颗牙的嘴，笑着嚷了句什么。翻译告诉我们，他说相不能白照，得给钱！翻译说现在已经够开通了，过去照相是犯忌讳的。我们全傻眼了，问他要多少钱。照一张两百尼拉。一百怎么样？一百就一百。非洲人喜欢漫天要价，你杀价杀得再狠也不伤和气。

穿过染坑，有几间矮房，里面的人是专门给布抛光的。十六个汉子盘腿坐成四排，两人一组，面对面，中间搁着折成四方的布料，两人的木锤就往布料上抡。木锤一头大一头小，有些像中国洗衣的棒槌，只不过粗若干倍，也稍短，木料是非洲特有的硬木，木质极硬，木色温润，长年握在人的手里，它们也都借了人气，透出皮肉般的圆熟来。汉子们全部上身赤裸，黑色的皮肤泡足了汗水，便有了他们手中木锤的质感。我们都上去试了试木锤的分量。十好几磅重的木锤举是举得起来，但落下就狼狈了，砸得东一处西一处。胡乱砸了几下，师傅又返工，整齐密集的捶打形成一排一排波浪形花纹，捶过的地方闪亮如锦缎。非洲不长桑树，养不了蚕，绸缎靠进口，人们都是穿麻和棉，据说这种打上去的绸缎光泽是很经久的。抛光房没有窗，泥墙上溅起木锤的回音，便有一种舞步在里面。十六个人你起我伏，必须十分讲究节奏，否则就会砸在对方的木锤上，或砸到对方的手指。这是个依赖节奏生活的民族，捣木薯，砍香蕉，织布，染布，捶布，都可以成为丛林篝火旁的鼓音，都可以抒发流淌在他们血液中的歌舞。

染坊后面是个居民区，失修的窄街两边，密集地坐落着低矮的房子。门全都大开，磊落地展示着房内的赤贫。大部分人家没有家具，坐就坐在水泥地面上。住宅区的生计似乎也是从染坊里挣来的，街上晾晒了许多染出的布料。女人们坐在门口的地上，把白布用针线打起褶皱，皱成一圈圈网形图案，这便是扎染的第一步。她们缝一块布需要一天时间，可以挣两百尼拉。扎染和蜡染的工序和中国很接近，隔着两大洋和一大洲，不知最初是谁向谁取的经。一条街走到了头，我们中的某人指着一块晾在绳子上的扎染布料，随口向一个大嫂打听价钱，她不会英文，表情却极其兴奋，打发一个孩子去叫人。很快一条街的人都来了，大人孩子，男女老少，手里都抱着扎染布料。我们给包围起来，看他们一块一块地展示作品。布料的确很漂亮，但这种供与求的巨大悬殊令人恐怖，一旦买开了头，大概就更难脱身了。几次突围失败后，我们最终买了十多块床单和长条桌布。后面还有人抱着布料跑来，没做上生意的人跟着我们往街外走，不时举一下手里的布料，希望我们中的某人再给他（她）一次机会。由于逃得惶恐，大家都没听清翻译介绍的处理布料方法，似乎是先用盐水泡，然后用醋水，使颜色永驻。

走出染坊大院，看见一只小羊羔，灰褐色，大概刚刚断奶，头上还没有长角。不知为什么，染坊里外都没什么青草，却养了一大群羊。灰褐色的羊羔从地上叼起一根玉米皮，已经干枯，它嚼了嚼，吐出来，味道一定是太差了。但它看看周围，不吃这片玉米皮也没别的吃的了。它再次叼起玉米皮，一点一点地嚼着，吞了下去。我看不出这只小羊活着的乐趣是什么。正如我很难看出是什么样的信念在支撑染坊里几百年如一日的艰辛生活。但我坚信，毫无乐趣的生命是绝不会延续和繁衍的。

回阿布贾的路上，有一个沿公路摆开的集市。停了车大家就从车窗买一些水果、蔬菜、鸡蛋，一个朋友还买了些草药。交易刚刚开始，突然听见一片嘈杂声，往车子的另一边看去，只见一大群人向我们狂跑过来，头上顶着大盆，里面装着冰块冰着的鱼，还有顶着牛肉和羊肉的。苍蝇也来了，司机吼叫：“快关窗！”但有的人拿了货还没付钱，有的人付了钱还没拿货。车子一时动不了，渐渐关上的车窗玻璃上满是黑色的面孔，白色的眼睛，粉色的手掌。司机说：“他们知道美国人有钱，见了美国人的车就堵上不让走。”车子被围得不见天日，司机连声按着喇叭。再来看看人群已不都是小贩了，许多乞丐正穿过马路涌来，孩子们架着残疾的父母，少女搀扶着瞎眼的老人，我们的车像是舍饭棚，点个卯就有份儿似的。司机一再嘱咐不能给钱，不然车子今天真的动不了了。得了钱的人会去召集更多的老乡来，那就要出乱子了。还是有人扔了些小钱出去。终于突围出来，一群盲人仰着面孔，“目送”我们的车离去。

老远了，还看见残疾的人群歪歪斜斜地站在灰尘里。难怪美国人那么容易对自己救世主的角色信以为真。

来瑞拿着买回的蓝色扎染布料去一位裁缝那儿。下一个星期五，是大使馆便装日，他把裁缝做的非洲行头披挂起来。下班之后，他脱下袍子，发现自己的肤色成了蓝的。在染坊逃得太慌，大概把洗布的配方弄错了，反正不是少了盐，就是多了醋。据说头一次的泡洗非常重要，好比冲洗相片的药剂，错了就难改过来。果然如此，后来那身袍子穿一回，人就要蓝一回。

可利亚

世界五大洲，可利亚去过三个。不到七岁的狗，已然是个老江湖倦客。早晨遛它走在阿布贾的街头，它是一副哪儿都逛过的神气，要不是我手里牵的狗链拴在它脖子上，大概就成它遛我了。街口上有个荒弃的楼房，二层楼没有顶，荒草从黑洞洞的窗口伸出来。弃屋里住着四五户人家，大概相当于中国称为“盲流”的一类人。他们有一大群孩子，可利亚一出现在街上，这群孩子就欢呼：“快看啊！我们的狗来啦！”他们背上驮着弟弟妹妹，或者头上顶着大水桶，一下子跑上来，眼睛看着可利亚，再来看我，希望得到允许能碰一碰它。可利亚却有点儿势利眼，爱搭不理的样子，或干脆就跑到一边翻他们家长扔出来的垃圾。孩子们的情绪丝毫不受挫，跟在我们后面叫：“拜拜！可利亚！”一直叫到我们远去。有一次，我带可利亚到几英里外的地方远足，路上碰到两个穿校服的小学生，一男一女，看上去是一对兄妹。他们站住，瞪着可利亚。我赶紧拉住狗链，怕吓着他们。但两个孩子突然叫道：“可利亚！”可利亚居然有这样大的名气，令我大大吃惊。想来那群盲流孩子和这两个孩子同上一个学校，可利亚的名声就那么流传开来。

一路走过许多大使馆的住宅，碰见门卫和杂工们，也都会跟我开玩笑说：“把你的狗赏给我吧！”我一来就发现尼日利亚人不用“give”，而多用“dash”，似乎是一个不经意、随手一掷的动作。给小费，就是“dash”几个小钱。若送礼，也是“dash”。我把一个收音机送给我们的司机，他跟来瑞说我把收音机dash给他了。我脑子里不由出现这样的画面：某人把几个铜板随手往身后一抛，镜头切过去，一双手接住这些铜板，镜头上摇，接钱者感恩的脸。我久久玩味这个词，认为应该把它作为“赏”来理解。仅仅一个动词，就把这地方的传统表现出来了。一个多世纪的殖民历史，提炼出这样一个动词。现在满街的人要我把可利亚dash给他们。难怪可利亚更加狗仗人势，浑身的优越自在。

三个月后，可利亚不自在了。它常常坐卧不宁，前爪后爪一起开弓，满头满脸，浑身上下地挠痒。我扒开它头上又长又卷曲的毛发检查，发现了我最不想发现的东西。它居然长了癞痢。可利亚没有交过任何狗朋友，哪儿来的传染途径呢？想必是非洲活力无限的细菌可以空降。从黄页上查到了几位兽医的名字，马上和他们取得了联系。不巧接电话的都是护士小姐，告诉我兽医全出诊去了。一位朋友说最好不要病急乱投医，在阿布贾做任何事都要有熟人推荐。找兽医一定要在外交人员中打听，等谁推荐一位医术医德可靠的。被推荐的兽医叫默罕默德，一打电话，他也出诊去了。看来此地的兽医服务十分到位，全是行医上门。我说我可以去兽医院，省得医生跑腿。护士小姐口气犹豫起来，但最后还是把地址告诉了我。医院就在很有名的超市旁边，想来兽医院的招牌也不小。

我的司机对阿布贾熟悉至极，再偏僻的门牌，他毫不费劲就能找到。而他开车在超市前面的马路上走了几个来回，仍是找不着这家兽医院。忽然一开窍，他把车拐进了一条小巷。巷子里荒草丛生，荒草上晾着洗干净的衣服。两旁不规则地坐落着一些棚子，挂有饭店、酒吧、发廊的牌子。依照门牌号码往里走，兽医院应该就在小巷深处。路过一家礼品店，是由一个集装箱大货柜改装成的。据说尼日利亚什么都可能在一夜间消失，不知是否包括此类大货柜。它从某个地方一夜间消失了，再在另一个地方一夜间冒出来时，已经成了个礼品店。等司机把手里的门牌号码和眼前的对照时，我想他这回一定找错了门。一个锈迹斑驳的大货柜，门框上用白漆懒洋洋写了个门牌号码。我在门口探头探脑，门内昏暗中一声喝问传出来："找谁？"一听是个女人，我释然了。我说找一家兽医院。她说："这就是兽医院。"

假如不是顾虑民族礼节，不愿给她难堪，我肯定转身就上车走了。她问我是不是今天约诊的那位，说医生出诊回来，已经等候多时了。一时找不出逃跑的理由，只好把可利亚带下车来。护士小姐请我替可利亚登记，她要为它建立病例案宗。我看看周围，连个座位都没有，只好站着登记。我一面在表格里填写，一面打量这个医院。迎门摆一张旧书桌，上面有一部电话、一本登记簿，相当于美国医院的接待台。靠墙立着两个架子，腿还站不稳，上面陈列的是本地产的各种狗食品。集装箱货柜内的空间本来已经局促，还用一块布帘隔出了另一间屋来，想来里面是医生、手术床、各种医疗器具。布帘早先是白色，眼下的颜色似是而非。帘子一撩，出现了一位面无表情的年轻男子，个子十分瘦小，穿短袖汗衫和牛仔裤。我心里祈祷，这位可别就是默罕默德医生。小个子一点儿寒暄都没有，指着可利亚问：“来了？”我心想，谁来了？我说：“您是默罕默德医生？”他说正是。我发现他眼睛根本不和我对视，只看着可利亚。可利亚给他看得心乱，尾巴在两个后腿间夹没了。他这时看着我了，问道：“听说是癞痢？”我又想，谁是癞痢？看来他倒是把我在电话里告诉护士的症状记得颇清楚。因为大货柜里温度高，他和护士小姐的黑皮肤油亮油亮。

他抱起可利亚，凑着门口的光线，翻看了一下，似乎自己跟自己说：“还是打一针吧。”这时从门帘里又出来一个男子，一样的瘦小，面无表情。他们捉起可利亚就要往门帘里面走。我这时顾不上给他们留情面了，说：“可利亚长到七岁从来没打过针，为什么一定要打针？”默罕默德医生说他不认为可利亚得的是癞痢，而是被它自己抓伤之后感染了。假如打针制止了炎症，就证明不是癞痢。如果不好呢？那就是癞痢。他的逻辑没有错，但怎么听也有点荒谬。我跟着他们往帘子内走，他们想阻止我是妄想。至少我得确保他们用的是一次性针管针头。这个艾滋病猖獗的地方难说没有狗艾滋病。进到里屋，我倒吸一口冷气：里面除了一张长方桌，什么也没了。地面上铺的塑料地板已有多处破洞，破了的地方卷了皮儿，没破的地方染着红药水、紫药水、碘酒、血迹。他们其中一个从抽屉里取出注射包。可利亚预感到处境不妙，锐声叫喊起来。

我问是不是非打针不可。他们不答理我，只是将可利亚按在那张桌上。白色的桌面更不堪目睹，上面布满的各色斑点立刻在我脑子里刺激出一连串恐怖画面。但他们的果敢和毫不解释的态度莫名其妙地镇住了我，我退到了布帘后面，听可利亚的哀嚎越来越响亮，最后到达了它的音域极限，戛然而止。我心里想，料理后事吧。

不久默罕默德医生抱着可利亚出来了。我一看，它除了抖跳蚤一样哆嗦，其他无恙。医生说明天若不见好就再来一针。我心里说，你想得美。我问他怎么判断它是否好了呢。他说没有变坏，就是好了。

第二天，我发现可利亚的病症的确没有变坏。第三天，伤口结出一层薄痂。又过了几天，可利亚痊愈了。我不由对那个集装箱大货柜里的医生刮目相看起来。货柜是货柜，不耽误人家在里面治病除痛，救死扶伤。一个月后，收到默罕默德医生的一封信，说可利亚定期检查寄生虫的日子到了。信里没有美国兽医千篇一律的煽情滥情的语言，直统统的一句大实话，听不听在你。此后可利亚在那个大货柜得到各种保健和预防，没有再发生其他不妥。

一天我把可利亚遛到一个门口，从里面蹿出两条狗来。第三条原地不动，只是在两个同伴后面狂叫促战。它们一看就是吃了上顿没下顿的狗，瘦骨嶙峋，身上保留着狗类捕食的敏捷和凶残。两条狗直扑可利亚而来，像当年森林部落突袭外来的殖民者一样。可利亚没经历过真正的民族冲突，它充其量也就跟美国中产阶级的狗们有过一些内部矛盾，吵闹几声，也都是闲来无聊、调侃斗嘴罢了。而它马上就断定这两条瘦狗绝不是同它调侃，它们的进攻带着种族尊严。我一直把可利亚牵了老远，两条狗还紧追其后，一路呐喊。丛林民族擂着战鼓、戴着面具、挺着长矛的冲锋，就这样让外邦人心虚，无论他们多么自视优越。

可利亚比在大货柜的兽医院还胆怯，拉开四条胖腿疯跑，我给它拖在后面，拖成一挂没有舵的货车。按分量，这些狗并不占可利亚多少上风，但它们对自己领土的拼死捍卫态度，使可利亚不战而溃。在此之前，可利亚优哉游哉，享尽做宠物的福分，一点也不反感生命不可承受之轻。现在它从那个不苟言笑的本地兽医和三条好战善战的本地狗身上知道了一点儿好歹。以后我再牵着它往那一带走，离三条狗的居处还有一大段路时，可利亚就把狗链朝回拽，说什么也不肯前进了。它算是识时务的狗，多少懂得原住民和外来户的关系。虽是简陋寒碜的医院，要活下去还得上人家那儿求助；虽是饥寒交迫的一窝狗，可你人在矮檐下，不得不低头。盲流户的孩子们再碰上可利亚，它也少了几分优越，偶然有某个孩子让它握手起立，它也不会像当初那样白人家一眼，意思说："看我杂耍？就你也配？"它也会不情愿地从命，给孩子们露两手了。

一次我们又走过那三条狗的地盘，没敢走门前，而是回避到马路那一边。狗还是冲了出来，但少了一条。过了几天，我发现确实只剩了两条狗，第三条消失了。据说尼日利亚人爱吃狗，我怕那条狗消失在大铁锅里了。有时晚上出门，从车窗里看见无路灯的街上亮着煤油灯，旁边支开一个炉子，以各种废纸或树枝作燃料，上面一块铁皮，摊放着几块紫黑的肉。过路人用手直接抓起肉来，论肥评瘦，根据肉的大小给钱。有个美国朋友告诉我，那种摊子上有可能会卖狗肉。尼日利亚的牛肉比美国还贵，人均收入却不到美国的六十分之一。我很想问狗的主人，他们是否把那条狗给吃了。但我意识到，这是什么意思呢？要谴责人家吗？告诉人家吃狗有多野蛮吗？又是一个外来户对原住民的优越态度了。一个挣扎在温饱线的民族自有他们自己的主次，也自有他们的善恶准则。可利亚在我们这儿做宠物，上人家那儿说不定就得做肉，我们不能强求别人把他们的狗也做宠物。可利亚大概直觉里早已认识本地的一切都不好惹，所以它不像刚来时那样牛气了。

快乐时光

在阿布贾的外交官圈子里，有一种普遍的社交活动，叫作“快乐时光”（Happy Hours）。“快乐时光”不需发邀请，只在大使馆自印的小报上登个消息，来不来随你便。因此每个星期五晚上，无处消遣的驻外人员们都到小报上寻找消息，然后便去某处混掉一段“快乐时光”。酒是管够的，但也够劣的，包管你在两杯之后对所有人都生熟不忌，畅所欲言。食物常常不够，因此大家是半饱而来，或半饱而去。“快乐时光”的主人和客人也往往不认识，客人和客人也最多似曾相识。有次一个女友告诉我，她的丈夫不懂快乐时光的规矩，每回都堵住一个人猛谈，一个问题一个问题地和人家讨论，弄得对方怕他，拼命找借口逃走。“快乐时光”的理想交流方式，是手拿酒杯在人群里行云流水，和每个人都道上安，问上好，谈话不超过五句，无论别人对你还是你对别人都应该是走马灯。

一次我们发现了一个“快乐时光”，东道主是比利时大使馆一位外交官。问问周围人，都说不认识他。他的房子离我们不远，隔着突尼斯大使馆的宿舍和伊拉克大使馆的宅邸就是了，步行才不到两百米。我们实在想不出其他更好的事可做，便厚着脸皮出席了。主人叫保尔，四十出头，仍打着光棍，有条牛犊大的黑狗，竟也很给我们面子，一声不吭。看来常出没这里的客人陌生的比熟悉的多。保尔职位一定不低，院子有我们五个大。院子里摆开七八张桌子，上面放着坚果和甜玉米花，有点中国农村办红、白事，吃满月酒的气势。所有的酒都集中在靠廊檐的一张条案上，种类远多过出席者的人种。啤酒一打一打叠罗汉，从地上叠得半人高。似乎是谨防大家结伙深谈，院子里没有摆椅子。保尔一视同仁地接待每一个人，递上他的名片，招呼大家喝酒。

八点钟左右，头一批客人喝得站不稳了，开始告辞，另一批客人恰好刚到。不久每个人都边喝边拍头打脸，因为成千上万只指甲盖大的飞虫把灯都遮黑了，到处都是沙沙作响的虫翅声。抬头看看月亮，白亮的月盘上也生满雀斑似的。有人说飞虫是冲灯光来的，灭了灯就清静了。保尔立刻采纳意见，熄灭了院子里所有的灯。虫子顿时消失，但再来的客人连主人长什么样都不知道了。一片黑暗中，有没有混进来的伊拉克人和美国人友好碰杯都难说。大概因为那次伸手不见五指的“快乐时光”，人们对保尔的长相都印象不深。后来我去超市买东西，我的司机挨了一个白人的骂，我上去帮司机的腔。但等那个白人把车开走，我一阵后悔，因为我想起他就是保尔。保尔实在亏得慌，破费那么多酒钱，却没让自己在客人中混成个半熟脸儿。

各大使馆的内部小报上有时也登其他的夜晚节目。比如土耳其大使馆在一个星期五请来了模特表演队，展示几位当地服装设计师的作品，多半是根据非洲部落的土著服装创作的时装。人们在几个礼拜之前就开始奔走相告，订座位约朋友，为这个稍微高尚些的消遣而兴奋。这和“快乐时光”不一样，不能有“混”的态度，一袭裤衩汗衫就算衣冠周正了。在阿布贾没有歌剧院可去，更没有交响乐和芭蕾，去看这个时装表演，大家权当是去听歌剧。所以女人们也都憋着劲要盛装一回，珠宝也都要佩挂起来。一般的酒会和餐会在阿布贾时有发生，而且在哪个酒会上都碰得到熟人，出过风头的衣服就不能再穿，所以先是要自我设计一番时装。出席酒会，女人们一到场先看看自己的服装是隆重过头，还是太过草率，有时所有人似乎串通好了来捉弄你，一色的便装亮相，而你衣冠楚楚成了个唱大戏的，一晚上又累又傻又孤立。而这回看时装表演，大家终于不必有“过头”之虑了。

土耳其大使馆离我们的院子也不远，隔着五个大门而已，步行过去应该十分钟也用不了，开车倒反而要对付停车的难题。但阿布贾的街道像黄河，说改道就改道。昨天好好的人行道，今天很可能堆满建筑用的沙土石块，或者铺草坪的草皮，砍伐下来的树枝，未被拉走的垃圾，人行道就改到了马路上。有时水管或下水道漏了，马路也改道，成了运河。有几次我早起按老路线跑步，被人喊住了，说我怎么可以穿过他们的祈祷场。原来那一段人行道被他们改成了清真寺，只不过墙和屋顶是非物质的，好比中国戏曲舞台上的写意性房舍，因而我这异教徒不慎闯入。所以我和来瑞早早吃了晚餐，换了衣服，提前向土耳其大使馆出发。我们把时间留得非常宽裕，怕我的高跟鞋遭遇意外改道。到了土耳其大使馆门口，大门还紧闭着，一个看表演的人都没有。等了十分钟，仍然不见人来。马路对过，是一块巨大的荒地，由垃圾场形成的。荒地那一面有几间草棚，住着几家人，也养了几条狗。这时人和狗都站在棚子外面，看着我们两个盛装的异族男女。我们的服装和这片荒地以及他们的草棚形成了不知是谁对于谁的讽刺。又过了一会，总算来了几个人。离开演时间还有十分钟，大门却还是紧闭着。有人沉不住气了，说即便不开门，也该有一点时装表演的气氛啊。这时就有人敲门了。一个警卫吃惊地跑出来反问大家："你们难道不知道吗？"我们说知道什么。他说："取消啦！"大家气坏了，说怎么可以说取消就取消呢，这不是拿人开心吗？警卫说取消的通知刚刚下发，因为装时装的大卡车在公路上被土匪劫持了，设计师和司机好不容易才脱险打电话过来。大家都惊得半张开嘴，一直到警卫再三安慰，说设计师们确实脱险了，才惶惶地散伙。

有一个星期五，荷兰航空公司要举办一次"快乐时光"，以吃牡蛎为主题。虽然不像其他"快乐时光"一切免费，但鉴于牡蛎在阿布贾的珍贵程度，三十五美金一个人差不多就算免费了。据说牡蛎将在当天从荷兰乘飞机，再经过七小时的冷藏旅行到达阿布贾，新鲜程度可想而知。很多人来阿布贾几年也没吃过一次牡蛎，所以都觉得荷兰航空公司功德无量。晚上和几位美国大使馆的朋友一块来到希尔顿饭店，找到了那家意大利餐厅。我们被安顿到一张长形大桌，桌上摆着荷兰航空公司的招牌，并有欢迎字样。点了酒和开胃小菜之后，大家问服务生牡蛎怎样点，按份还是按个，或者是自助餐，吃多吃少凭食量也凭良心。服务生表情奇怪地退了场，不久餐馆经理出来了，笑嘻嘻地说："你们可以点牛排大餐，或者龙虾大餐，价钱同样。"我们说我们就是图一顿牡蛎大餐才来的。他代表荷兰航空公司沉痛道歉："牡蛎现在还在拉格斯，被海关扣住了。"一个朋友说："一定是没有给海关行贿。"经理说："行贿是行了，但钱数大概不够分给每个管事的海关官员，所以没得到好处的人就找事了。海关提出要荷兰航空公司付一笔税，航空公司一听那价码便说，牡蛎你们留着慢慢吃吧，这边改吃牛排大餐了。”接着经理说：“酒钱全算在航空公司账上。”

我们依然每个星期寻找各种各样的“快乐时光”。一次听说法国大使馆每星期放法国电影，对于我这个电影迷来说，总算找到了真正的快乐时光。我和来瑞议论，看看人家法国人，精神享受还是高于物质享受啊。整个尼日利亚一共就只有一家电影院，在拉格斯，但禁演绝大部分西方电影。好莱坞的电影一部也不准演，怕尼日利亚人受精神污染。据统计，尼日利亚人和世界各国人相比是最快乐的人，也许和不看好莱坞的电影有关。此地之所以盛行“快乐时光”，也是因为没有电影院可去。听说法国电影在法国文化中心的露天广场上放，所以我们都换上长袖衣服和长裤。在阿布贾生活，基本不穿皮鞋袜子，天天赤脚穿凉鞋、拖鞋。但这天晚上我们都严严实实地穿上袜子皮鞋，并且在脸上手上涂满防蚊药水。在阿布贾的自然食物环链中，人类捕食蜥蜴，蜥蜴捕食蚊子，蚊子捕食人类，无论奈何与否，大家都责无旁贷。法国大使馆的文化中心并不好找，我们开车在小街里转了半个小时才找到。进去不久，一些法国人来了，拖儿带女，又是食品又是水果，看来这场电影对他们也是一桩大事。但管理人员很快亮出一块牌子，上面写着致歉的话：非常遗憾，今天晚上有雨，不得不取消电影。在阿布贾住的时间长了，发现最靠得住的娱乐还是“快乐时光”。

尼日利亚

去尼日利亚之前，我就一再跟来瑞啰嗦，叫他在住房申请上请求大使馆分一幢带后院的房子给我们。根据我有限的知识，非洲的植被不同于中国和美国，我怕买不着吃得惯的蔬菜。到达阿布贾之后，发现房子和家具丑陋得无以复加，但打开客厅的后门，果然有一片不小的院子，一看就是被冷落许久的。

第二个礼拜我设宴邀请了管理员，意图在拉拢他，让他准许我在院子里开个中国蔬菜农场。这意味着要毁掉院子里现存的草坪和一部分花木。荒芜尽管荒芜，毕竟勉强可以叫它后花园。管理员表示他对我的垦荒计划将睁一只眼闭一只眼，并告诉我院里雇佣的清洁工可以做我的帮手，打发给他两三百尼拉就行。三百尼拉等于美金两块八角，看来殖民的悲壮历史就是这样谱写的。

清洁工是个三十来岁的瘦子。不过尼日利亚人几乎个个都瘦，所以瘦不能作为一个形象特征。其实我早就留意他了。他穿一身墨绿工作服，戴一顶棒球帽，早上七点就来扫院子。他扫地的姿态很痛苦，两手握一把一尺多长的扫帚，扫起来人得弓成一百二十度。扫帚是用一种草枝扎成，很像中国的老式刷锅刷子，与其说他是扫院子，不如说是刷院子，一寸一寸地刷，院子便给他刷成了偌大个锅，干净得可以盛食物了。常常听见那坚硬的刷地声响在我窗外，却看不见人，可想他弯腰拱背的功夫了。一天我拿了美国带去的长柄扫帚，示范他如何使用，他却诚惶诚恐地笑了，说："夫人，那样会扫不干净的。"我说美国人和中国人都这样扫地，都扫得很干净。他又笑，真正的明目皓齿，说："非洲人都这样扫，从来都是这样扫。"我问他难道不累吗，他说习惯了就不累了。说着他又一百二十度地折下腰，扫着向前走去，后脊梁上的脊椎骨尖溜溜一串，清晰地戳在他的墨绿工作服下面。为五斗米折腰，折成这个角度，折这么长久，让我心里出现些模糊不清的感慨。

一个星期一的早晨，我听见他的扫帚刷地皮的声音，就赶紧出门去。我把他叫到门岗看不见的地方，怕警卫知道他干私活，对他不利。我把我要在后院实施的垦荒计划告诉了他。他听了一半已经咧嘴笑了。这天太阳特晒，早起的气温就有四十度。我戴一顶麻制草帽，穿一件白亚麻布衬衫，若在一个电影镜头里，我大概就是女种植园主了。两三百尼拉就能垦一片荒，我也开得起千顷橡胶园，我也会发财。等我张开嘴时，两三百却成了一千七，一个准确而肯定的数字，像经过深思熟虑吐出的。讲出这个价码，连我自己都觉得冷不防。

"一千七百尼拉，你认为公道吗？"我问他。

他只看着我。也许他嫌少？也许他要跟我还价？所有的尼日利亚人都把讨价还价作为娱乐，你不给人家娱乐怎么行。我在想，假如他往上抬价，我该怎么压。可他突然说："愿上帝保佑您。"

第二天中午，我发现后院的草坪消失了，成了三条齐齐的田垄。垄面上铺了一层和着畜粪的肥土。我从来没有种过菜，打开一包中国带来的菜籽，便大手大脚地播撒起来。五分钟之后，三垄地全下了种：扁豆，尖椒，香菜，上海青，鸡毛菜。过后的两天，我完全忘了菜园的事，第二天傍晚去游泳池，路过后院，突然见一片密密的绿芽，苔藓一样东一块西一块。原来撒种子大有讲究，像我这样的大手笔，后果就是稠的太稠，稀的太稀。十多天以后，扁豆吐须了，我隔着客厅的玻璃门，看见清洁工扛了一些树干，支在扁豆苗旁边。他原来十分有心，树干是打理院内树木时砍下的乱枝，他却没把它们当作垃圾扔掉，搜集起来，打得溜光。其实这并不是他的份内工作，说好他的工钱只包括耕翻草坪，砍去花木，也就是那些我没法自己做的重活。田打造出来之后，就全归我自己经营了。

又过了两个星期，按菜籽包装袋上的说明，第一期收获就该从此时开始了。但上海青还不比鸡毛菜大多少。我想起“拔苗助长”这句话来。我蹲到两条田垄之间的空隙里，拔下一把菜秧子，掐去根须，摘掉黄叶，站起身发现这桩农活竟让我干了一个多小时。晚上把袖珍青菜炒了一下，紧翻慢翻，大部分还是成了一股清香的水蒸气飘逝而去，盛进盘子里的一点儿，就像孩子玩过家家了。但来瑞一吃就吃出了不同。他问这是什么菜，怎么这样鲜嫩。我说就是后院的产品。一直对我的农场打趣的他，这下才重视了。市场上买回的菜太老，纤维又结实又多，简直可以在肚里纺线。相比之下，这一口青菜就是宫廷极品了。

因为菜种得太密，上海青始终小巧玲珑，没有长出它们应有的体积和高度。但它们还是一度成了我们晚餐桌上的主角，天天登场。来不及吃的，绞碎了做饺子馅儿。最后吃出一个真理：再美味的菜也禁不住这样吃。于是决定改种韭菜和黄瓜。播种十多天之后，地面才出现一点绿影子。又过一阵，能看见几撮绿色发丝了，在傍晚的雨中伏摇，奄奄一息。这天看见清洁工站在地头上，偏着脸看它们。似乎不把脸偏成那个角度，根本无法看清那若有若无的韭菜苗。他也和我一样为韭菜的病弱发愁。在此之前，我和他签了非文字的协议：他替我拔草浇水，总之菜园里有什么零活他就顺手做了，我每月付他一千尼拉。我走出客厅后门，他问我这是什么菜，就该这样细吗？我说至少该粗十倍才对。他说那就是缺肥。我怕在饭桌上联想到有形有色的畜粪来，就决定使用化肥。他却说他不会用化肥。尼日利亚人用不起化肥，所以施化肥很不普遍。

卖化肥的人教了我施肥的方式和剂量，我大致转述给了清洁工：两种白色粉末，搀和在一块，撒到土里就行了。他有点犹豫地看着我，问道："那个卖化肥的人听懂你的话了吗？"他是指尼日利亚的生意人常常没听懂英文就热情地一个劲说"Yes"。我说反正施化肥也不是多伟大烦人的科学，就照他说的做吧。

第二天一早，我端着咖啡踱到后院，一下子惊呆了。三垄地除了爬得一人多高的扁豆外，全是一片灰白。化肥不仅把菜苗烧死，简直就给它们来了一场火葬。用手指碰一碰韭菜，落在指尖上的就是一点儿灰烬。施过量的化肥白茫茫浮在泥土上，夜间的雨都未能溶解它。是错在我没有把剂量听清，还是错在清洁工没听懂我的话也热情急切地说"yes"了？或许化肥压根就是伪劣品，就像充斥尼日利亚市场的伪劣品一样。不知哪个环节上的大错，毁掉了我的中国菜园。

回到屋里，我发现清洁工没有按时出现在后院。有时从楼上看见他在剪枝或扫地，忙换上鞋，开了门出去，但一到院里，又不见他的人影了。几次之后，我明白他在有意躲我。菜园就死在那里，幸存的扁豆从废墟中爬出，孤零零地一点一点向高处爬去。正是雨季，野草借了化肥的养分，每时每刻地拔节，很快菜园又要恢复成那个冷清荒芜的院子了。

渐渐地我也不想为难清洁工了，他躲我，我也不主动去找他。发工资的日子在迫近，面对一个毁了的菜园，我不知拿出钱时两人会不会尴尬。我想告诉他："没关系，这又不怪你。"但他不一定会相信我。他似乎把这事看得很重，像是闯下了大祸，足以导致解雇的大祸。

一天下午，大概离"化肥事件"有十来天时间了，我在家里写作，听见院子隔壁又是唱又是说。隔壁是女佣和警卫们的宿舍，所有人都在那边热闹，不断有人穿过前院，跑到游泳池边上的公共冰箱去取冰块取饮料，瓜果也是预先切罢冰镇下的。做晚饭时，我问我家的女服务员希望小姐，下午他们在热闹什么。她说是在开欢送会。"欢送谁呀？" "那个清洁工，他被调离了。为什么要调离呢？这就不知道了。美国大使馆有好几个宿舍区，他被调到另一个宿舍区去了。"我想很可能是他自己要求调离的，他认为在这院里捅了娄子，留了把柄，长待下去是不妙的。他对我给他的这份工作太小心翼翼了。这样的小心是从他的祖辈传下来的，从殖民时期贯穿到现在，已早早流淌在他的血液里、他的潜意识中。假如我告诉他我的家乡上海曾经也是殖民地，他大概会觉得，我们之间是有可能建立平等的。

我们的晚餐桌上开始出现扁豆。不仅我们的餐桌，邻居的餐桌也有这道中国菜了。扁豆的生命力怎么这样强呢？爬到了架子的顶梢，无处再爬，就把带着微紫小花的须髯指到天上去了。最早的豆荚已炸裂，豆种已自择落脚之地，第二代的苗儿已生长出来，东一株西一株，长得散漫自由，很有非洲气派。其实我很少去后院了，不愿看一块伤疤似的。但扁豆和野草一样皮实，对我的疏忽毫不在乎，浓绿的枝蔓漫卷一片，顶着花蕾卷向高处，又缀着果实卷下来。往往被人太在乎的东西，倒是难得存活。

戒荤

我戒荤戒了好几次，每次都以失败告终。第一次是2004年，我去河南农村搜集素材，下榻的村子里有户农民，以养奶牛为业。春天下的两头小花牛，一公一母，憨态可掬，我每次见到它们就走不动路了。它俩总是被拴在桩上，只能吃脚边的草，远的够不着。我从别处扯来草喂它们，喂了两天就认识我了，如果手里没草是别想走近它们的，它们会叫得又赖又娇。离开村子之前，我最后见了它们一次，看我走远，小母牛四只蹄子一块蹦，一面仰脸直吼。小公牛一动不动地站在那里，眼光傻乎乎的。牛的主人曾经告诉我，小公牛长到一岁，就把它杀了卖肉卖皮子。公牛不产奶，不产犊，养它就图一堆好肉。我脱口问牛的主人，假如买下一个月大的小公牛，他要价多少。他一愣，然后说三千来块吧。当然我不会那么疯，到北京大街上去放牛去。不过想到小公牛年底要变成一堆肉，我觉得所有的肉都和小公牛有关。那是我第一次戒荤。

到了尼日利亚，我的素食主义坚持了两个月，实在不得不开戒。尼日利亚没有豆制品，没有蘑菇，总之我“食之以当肉”的东西统统买不到。皈依洋食，我又吃不来起司。每天上午写作，下午健身，不久就身心两干枯。并且来瑞是个肉食动物，我不能顺便也把他的荤给戒了，加上我常开家宴，不吃肉而每天大事烹肉，这都对我的戒荤初衷是莫大嘲讽。于是想通了：坦诚的恶要比虚假的善好些。在美国时，有时会碰到一群动物保护者，见到穿“千金裘”的女人，他们弄不好会上去动剪刀。有一次我问他们：“你们穿的皮鞋是谁的皮做的？”我的意思是：貂皮、狐皮是皮，牛皮、羊皮也是皮，不要在动物里搞种族歧视。一种原则若不能贯彻始终，那就别费事贯彻了，这是我戒荤失败时找到的自我平衡方法。

阿布贾的肉食其实非常紧缺。假如请客拟的菜单上有糖醋排骨，必须一个月前从离阿布贾四小时车程的肉食公司预定，送来的货里也许恰恰没有排骨。阿布贾一共三家超市，展示在玻璃货柜里的肉往往色泽惨败，质地僵死，看上去牲口们去年就变成了肉。问问售货员肉是否新鲜，她会说：“新鲜。”若问：“是这星期进的货吗？”她会回答：“是的。”她是一副被多次戳穿、死猪不怕开水烫的好态度。因为海鲜的新鲜程度更差，加上禽流感的恐惧，所以不管肉类多么像文物，还是得拿它在家常菜和家宴里翻花样。

一天我在书房里写作，听见隔壁院子里冒出一声惨号。我吓得从椅子上跳了起来。嚎叫声凄婉绵延，完全是一个妇人在哀哀求生。隔壁是沙特阿拉伯大使馆，我想起他们有时会欺负欺负女人，不高兴起来拿女人不当人。我冲到墙根下，对墙那边大喊：“你们在干什么？！”没人理我，惨叫还在继续。我们院的一个门卫跑过来说：“没事，就是杀羊。”我吃惊羊的哭喊竟比人更惨，表达力更丰富。我接着对墙那边喊：“喂，你们在对羊干什么？！”又过来一个门卫，说：“没干什么，就是杀它。”他们见我失魂落魄地站在毒太阳下，为我的不可理喻偷着乐。我听着羊的叫喊，四十几度的气温，我越听越冷。原来羊也会哀哀求生。我回到屋里，泪流满面，女管家希望小姐进来，想安慰我几句。我却抢先开了口，说：“从今天起，再也不吃肉了！”大概希望小姐认为吃得起肉而不吃比较无聊，也比较矫情，晚饭时她对我说：“那是母羊下羊羔。”但我坚信门卫们告诉我的是真相，所以铁嘴钢牙，发誓饿死也不吃肉了。

过了一阵又在家里大宴宾客，一位中国客人带给我一把茴香和一把韭菜。茴香和韭菜在非洲的气候几乎不生长，所以对于我来说，没有比这两把蔬菜更珍贵的礼物了。第二天我用韭菜加鸡蛋做了一些饼，茴香和上猪肉，包了几十个饺子。煮饺子的时候，茴香久违的香味漫开来，让我像犯了毒瘾一样不能自持。住在美国的十几年都没有吃过茴香饺子，我对自己说：就尝一个吧。一个饺子吃下去，我后悔莫及，只吃一个比一个不吃要残酷多了。意志一沉沦，人马上就破罐破摔。我坐下来，跟来瑞一块儿吃到盘中最后一个茴香饺子。这时幸福对于我一点也不浪漫不虚无缥缈，它就是对准茴香饺子咬上去的刹那。

戒荤又是一次大败。不过这次自责较少。好比常入监狱的人，出出进进久了，也就生出平常心来了。朋友们常在饭桌上问我：“最近在吃素？”他们也不大看好我的戒荤前程。

在我们房子附近的小街上，徜徉着一群自由自在的山羊，啃啃青草，嚼嚼垃圾。小羊们见了人，会把头一埋，用两个拇指大的犄角对着你，像是好战的活卡通。母羊和公羊对人的认识比较深刻，知道这种两足兽比所有的四足兽都厉害，见了人拔腿便跑。小羊们不跑，它们回头又叫又撵。企图亲近小羊们的我，在它们爹妈看来就是直立行走的大灰狼。穆斯林新年临近，街上的羊群还是无忧无虑地漫步。我天天点数，怕谁做了新年盛宴的一盘菜。这天我又听见羊的凄婉求救声传来。我拿起睡觉堵耳朵的耳塞把叫声堵住。羊叫得太惨，怎么也堵不住，我抱着手提电脑跑到了二楼，跑进主卧室里的浴室，把门关严。也许是心理作用，羊的叫声仍然不绝于耳。一上午过去，我又赌咒要清心吃斋。希望小姐劝我，肉还是要吃的，我一个人戒肉，羊一头也不会少死。而且她给我分析："假如杀羊，一刀下去就完了，它叫什么呢？当然是母羊产羔。"门卫来自畜牧部落，希望小姐来自海边部落，我当然更信门卫的话。

吃了一阵素，觉得有点无趣。有时做了上海狮子头，或者绍兴醉鸡，我就感到誓言又要崩溃。这时我拼命地让自己相信，希望小姐的哄慰是真的。心里动摇来动摇去，实在是自己和自己过不去。穆斯林年关越来越近，我问沙特阿拉伯大使馆的一个门卫，过年他们会不会杀羊。门卫看了我一眼，反问我："怎么了？"也许他知道我是上次为了羊而管闲事管到他们地界上的东方女人。所以我听得出他的言下之意是："这还用问吗？你不是找抢白吗？"我又问他街上那群羊是不是他们养了吃的。他回答说那群羊根本就不是沙特大使馆的。我心里一块石头落地了。

一个傍晚我牵着可利亚出去遛，路过那幢盖了一半停盖的烂尾楼。羊的惨叫从楼后面传来。楼中有几家"蹲点户"（即漂流到城市在这类无主建筑里落户的人），有一家是穆斯林。那群羊是他们的。他们也在准备年货呢。我拔腿便逃，一直跑进我们的院子，才甩掉了令我腿软的哭嚎声。我吃肉的胃口再次败下去。

第二天我看到那个山羊的家庭，少了一只公羊。公羊不产羔，不产奶，首当其冲到了锅里、盘子里。我走到烂尾楼旁边，恰好穆斯林家庭的主妇在街边卖饮用水，我装着闲聊，和她打招呼："过年了？"她笑着回答："是啊。""杀羊了？""杀了一只。"他们没有冰箱，吃一只杀一只。我想问他们下面会杀哪一只羊，但及时克制了自己的愚蠢。因为我打算说："别杀了，那只羊我买下了。"我如果真那样说了，在她眼里或许就是顶可笑可恶的人，财大气粗，到吃一年木薯才吃上一回肉的人中间为山羊们买生路来了。

这个烂尾楼里朝不保夕的生命可不只山羊，有本事你都花钱买下吧。那群羊终于从街上消失了。后来发现它们的主人也消失了。烂尾楼的主人突然弄到了一笔钱，可以给楼添砖添瓦，但能不能了结工程，还得看工程进程中贪污的人是否手下留情。或许蹲点户们把大大小小的羊都杀掉、风干，驮走，这样漂流起来会方便一点。

女佣

杰克从纽约来，前半生从事证券交易。以他的话来说，那是男人们穿着衣服能玩的最刺激的游戏。杰克退休后被美国联储局反聘，到尼日利亚帮助这个国家建立信贷系统。杰克和我们一见如故，到达阿布贾的第二天我就设家宴招待。跟纽约人相比，美国其他地方的人都是乡巴佬，所以从花卉到菜肴再到甜食，都凑合不得。我的女管家希望小姐（后来我认她做女儿了）进进出出给我做帮手，杰克不免羡慕她的聪明伶俐，打听能否通过希望小姐为他介绍一个同样能干的女管家。

希望小姐稍一沉吟就说她有三个候选人。杰克马上说太漂亮的不行。他哈哈大笑，说他深知自己好色，又是刚刚离婚，生怕和漂亮女管家日久生情，演出室内剧来。在三个候选人中，杰克果然挑中了五短身材、相貌平平的伊梅邦。据说她是符合所有条件的：英文扫了盲，有做女管家的工作经验。第二个周末，杰克就笑呵呵地“告状”来了：伊梅邦按照杰克的指导吸尘，拖着吸尘器楼上楼下地仔细打转，可是灰尘只是扬起落定，丝毫不减。杰克发现她原来并没有插上电源，就把一个沉重的机器满房子推拉了几遍，徒然忙了大半天。

杰克教会了她吸尘后，又出了一件事。伊梅邦熨烫的衣服全是领子朝内翻，商标在外面，并且商标都熨烫得异常平整。问她什么要让杰克后脖劲上顶着商标，她憨笑不语。我们猜她大概认为白人男性衣服缺乏色彩，非洲人是不能容忍无色彩生活的，因此她做主把唯一有色彩的商标翻出来，点缀调剂一下杰克的背影。

不久杰克就夸奖伊美邦的勤劳好学，多么地闲不住，把他别墅里里外外的玻璃门窗都擦得透亮，前几任外交官留下的尘垢，全部抹除，玻璃门窗亮得苍蝇和鸟天天误撞，时时出现微型的“9·11”撞机事件。可以想象杰克家附近飞绕着多少满身乌青、头上带包的苍蝇和小鸟。

一天杰克设晚宴招待我们。伊梅邦已经很有模样，脸上带着空中小姐式的对事不对人的微笑，给客人们倒水倒酒。啤酒也像水一样被她倒入大杯子，立刻泡沫满溢，倒流到她的胳膊上，接着她一双洁净的赤足，也洗起泡沫浴来。杰克便给她做示范：把啤酒杯倾斜成七十五度，再把瓶嘴抵在杯沿上，让啤酒缓缓顺着杯子内膛注入……伊梅邦学得很投入，眼睛都不眨动，接下去给其他客人倒啤酒，刚学来的招式马上奏效，一滴酒一点泡沫都没有漏出。

隔了一阵，杰克又设宴。我这时候已经发现，这个纽约人在来尼日利亚之前，花了两千多块钱买厨具，拥有高度现代化的各种烹饪锅。吃了我的家宴后，大有和我打擂台的趋势。但我挑衅他说：“用那么贵的烹饪器具烧菜有什么稀奇？有本事像我一样，废旧利用的锅也能做出宴席！”我并不太夸张，我厨房里三分之二的锅子若碰上大跃进大炼钢，一定会被当废铁扔进炉膛的。其中有两三个锅还是来瑞1986年在沈阳当领事的时候买的，那时他有一个厨师给他烧中国菜，添置了一套中国锅碗瓢盆，它们一直跟着他，比我陪伴他的时间长多了。

杰克这天晚上做的是印度餐。只要照本宣科，杰克可以做任何一个种族的菜肴。这又是我挑战他的地方：我的菜谱全在脑子里，并且常常有新创意，每次做都充满偶然性，同是一个菜，一回和另一回绝不一样，失手和突破都有可能，就像创作作品，很难如法复制。进了杰克的家门，第一个小时照例是鸡尾酒、聊天时段。伊梅邦更加进步，穿着幽雅，举止轻盈，微笑高贵，并且懂得了好的侍者是不见人的，只是一份关切、殷勤、温暖的无声存在。我杯子里的葡萄酒少下去，她马上就无声地上来，给我添加同样的酒。但我对她的动作百思不得其解：她把高脚的红葡萄酒杯倾斜成七十五度，让红色酒浆小心翼翼地进入酒杯，注入的速度不比输血快多少。我问她为什么要这样倒葡萄酒。她说："哎，上回杰克教会我的呀！"她学会了倒啤酒，以为天下的酒都该那么倒。

杰克这才注意到了事情的荒诞，再一次做了倒葡萄酒的示范。

之后就没再听杰克说到伊梅邦。我猜想她终于变成了另一个希望小姐，聪明好学，勤劳勇敢（希望小姐和我们家一个看家大耗子搏斗，用登山棒的尖端把它插在地上），只要提供一本食谱，她可以做出各国菜肴。

但一年后的一天，杰克发现他存放在家里的好几十万公款没了（一千尼日利亚尼拉相当于七元美金）。他是把钱锁在壁橱里的，因为没有保险箱。试想那是多大一堆钞票，即使有保险箱也得特大号才能装得下！杰克第一个反应是联络警察。在尼日利亚，人们到处说警察的坏话，但这种时候也只能找警察了。警察的第一个反应是拘捕伊梅邦。杰克跟警察火了，说伊梅邦那么老实，他们真强盗逮不着，净挑软柿子捏。警察说无论如何伊梅邦也是主要嫌疑人。杰克问他们有什么证据，警察说没证据才要逮回去好好把证据审出来呀。伊梅邦倒是不害怕，对警察十分地配合，自己进了警车。

一天半过去，杰克得到警察的通知，叫他去一趟警察局。伊梅邦平静地坐在那里，似乎跟杰克还能重逢让她感到安慰。警察告诉杰克，伊梅邦的交代是这样的：她在市场买东西的时候碰到两个男人，他们跟她说了什么她已经完全失忆，因为他们给她施了巫术。这种厉害的巫术可以洗脑，把他们的坏脑筋输进来，然后他们的坏脑筋就会指使她干任何事，好事坏事都由不得她。她正是在他们坏脑筋的指使下，撬开了杰克的壁橱，拿走了里面的钱，然后又回到了市场，把钱如数交给了这两个人。

杰克目瞪口呆，半天才说出话来。他说："你指望我相信这种鬼话？"

伊梅邦说："你必须也被他们施了巫术，才会相信我的真话。"

杰克想，她是有逻辑有道理的。

杰克又说："我对你这么信任，你怎么干出这种事来？"

伊梅邦说："你怎么还不明白？干这事的不是我，是那两个人！我又没得到你一块钱！"

杰克回来，觉得所发生的一切太魔幻了。这就是之所以魔幻现实主义文学不能产生在经过工业革命、以理性发达为荣的美国。他跟我们一群朋友讨论了这个事件，一时愤怒，一时好笑。

第二天，伊梅邦说如果警察和杰克不相信她，她可以带他们到市场去找那两个男人。等大家领教他们的巫术有多厉害，就会还给她诚实的名誉。警察果然跟她去了市场，兜了好几天圈子，也没找到那两个巫师。巫师若道法高明至此，就可以隐身，这是唯一的解释。

伊梅邦的表现始终是坦然无辜的。她被巫术变成了一只延长的贼手，伸到了她敬爱的、有恩于她的杰克的壁橱里，她有什么罪过呢？

杰克问警察，他们是否相信这种巫师和巫术。警察们说他们并非不相信。

这个国家的两百多个部落，认为他们靠天靠地生活了几千年，远比殖民者靠政府有把握，所以他们相信天地间充满未知的能量，总有一天会替天行道，替他们推翻他们那个腐败透顶的政府，替他们报复用国家丰厚的石油养了自己的贪官，替他们清算受贿赂在国外置买一栋栋楼房的公务员。他们对于未知能量的祈求，大概也包括杀富济贫，一群群肥肥大大的白种人来到他们的土地上，做了几世纪的老爷，以他们财产的一点儿零头，去养活他们半个部落的老幼残弱，也未尝不可。

既然警察都这么说，杰克只好认了。他能做的就是立刻结束跟伊梅邦的雇佣关系，因为他怕下一次她被巫术作用，就不再是撬壁橱的锁，而是以他手把手教会的优雅姿势，往他的杯子里倒掺了毒药的啤酒。

信则灵

清晨五点左右，我就会在咏颂祈祷的声音中醒来。穆斯林们开始每天的日出祷告了，领诵者在电喇叭里的长啸在黑沉沉的城市上空回荡，听上去竟苍凉得很，把人带到了古老的中东大漠。假如在这时出门，就能在我们的街口看见一群群祈祷的人跪在简陋的清真寺里膜拜。街边的清真寺简陋得只有一圈半截墙，人跪下时从外面只能看见一排排头顶，一旦他们趴下，外面就什么也看不见了。所以刚到阿布贾时，我对这些半截墙很好奇，还往不雅的方面猜过。墙内的地上涂了漆，都是庄重但绚烂的颜色，有的还勾画出地毯的图案。还有比半截墙更简陋的，那就是在街边拦下一块地方，清扫干净，两头挡上长板凳。这样无论谁走过，赶上祈祷时间，马上就可以加入进去。也就是阿拉之下，不分亲疏，皆兄弟也。我刚来此地时，看见人们无论走到哪里，手里都提一把塑料小茶壶。后来知道那壶里装的水是随时供他们净手净脚，准备一天五次的跪拜的。我们的司机伊布拉罕姆是穆斯林，十分虔诚，我给他的瓶装矿泉水，供他出车路上喝，若途中遇上祈祷，又找不着水洗手洗脚，他便从嘴里省下水净化一番。他还在车子里放一块小毯子，祈祷时就拎下车，找块干净也清静的地方铺下跪拜。有时我进商店，或图书馆，出来便看见他跪在他的流动清真寺里，闭眼祷告。他一旦感觉我走近，就会一纵身跳起来，脸上有一点过意不去的笑容。我总是告诉他不急，我可以等他完成祷告再走。他却从来不让我等，说他能在有空时补拜。他过去开银行的押款车，常常一整天都没空，晚上要花很长时间把五次祷告都补齐。

我们路口有一幢空房子，楼上没封顶就被停工了，据说是由于缺乏资金。阿布贾到处有这种未竣工的废墟，里面住着无家可归的人。英语把这样的人叫作“squatters”，“蹲点户”的意思。我们路口的蹲点户一共有三家，每家有四五个孩子，合居在楼下的四五个房间里，门口种了几株玉米、辣椒，草地上摊着洗过的衣服，看上去是来自慈善机构的旧货。孩子们平时穿得很破旧，小男孩们干脆赤身裸体。一到礼拜五下午就不同了，全都穿上了盛装，小姑娘们长裙坠地，头上罩着纱巾，严严实实挡着下半个脸。女人们也都是一身蕾丝或刺绣，男人们上有帽子下有袍子，相当于美国人的“Sunday best”。礼拜五下午是他们去正规清真寺的时间。阿布贾任何一个住宅区都有一两座相当考究的清真寺，头顶货架的流动小贩也好，处处为家的乞丐也好，都可以就近加入星期五的集体祈祷。我们的司机这个时间是不开车的，除非有非常紧急的情况。清真寺里不分贵贱，毫无歧视，只要你进门前把鞋脱了，都允许你在那一刻高尚一下。市中心的清真寺是阿布贾最华丽、辉煌的建筑，巨大的金色拱顶在城市的任何一个方位都能看得见，是观光这个城市的第一大眼福。有一次，我和街口蹲点户中的一个女当家的聊了起来。她的英文生硬，但一探讨起宗教，表达力立刻提高，词汇量也大了。我见她穿着艳丽的长袍，问她是不是刚从清真寺回来，她说是的。她问我去哪个寺庙，我说哪个寺庙也不去。她笑起来，说：“你看我忘了，你们是礼拜天去教堂的人。”她把我当基督教徒了。我说：“我丈夫偶然去一回教堂，我不去。”她愣住了，半天才问：“那你去哪里？”我说：“去朋友家，或者去超市，或者去游泳池，实在没地方可去，我就去后院的蔬菜小农场。”她看着我，不知该拿我怎么办。我说我是无神论者，只信达尔文和真、善、美。她问我的父母去什么教堂，我说他们也是什么教堂都不去。她觉得太可怕了，问：“你们的老辈都不信教？”我说：“他们信马克思主义。”她问：“那是什么教？”我说：“你把它当成教也可以，不过一当成教，恐怕它就变糟了。”她不太懂我说的是什么。她说她从来没碰见过一个像我这样的人，既不去清真寺也不去教堂。我觉得她在那一刹那是可怜我的，形而下地看她是无家可归的蹲点户，形而上来说，我却是个精神上的无家可归者，连蹲点都没个地方蹲。虽然我走在这条马路上被人称作女士或夫人，坐轿车住大宅，穿戴人五人六，但我心灵低贱，精神上饥寒交迫。虽然他们楼上没屋顶，楼下缺门窗，顿顿吃木薯，但他们一切有上帝当家。她看着我这个不幸的人，很想帮帮我，问我愿不愿意去他们的清真寺看看。我说：“谢谢，不了。”过了几天，我们又碰上了，她说：“假如你有不再穿的衣服、裙子，可以送给我。”我回去取了一些旧衣服给她，她说祈祷时她一定代我求主保佑。我在她眼里是这样一个危机四伏的人，到处瞎闯荡，又没有一个神灵向着我，太不堪一击了。这个蹲点户的居民从大人到孩子对我都非常友善，只有一次和我反目。一天清早我带着我的狗可利亚出门散步，刚走上废墟楼对面的人行道就听他们怒吼，叫我立刻带着狗出来。我一回头，见五六个蹲点户男女全板着脸，责问我怎么不脱鞋就进到他们的临时清真寺里去了，居然还带着狗。可利亚平时和他们的孩子亲密无间，看孩子的情分他们也不该说可利亚像说什么秽物。我两头看了看，地面是比原先干净，还有两个凳子放在两边算作前门后门，我居然穿着一双脏鞋，牵着一条脏狗，就这么破门而入，在他们的圣地肆意糟蹋。我说："可这是人行道啊，至少昨天还是人行道。"其中的一个男人说："你昨天也从这里面走过？它早就不是人行道了！"我这个无神论者此刻就是一个反面人物，在他们正义而愤怒的目光中灰溜溜走开，可利亚夹紧尾巴，消失在满地落花的路尽头。

中午到下午的祈祷比较频繁，有时走进店家，会发现店里一个人也没有，都去清静的地方祷告了。一次我走进一家礼品店，货架上的东西全是开放式陈列的，体积很小，最容易让人顺手牵羊。尼日利亚的窃贼世界有名，可以从欧洲偷辆奔驰轿车海运回来倒卖，尽管教规有剁手的惩罚。而这家礼品店居然让人长驱直入，各取所需。我看中了一条有土著图案的桌布，大声问："有人吗？生意做不做？"没人回答。我想这个老板要么就是个马大哈，要么就是雨果的《悲惨世界》中神甫那样的人物，相信慷慨最终会教给人"活着是为了给，而不是为了收"。我向门口走的时候，吓了一跳，门后的角落里跪着一个中年男人，口中念念有词。假如谁偷了什么，肯定是出不去这扇门的。也许他相信在他和上帝对话的时候，小偷会不看僧面看佛面，暂时提高一下境界，光大一番美德，对他的人性缺陷加以克制。我见店主如此专注，就轻手轻脚地跨出了店门。刚坐上车，司机说："叫你呢。"顺着他摆头的方向，我看见店主已跑到门口来了，想把一桩几千尼拉的生意挽回。不过我的购物热情远不如他的宗教热情持久，眨眼间就过去了。

有一天我们的管家希望小姐宣布从此往后的五天里她都不吃饭，因为她参加了教堂每年一度的斋忌周，每天晚上祈祷结束才能进一点素食。她白天的劳动量颇大，楼上楼下地搬吸尘器，我问她何以吃得消。她承认体力是差一些，但一旦吃了东西，违反了斋忌规定，她会很不愉快。到了第五天下午，她向我请假要早下班，说他们教堂要守夜，并且唱一夜诗。过了一会儿，我见她从院子里穿过，脸上化了妆，穿着他们民族的节日盛装，匆匆走去，情绪非常好，步子都是跳着的。第二天我问她一夜不睡累不累，她说开心极了，累也不在乎。

这天晚上又路过蹲点户的荒楼，所有窗户黑洞洞的，大孩子背着小孩子在门口的空地上忙着做家务，炉子里的火光是他们唯一的照明。我发现常和我说话的那个姑娘也在黑暗里忙着什么，就走过去和她打招呼。走近我才看到她胸前的布袋里包着一个四五个月大的婴儿。我问她的孩子多大了，她说不是她的孩子，是她的弟弟。她至少有二十岁了，还有个那么小的弟弟，大大小小排下来，她一家有七八个孩子。她告诉我，她的母亲和邻居们去清真寺了，她因为要做饭而留在家里。我顺便问了一句："晚饭吃什么呢？"她高高兴兴地说："你看，我们吃蔬菜沙拉。"她手里拿着小半颗卷心菜，向我扬了一下。"还有木薯。"她补充说。回去的一路我都在想，她可以把那一点点卷心菜叫作蔬菜沙拉，可以兴高采烈地拿它当一顿丰盛的晚餐等待母亲从回寺归来。

这时我走到一条大路旁，路灯坏掉了将近三分之一。灯下徘徊着卖香蕉的孩子们，头上顶着摞成宝塔形的香蕉等待交通堵塞发生。一旦堵车，他们就会涌上去兜售。路基下是一大片荒草，荒草深处有一座矮房子，一个粗糙的木头十字架表明这是一座教堂。教堂面积不小，没有门窗，因为任何地方都可以进出。有些墙面是塑料布围成的，另一些墙面是破碎又拼合的石棉瓦。房子里挂着一盏大灯，电来自一部老发动机。在马路上行走的人可以看到里面整整齐齐坐满了人。教徒们正在进行一星期三回的圣经学习。教堂尽管简陋破烂，但属于那里面的大集体会很充实很安全。

一个周末，我和来瑞出去长途步行，路过那座教堂。我叫他猜那是什么地方。他看了一会儿，说："看起来像个教堂的废墟。"我告诉他不是废墟，里面活动繁忙着呢。几个星期之后，大雨刚过去，天地间还有一层雾气。我们打算去教堂里面参观一下，却发现它消失了。来瑞告诉我："政府正在拆除违章建筑物，可能用推土机把它夷平了。"看来无家可归者连精神家园也没有了。又过了几天，教堂又出现了，原来是雨季的草丛里植物长得过分高大，加上雨雾，把它遮住了，所以从马路上看，它便消失了。但无论如何它逃不过被夷平的命运，因为城里比它像样得多的建筑正在被夷平。政府似乎也相信我们曾口口声声说的"不破不立"，但"破"的能力很大，"立"就得慢慢地等，等钱，等原料，等贪污的、受贿的各路神仙都揣满衣兜。但愿政府的推土机也发生目障，让那座无家可归人的教堂永远隐没在丰厚的热带植物里。

玻璃车站

刚到尼日利亚时，我们的房子附近有条笔直的大街，叫作Ibrahim Babangida。像阿布贾大部分街道一样，它也是以一个昔日总统的名字命名的。路基下面，就是郁郁葱葱的热带雨林。自由生长的芭蕉树和蒿草形成层层叠叠的绿色，与远处的阿索岩连接起来看，恰恰是绿色大漠中的黄色沙洲。一次在Ibrahim Babangida大街上散步，看见一架破旧的小型发电机在路边轰轰作业，这才发现它发的电是输送到雨林深处的一个教堂去的。教堂是用从旧房残骸中打捞的零碎局部拼凑而成的，因而四面来风，八面采光。看久了，反倒觉得它与它的背景呼应成趣，别具一种风情。前一阵再路过那里，教堂消失了，消失得一点痕迹也没有，让我怀疑我曾经看到的是绿色大漠上的海市蜃楼。尼日利亚政府正在实行“夷平政策”：凡是有碍观瞻的建筑，一律以推土机夷平。这座教堂的几百教友大多数属于赤贫阶层，教堂被夷平后，他们去哪里过礼拜，听说教，唱圣诗呢？政府的意思是：你们自己看着办吧。

我们的前任司机依布拉罕姆一日登门拜访，说他租住的房屋也是夷平对象，为了不带着老婆孩子住大街，他希望我们能给他一些“赈灾”贷款。按照尼日利亚的租赁规定，房客在入住之前必须把半年甚至一年的房租交给房东。依布拉罕姆是那种最中规中矩的良民，去年底就付了全年的房租。我问他房东是否会退还他十个月房钱，他说没那事，房东说他的损失更大，眨眼间失去了房产，失去了也白失去，他找谁去？政府倒是痛快，推土机四处走一趟，阿布贾将只剩那些特给他们挣面子的楼宇，至于千万个从废墟上走出来的依布拉罕姆怎样避暑避雨，他们还是那个意思：你们自己看着办。依布拉罕姆对这个政府早就没了脾气，问他纳了税给政府，政府拿税收为他做了些什么，他笑呵呵地说：“不做什么。”问他为什么在电源紧缺、常常断电的阿布贾看到大白天点路灯，而夜晚黑灯瞎火，他也笑呵呵地说：“一直那样。”再问他为什么满大街的孩子卖香蕉、擦车窗，而不上学，他也毫无脾气地说：“上不起学啊。”

推土机推着推着，美国大使馆的当地雇员也开始人心惶惶。即便他们自己的住房幸免于难，他们的父母和兄弟姐妹总有住在那类“有碍观瞻”的房屋里的。大家开始筹钱，准备接应走出废墟的三亲六故。不仅当地雇员慌乱，美国外交官们也忧心起来：一些便宜餐馆也许会进入被夷平的黑名单。一个周末，大家相约去最好的一家印度餐馆，叫Wakki's。Wakki's不仅菜好吃，装饰情调也好，是用粗毛竹搭起的小楼，外面蒙着一层细纱网，以免竹子有缝隙，漏进蚊子。尼日利亚属于半沙漠，旱季从哈拉来的灼热干风能把树叶和草都吹焦，因此不是产竹子的气候。但为了这座竹楼的设计，Wakki's的老板显然从国外进口了竹子。阿布贾没有影院、剧院，没有商场、书店，可消磨周末的无非是几家餐馆，Wakki's 应该居第一或第二。我们长长一溜车队开到Wakki's所在的小广场，却怎么也找不着它了。天已黑了，一个人在多弯的阿布贾迷路的可能性或许存在，但集体迷路就比较魔幻了。大家下了车，拒绝接受Wakki's也在推土机履带下粉身碎骨的事实。因为它既不丑，也不陋，比起阿布贾许多煞有介事、不伦不类的豪宅漂亮多了，也有人情味多了。不久我们在英领馆举行的苏格兰舞会上，嗅到了Wakki's 的浓郁香气。虽然Wakki's 被夷平成一行电话号码加订餐广告，英国总领馆依然雇用Wakki's 来提供自助餐。印度老伴和员工们平和地向大家证实，政府为了确保阿布贾的市容更美丽，把Wakki's 的竹楼夷平了。这样一个精彩的餐馆，连同它的Tandoori 吧台（吧台内厨师们当众表演印度烤肉和飞饼），连同它的进口毛竹以及东方情调一块被夷平了。像所有被夷平的建筑一样，Wakki's 的一切损失都是活该，别想从政府那里得到一分钱的补偿。几个月过去，阿布贾的外交官们对Wakki's 的缅怀足以成立一个治丧委员会。新上任的人从已离任的人那里得到Wakki's 的口碑，一来阿布贾便打听它，人们不得不一再向后来者重复Wakki's 的壮烈殉难过程。

我们住宅大院的一些门卫也开始秘密地向院内的美国外交官借钱。一个门卫某天拦住了一个年长的美国官员，塞给他一封信，信里称他“爸爸”。年长的美国人理解门卫被绝望所逼而认他这个陌生人做父亲，所以慈祥地忍住了不适。门卫的住宅将被夷为平地，他希望他认作父亲的人可以借一笔钱给他。年长的美国人来到尼日利亚不久，不知怎样处理这种局面，想请教管理处的负责人。但过了几天，这个门卫便从大使馆消失了。门卫向大使馆的美国工作人员借钱是违反规定的，这一点那个门卫很清楚，只是人在绝望中，连失业的危险也甘心去冒。

夷平政策从城市向郊区推进。女管家希望小姐的未婚夫叫阿奇邦，有志于教育，大学毕业后自己开办了一个小学校。他一个人教一百多个学生，都是穷得读不起书的孩子。最困难时期，阿奇邦连教室的租金都自己勉强支付，但他一直坚持了好几年。有一天他告诉我，他的学校也将被夷为平地。既然政府嫌穷校长为穷孩子们租的校舍难看，那么是否提供好看些的校舍来支持阿奇邦这样的教育志士呢？政府是由一帮贪官组成，难免以小人之心度君子之腹，把高尚看成十分可疑的东西，所以阿奇邦的申诉得不到理会。夷平学校的日子越来越近，从阿奇邦的脸上，我就能读出那个荒谬悲哀的倒计时。终于有一天，他穿得十分整洁，路过我窗口时告诉我，这是他最后一次去他的学校，他和他的学生们就要在这天告别。过了几天再见到他，他似乎变了个人，没有半点曾经的踌躇满志，眼睛也躲着人。失业的他，难免成为希望小姐的负担，现实对他这样十多年寒窗读出大学文凭的男人无疑是难堪的。不久他去了驾校，但在一个失业率超过百分之六十的国家，驾驶员的位置也是千载难逢。于是他又去学修理，想在美国大使馆干一点修理的零工。却连这样的屈就愿望也不可能实现，他们小两口仍然只能靠希望小姐一份工资生活。后来听说阿奇邦到教堂的孤儿院给孤儿们上课去了。那是个不挣钱、相当于义工的工作。我的理解是做义工的人首先自己要有饭吃有房住，一无所有的阿奇邦做义工的心情一定和戴安娜王妃有所不同。每次阿奇邦从我窗前走过，都是个匆匆的影子，头埋着，希望自己尽快淡出画面。他一直想攒够了钱迎娶希望小姐，失业后只能无限期推迟婚期，并挤住在希望小姐十平米的小屋里。阿奇邦的样子让我感到这场轰轰烈烈的大夷平运动在他的个性中也夷平了什么。

沿着大马路走，能看见一个个崭新的公共汽车站，看上去从质量到设计都超过旧金山的公车站：钢筋架子镶茶色玻璃，玻璃里面偶尔还装有广告。胜过旧金山的是玻璃上没有愤怒的涂鸦。它们出现在阿布贾已有好几个月了，却始终没见有公车停靠。阿布贾的人没有房子可住，但公车站比旧金山的更好，可以站在里面等待梦幻的汽车。不久发现玻璃车站成了供人避雨或等待计程摩托（奥卡达）的地方。如此造价昂贵的摩登玻璃车站至少证实了一个辩证法：不破不立。

每次去超市总在红绿灯路口碰上一大群汗流浃背的孩子，大的十来岁，小的六七岁，提着大罐头盒做的小桶，里面放着刷子，肩上搭着抹布，红灯一亮，他们就一拥而上，往车窗上刷肥皂水，再用抹布擦拭。碰到心软的人，就会给他们十元、二十元的小钱，但绝大多数人都在他们蜂拥而至时，赶紧打开雨刷，使他们无法涂肥皂水。这些人也没错，孩子们擦完的玻璃只能带来昏天黑地的视觉效果。我常想到这些孩子们穷得连衣服也穿不起，还要花钱买肥皂水，结果钱也白花了。尼日利亚或许有许多类似阿奇邦的教育志士，企图把这样的穷孩子纳入教室，只是他们的志向和努力都被夷平了。

鱼吧

尼日利亚河流并不多，却盛行一种餐馆，叫“Fish Bar”。顾名思义，就是“鱼吧”。在那里可以喝酒，吃烤鱼。因为它随便，不讲究着装，打烊又晚，不但吸引在阿布贾的驻外人员，也是本地人结伙作乐的地方。客人喜欢它是因为它低廉的价钱，店主喜欢它是因为客人常常多付钱：这种鱼吧一律没灯，每个桌上一支蜡烛，账单看不清，就会按口头报的账买单。再说付账时客人一般都醉了，好脾气，醉眼朦胧加烛光朦胧，少找点零钱也发现不了，发现了也不计较。在阿布贾吃晚饭平常耗时两三小时，在鱼吧最少也得四小时。讲究的鱼吧还有乐队歌手，到半夜十二点拉将出来，一直狂欢到天明。没有去过鱼吧的人等于白来了尼日利亚，没有在鱼吧待到天明的人等于白去了鱼吧。

鱼吧一般设在一条小溪旁，水边长着厚厚的丛林植物，水是从来看不见的，所以是小溪还是水沟不得而知。在芭蕉树下开一块地，坑洼不平的地面摆上塑料桌椅。有的鱼吧沿着边缘搭出棚子，用棕榈叶铺顶，首先是防雨，其次是添加情调。靠近门口放着几口搪瓷大浴缸，里面盛着鱼和冰块。鱼都叫不上名字，味道却极其鲜美。只有一种叫“脱皮亚”的鱼是我们熟悉的，所谓的“非洲鲫鱼”。体积却比我们在美国见到的要大很多，所以开始是不敢相认的。敢吃也是因为看不清楚，只有舌头当家。烤鱼的蘸料爆辣，就着冰啤酒，和酸洋葱一块吃，非常可口。我们总是成群结队地去鱼吧，把三四张桌子拼在一块儿，点上蜡烛，人人面前一瓶啤酒，用手指捏起鱼肉，吐出的鱼骨头也可以随手扔在泥土地上。有时鱼吧的生意火，来不及烤鱼，三四瓶啤酒下肚，鱼都没端上来。客人抱怨，就会有侍者过来打招呼，说：“Your fish is on fire（你们的鱼着火了）.”第一次大家都吓了一跳，但很快明白按照尼日利亚英文的意思，是说鱼正在火上烤着。

一天晚上大家又在鱼吧聚会，由于客人多，鱼“着火”的时间特别长，因此都已经提前喝醉了。烛光里看见一位动人的非洲姑娘坐在角落，穿得比鱼吧的食客都漂亮雅致。别人说笑她不答话，只是自斟自饮，自得其乐。在座的人悄悄打听她是谁，回答说大概是某某带来的，常常见她出现在聚会上，上周五在英领事馆的“快乐时光”酒会上也见到过她，前几次来鱼吧都有她。但是和某某一对证，某某说不对呀，这姑娘并不是他的朋友，但看着她脸挺熟，总是和哪个朋友一道来的。在阿布贾的驻外人员圈子里，也有交非洲女朋友的年轻外交官，但这个姑娘确实没有主。我们互相看看，一群人有二十来个，到底谁把这个神秘女郎带来，还不认账。有一个特别认真的人顾及保密和安全，便假装聊天对她盘问起来。问了几个回合，她似乎说不清因为谁的关系她出现在此地，但她似乎又叫得上所有人的名字。

鱼上来的时候大家已经就是否撵走她悄声争论起来。大部分人说光线那么暗，面孔都看不清，万一真是谁的熟人，撵错了人以后多尴尬。一小部分人坚持要揭示她的真实身份，认为她说不定坐错了桌，看错了朋友，抛错了情分，黑灯瞎火的，弄出性骚扰冤案来，就麻烦了。我们交头接耳时，姑娘毫不察觉，从容地用染着蔻丹的手指尖捏起鱼，往涂着唇膏的嘴里送去。渐渐地鱼只剩下一个头、一个尾、一条长长的骨架了。想从上面捏起肉来第一要眼睛好，第二要耐心。这两条看来姑娘都具备。我们都静下来，听那个主张揭秘的人说："小姐你大概坐错桌子了吧？我们这个桌上的人一致否认认识你。"姑娘看了周围一眼，大眼睛波光粼粼。她说她绝对没有坐错地方。"那你是跟谁来的呢？"她看了左边又看右边，似乎带她来的人把她丢在这里跑了。我们发现她不如刚才那么从容了，有一点慌乱和窘迫。我们这位朋友又对她说："在如此光线昏暗的地方，坐错桌子也在所难免，及时纠正就是了。"姑娘不说话，也停止吃喝了。另一个说："既然是坐错了地方，就请离开吧。"姑娘看了所有人一下，样子有些可怜，像是想找个人为她求求情。女性们不忍心了，小声说："算了吧，她能吃多少喝多少。"男人们却原则坚定，认为问题不在于吃喝。大家都沉默起来，情形对姑娘可谓残酷。又有一个人说："小姐，真对不起你。你看我们记性实在很坏，谁也想不起和你做过朋友，只好再见啦。"

姑娘从窘迫变得惊讶，又变得悲哀。她简直不能相信，天下会有如此吝啬的一群人，吃都吃了一半了，还要请她离席。吝啬不说，还绝情，即便不是朋友，一块儿肩并肩，肘挨肘地吃鱼也吃过好几回了，怎么说翻脸就翻脸了呢？难道就不能给她留点面子，让她体面地吃完这一顿？她又看了所有人一眼，真的找不出一个心肠软些的，稍微好客些的？哪怕一个肯为女士担当的汉子也行，此刻挺身而出，账算在他头上，把她留住？所有希望终于全落空，她慢慢站起身，大大的眼睛里充满哀怨：你们可真够狠的，可真做得出来！她整理了一番细长裹身的裙子，姗姗走了。我们确实感到悲哀，只是不知是为她的厚颜，还是为我们的狠心。

据说在阿布贾混这类酒会餐会的人并不鲜见。是因为尼日利亚收入太低，人们想吃点免费菜喝点免费酒，便出现了这种现象。还有其他什么原因？找不到解答。我们中有人说，也许当地女人想结交外国人以脱离这个贫穷的国家，便设法进入各种聚会。试想那个漂亮姑娘常常装扮一新，闯进陌生人群，靠几杯酒壮胆，随时冒着牺牲尊严的危险，寻找一份渺小得几乎不存在的机会，是容易的吗？实在太难为她了。得益于鱼吧的昏暗，姑娘的面目至少没有被赤裸裸揭示出来，给她以后潜入其他聚会保留了余地。从那以后，再去昏暗的鱼吧，大家都左右看看，别又糊里糊涂替一个陌生的美貌女子付了账。

绿菜与红鱼

在美国住了十年，后果是对吃的兴趣越来越淡。站在如山如海的食品中，人大概就失去了对食物的原始激情。激情的产生往往与紧迫感、危机感有关，因而越轨的恋爱往往由于绝望而惊心动魄。文学作品中不朽的爱情，有几桩发生在恩爱夫妻之间呢？人和食物的关系也如此。不是人去追逐食物，而是大批食物围追堵截人；人对食物有了超安全感，食物的滋味也就寡淡了。

回到中国，也是很累嘴巴和肠胃的。天天吃不过来，被一餐餐宴席追着跑。一次和北岛交流吃的辛苦，他说："我吃瘦了十磅！"

我一到阿布贾就发现，原来制造美食的最好方法就是匮乏。我天生嘴刁，不吃的东西比吃的多，很多肉类、海鲜都不碰。关于我的挑食，我爸爸总结了三条："第一是不明真相的东西不吃。"意思是我执筷前必定会很严肃地问："这是什么？"假如回答是："你先尝尝。"我是打死也不吃的。"第二是模样不端的东西不吃。”小时候我只吃鲫鱼，嫌带鱼、桂鱼、黄鱼长得不像鱼。“第三是带气味的东西不吃。”牛、羊、兔，不是太膻，就是土腥。童年时家里吃羊肉，我和哥哥就会要五角钱出去混一顿饭，并且会鄙夷地嘀咕长辈们：“好了，这个房子要让他们弄好几天了！”那时我妈妈常说我：“以后送你去当兵，看你还挑食不挑食！”十三年兵当下来，我仍然不屈不挠，保持着挑食人的气节。

阿布贾首先没有我吃惯的青菜。偌大个市场，好不容易找到一种绿色东西：长长的茎，下圆上尖的叶片。我觉得叶子有点像上海人称呼的“米苋”，但它们的块头实在太大了，应该算米苋灌木。我用英文问菜贩它叫什么菜，回答是一个本地话的名字。又走了几个摊位，看见了另一种青菜。打听它的名字，得到的却是同一个回答。怎么两种不同的青菜叫的是同一个名字呢？经翻译之后，明白了：第一种叫“绿菜”，第二种也叫“绿菜”。凡是绿的菜，就都叫绿菜。不会弄混吗？不会。因为一共两三种“绿菜”。那怎么吃呢？煮一煮。第二种呢？也煮一煮。

我什么也没敢买。煮一煮的绿菜实在违背我的“不明真相者不食”的原则。最后买的是西红柿和卷心菜，这两样至少是老相识了。接下来我包的水饺、锅贴，炒的菜和煮的汤一律用卷心菜。在美国我从来不吃卷心菜，认为它从样子到滋味都太苍白。何况我还有一点有关卷心菜创伤性的记忆。曾经去西藏的时候，唯一能吃到的新鲜蔬菜就是卷心菜。一次在一盘清炒卷心菜里吃到一棵棵“迷你卷心菜”，口感很怪异，有些胶皮的韧性。突然发现那是一条条大青虫炒熟后蜷缩一团，圆圆的很像“迷你卷心菜”。大概那次遭遇要对我日后的“卷心菜生理心理障碍”负责。但我在阿布贾一下就和卷心菜亲热起来了。

第二个礼拜我买了那种“米苋灌木”，只揪下叶子，用大蒜清炒，又加了一勺鸡汤。端到桌上，来瑞问：“这是什么？”

“绿菜。”

他疑惑地夹了一筷子，咽下去，发现自己还活着，分析说：“不难吃，就是咬不动。”

我终于知道为什么本地人的烹饪方法是“煮一煮”了。

来瑞对品尝食物永远有一颗勇敢的心，这次他表现出的疑惑让我觉得很滑稽。我告诉他这种绿菜很可能是我小时爱吃的米苋。但“很可能”不足以打消他的疑虑。我渐渐找到了烹饪这种绿菜的方法：少留多扔，半炒半煮。在大陆的餐馆常常点“上汤某菜”，不如就叫它“上汤绿菜”。只是吃了一个多月，我仍是没法确定它的身份，不知它到底是不是米苋。

另一种绿菜后来被证明是木耳菜。这里的木耳菜真是肥头大耳，叶片上附着一层绿色凝脂，滋味和口感都没得说。可惜我只吃到一次。再到市场上去买，就没找着，但愿不是下市了。在这个四季常绿的国度，不知有没有上市、下市一说。

渐渐和其他外交官的妻子们有了往来，从她们那儿学了些“吃经”。比如怎样到一个农场去订菜。她们给了我一张订货单，其中居然有韭菜。订菜要提前三天，因为农场离阿布贾有四小时车程，并且价钱比市场贵得多。菜一到，我像对待珠宝一样，把它们仔细用棉纸包起来（为防腐烂），再仔细摆进冰箱。每天数出几颗茄子、几根青葱、几只豆角来吃。炮制也精心多了，因此觉得从来没吃过这么可口的蔬菜。订来的菜里也有生菜，虽然我和来瑞都酷爱生菜色拉，但此地吃生菜色拉却很冒险。菜农用的都是有机肥，一旦消毒不严格就会吃进寄生虫和其他病菌。为了使这些吃惯生菜的美国外交官们能继续美国生活方式，大使馆的护士专门讲解了怎样洗涤消毒生菜。假如我临时决定饭桌上添一个生菜色拉，那是来不及的。生菜要透彻地洗上三遍，再用消毒水浸泡至少十五分钟，之后再用饮用的纯净水冲洗，浸泡，再捞出来晾干。一个过程下来，我头也晕了。所以我宁愿去本地人的市场探险，找到更多不明真相的“绿菜”。

上个星期得到喜讯，说是法国超市每星期五上午十点出售海鲜。二十年来我上午的时间都是锁定给写作的，火警、匪警都不管，天王老子也不接待。上星期五上午九点半，我居然停止了写作，请司机把我载到了超市，挤进了等海鲜的人群。柜台里空空荡荡，只有昨天的鸡和不知何日的火腿，并未见海鲜。阵式很像70年代的中国，排队买肉或买带鱼，货还没影，已挤满一群鸟为食亡的人类。你若向旁边人打听，是否真有货卖，回答一定是“不清楚”。这里也一样，我问一个意大利口音的胖大爷，海鲜的信息确切与否，他说：“不清楚。”显然怕供不应求，粥少僧多，驱退一个竞争者算一个。我只好问面无笑容的售货员：“不是说今早有海鲜卖吗？”她回答：“没有。”简直像是在为一位要人接机，对他的到达保密到最后一秒钟。我看看表，离十点还差十分钟，连海鲜的味儿都还没闻着，更是没有任何大开张大出售的预兆。我二十年才舍得拿一个早晨出来，容易吗？我又去问一位男售货员：“海鲜呢？你们不是有海鲜卖吗？”他说：“有啊。”他指指拐角，“那里。”

我赶紧跑过去，发现那是一个大冰柜，里面不是海鲜，而是海鲜化石。我不止一次在那个冰柜边打转，想豁出去买几只对虾化石回家吃吃看，说不定会对对虾吃出新认识来。但我实在不敢。男售货员笑眯眯地把我指向歧途，是调虎离山。我在超市里买了几样其他东西，回到原地，坏了，海鲜已售出去大半了。我看看剩下的鱼全是生面孔，也顾不上忌讳了，一下子买了五条。意大利胖大爷买足了自己的一份，不安全感带来的敌意荡然无存，成了个亲善热情的老头，对我指教：“买红颜色的那种鱼，味道最好！赶快，还剩四条了！”我马上换了两条红鱼，跟绿菜一样，我对鱼也不求甚解，就叫它红鱼。

十点半不到，海鲜已售完了，真惊险。这时发现人群里还有几个上海人。阿布贾几乎碰不上中国同胞，却在海鲜面前碰到了老乡。

非洲老饕

七宗罪里贪食占一条。可是文化和文明发展到现在，吃是其中最重要的部分。各国的辉煌美食不正是为助长人的贪吃而不断改善精致，登峰造极的吗？尤其在尼日利亚，无论本地人还是外来者，解决吃是第一正经、第一理直气壮的事。吃不饱的要吃饱，吃饱的想吃好，吃好的想吃得健康，吃得健康之后又要吃风格、风味。来到阿布贾，夜晚显得很长，因为没有影院，没有剧场，没有购物中心，也没有安全的林荫道供人乘凉散步，只有吃。吃，何罪之有？外交官家属大院里的人总是相互搜索餐馆，盘点从别的大使馆获得的餐馆信息，交流每一道菜的心得体会。

在阿布贾下馆子，可去的地方有限。因此驻外人员必须分享资源，把对那些印象不错的餐馆评判和评语发表在内部周报上，没去过的餐馆也没人敢去瞎打误撞，总是等待敢吃第一嘴的那个勇敢老饕出现。所以在已知的餐馆里，靠得住总会碰上熟人。就是原本陌生的人，在餐馆多碰上几次，也就碰熟了。大家一致公认的好餐馆是一家黎巴嫩菜馆，在那里能吃到正宗高档的中东菜肴，以及最嫩的烤羊排。但这家餐馆很昂贵，随便要两个头盘小菜就是五六十美金。大使馆官员都是工薪阶级，用来瑞的话说："外交官牛什么？挣的只比当兵的和邮电局职员高一点儿！"常常去那家黎巴嫩餐馆就会渐渐走近财政赤字。性价比较好的是一家印度餐馆，叫"Wakki's"，虽然环境简陋一点，整个房子是竹子建筑，地板也不铺，直接夯实泥巴当地面。窗户没有玻璃，外面卷着草窗帘，里面钉着蚊帐纱，这样既能防蚊又能透气，只是下雨比较麻烦，要跑到屋外去放下草窗帘。这家的蒜味飞饼在外交人员圈子里极有声望，马萨拉咖喱鸡也做得地道，还有各式咖喱，都达到印度本土餐馆水平。有一次我们一群朋友周末，兴冲冲赶到餐馆所在地，发现只剩下一片开阔地了。有人怀疑记错了地点，可是这么多人一块发生失忆似乎又不太可能。大家去"Wakki's"次数太多了，就算人忘了路车都不会忘，老马识途地把人载到那里。

我们在开阔地上开始考古，终于找到几块曾经当窗帘的破席片，证明此地确实是"Wakki's" 的遗址。回到家之后，听到消息说其实周报上已经登载了告示，说尼日利亚政府最近有个大动作，就是要拆毁所有不合格的建筑。印度餐馆就是这个大动作的牺牲品之一，被拆除了。阿布贾拆房子很神速，但建房子速度慢得惊人，有时几年建起一个框架，停下来等资金，等了几年资金到了再接着建，等不来资金很多房子就不封顶，像是没有头颅，以空着的腔膛朝天。比"Wakki's"更不合格的建筑多的是，比如那些没有头颅腔子里长满蒿草的烂尾楼。据说"Wakki's "还会重建，但我觉得有生之年看不见它再开张了。物美价廉的印度餐就此从我们下馆子的名单被划出去了。

剩下的餐馆中，有一家是希尔顿的自助餐。实在没别的可吃，这里的自助还是保质保量的，具有信得过的卫生标准，气氛和环境也不错。餐厅设在二楼露台，布满热带植物，并且有乐队伴奏。来这里就餐的人们都会穿得像模像样，说话也轻声细语，似乎这样就可以神游一次巴黎或纽约，坐进了某家米其林级别的昂贵餐馆。我第一次去吃希尔顿自助餐时，被取餐台上的丰富程度惊着了：光是肉就有几十种，日常吃惯的肉类当然应有尽有，更多的是罕见的肉，从穿山甲到鳄鱼（据说肉质十分鲜美），再到蜥蜴（据说比鸡肉要嫩）、鸵鸟、珍珠鸡，真正的山珍海味。我目瞪口呆地在台子边上踱步，先得扩充一下自己对食品的认知度。另一条案子是刺身档，摆满各种生鱼，从三文鱼到金枪鱼，再到各种鳟鱼、虾类，贝类，虽然种类繁多，但基本上都面熟，只有一种东西从来没见过：盘子里堆着一个巨大的螺旋形肉体，色泽为赭红，肉质非常紧致，粗看像橡皮，细看能看见肉体的纹理，类似某种热带木料。餐盘前面竖着一块招牌，说这种肉体是巨型蜗牛。一只蜗牛除去壳也有小号水桶那么大。仅仅是蜗牛裸体就这么大，不敢想象它们带壳的体积，应该有小土包那么大！据说它们生长在潮湿茂密的丛林里，有的可以爬到几十米高的树上栖息。我从来没有听说过热带丛林里有这么一种奇物，试想我们去林中野游碰上它们，一个个酷似移动的小炮楼，也许会感到人类骤然变小了，天地万物都改变了一贯的比例。巨型蜗牛旁边放着块厚厚的案板和一把雪亮的厨刀。见我定在蜗牛面前走不动，一位尼日利亚服务员走过来，问我是否要帮助。我问他这东西怎么吃，他说可以生吃，也可以熟吃；生吃就由他用刀削下一片，蘸芥末和日本酱油吃，配上泡生姜，很是美味。我不太有把握，又问道：“听上去跟吃撒西米（生鱼刺身）一个吃法。”他回答：“这就是撒西米，不过是蜗牛撒西米。”说着他就拿起了厨刀，我赶紧阻止他，说以后一定尝尝，今天已经吃过其他东西了，吃不下那么一大片蜗牛撒西米。我看出来了，那家伙的直径至少五六十厘米，无论厨刀横切还是竖削或斜着片，弄下来的一片肉都比我手上的盘子要大得多。他赶紧告诉我，假如我想试试煎烤的蜗牛肉也行，就在那边油煎档。我走过去，并不是真要尝试油煎蜗牛，主要想看看那大家伙在油锅里会出现什么奇观。不少人在等待油煎食品，我挤进去，看见不锈钢煎板上有几块乌木般的东西，不用问那就是煎熟的巨型蜗牛了。

等我取了食品回到餐桌，来瑞已经坐在位置上开吃了。他面前放着一大盘食物，旁边还放了个浅口汤碗，里面是某种煨炖的菜肴。尼日利亚本地菜肴以煨炖为主，因为他们让蔬菜瓜果都尽量长，长到极致，以图收获的斤两足，而不讲究老嫩区别。加上热带阳光过足，一个礼拜能让豆角从开花到结豆，稍不留心作物就长得傻大憨粗，不靠煨炖牙口再好也难以咀嚼。我问来瑞那是 碗炖什么，他说是炖蜗牛肉。我赶紧去看那些深色肉块，虽然被切得很小，炖得也够火候，但还是能清楚看出蜗牛肉的特质。我问来瑞味道怎么样，他做了个手势，意思是“so so”，不那么好，也还过得去。他说着就要叉一块蜗牛肉给我，我吓得赶紧把盘子端起来。他说蜗牛的味道奇怪，带点儿木头的香味，但口感实在不敢恭维，活像胶皮。我说那有什么吃头，他说本地人敢吃他也该敢吃。我想他敢吃是因为把蜗牛剁碎了炖烂了，要在林子里跟一群移动炮楼般的巨型蜗牛相遇，还不知谁敢吃谁呢。

不久我们回美国探亲，碰到了我的表姐夫。他说自己有位好朋友的父亲是个美食家，也是个食品探险家。老人有个既富有又孝顺的儿子，只要父亲打听到哪国哪省市有一道父亲没吃过的菜肴，他一定会替父亲买张商务舱机票，让父亲从台北专程飞去品尝。只要他有空，生意上的事务撂得开，也会陪着父亲同往。有一次老爷子听说尼日利亚有种用丛林里的巨型蜗牛做成的撒西米，立刻觉得挑战来了，跃跃欲试地要去吃一趟，儿子买了两张商务舱机票，陪他飞了十七个小时，来到拉各斯的一家擅长做巨型蜗牛料理的餐馆。这家餐馆里有各种方法烹饪的巨型蜗牛，但老爷子指定要吃蜗牛撒西米。他饭量不大，加上前菜头盘，佐餐点心，他也就是尝到为止，最多就吃了削成纸薄的几片撒西米，二三十克蜗牛肉到顶了，跟整个庞然大物的蜗牛来说，擦破它一层皮而已。但是等到老人回到家就开始病了，先是肠胃作怪，渐渐全身不适，持续发烧，烧到神志全无。没有任何对症的药物和针剂可用，也跟所有已知病症的临床表现不同，急坏了儿子。最后医院终于在老人的血液里找到了病因：一种稀有的寄生虫。寄生虫从非洲丛林进入巨型蜗牛，进入餐馆，再进入老美食家的嘴巴。寄生虫完成了纵跨非洲、欧洲、亚洲的长途旅行，终点站暂定为老人的大脑。一旦这种寄生虫攻占了人类的脑子，人就败给虫子了。老人最终成了寄生虫的寄生体，吃他住他消耗他，最后胜利夺取了他的生命。

我那个有关“不定谁吃谁”的问句再次出现，并大致得出答案。傻呵呵的庞然大物们被一个个猎取，一个个化整为零地吃掉，以为它们不会吃回来？人类的历史就是单行道地一路吃进自然，以为自然不会吃回来？

躺着的阿布贾

到阿布贾的第二个礼拜，参加了我的女邻居乔安萨组织的清晨远足。所谓组织，也不过只有三个人：乔安萨、摩尼卡、我。尼日利亚的犯罪率极高，我正在发愁户外活动如何进行。一看两位女伴身材高大，纯粹非洲血统，万一碰上当地歹人，也许会给她们面子，放我们一马。

清早鸡一鸣，我就起床了。一身短打，一顶棒球帽，夹在一左一右两位女伴中间，狐假虎威地上了路。天尚未全明，清凉的空气含有滋养万物的润泽，当然也滋养垃圾。当我们走过一对白头偕老般紧挨的大垃圾箱时，一股丰富的气味一直陪伴我们到第二个垃圾箱的气味热烈地迎上来。摩尼卡说："夜里要是下了雷暴雨就没有气味了。"

这一带是使馆住宅区，都是高墙深院，而就在路口便有个流浪人的据点。我们走过时，三个女人和一群大小不等的孩子向我们道早安。他们的营寨是一栋盖了一半的房子，一层有屋顶，二层地板朝天。随着我们的远足，我常常看见这样半途而废的建筑。有的是建得相当考究的回寺，有的是天主教堂，也有写字楼或住宅。建筑者像是被一个不成熟的念头驱使而动了工，不久便留下不成熟的作品离去了。我们邻里的这个流浪部落就住在这样一座胚胎状态的豪宅里，也不知他们怎样水洗如厕，每个人都显得那么整洁鲜亮。部落里的女人们似乎是生产者，男人们像是统治者和消费者。女人们清早支起灶，架一口大锅，里面沸沸腾腾总是炸着什么食品。那是他们作为生计的早餐生意，一只油炸的面球卖二十尼拉，等于一个半美分。早餐时间过后，她们销售鸡蛋、面包、棕榈油等日常用品。本地烹饪离不开棕榈油，我们院里的女佣也会去那里购物应急。几天的远足，我注意到女人和孩子们都是天天换衣服。

走出去一里路，进入一个奇怪的声音和气味的氛围。声音是高调子的长啸，像一个本钱不错的男小旦在吊嗓子。不久便看见四只孔雀大摇大摆地在马路上鱼贯而行。美丽的禽类能发出如此的嗓音，不免有些恐怖。这回的气味远比垃圾来得生猛，必定发自某个活物。再一看，离孔雀不远站了一匹大牲口，脸像骆驼，头带犄角，毛像西藏的牦牛，却是浅驼色。想问两个女伴，但她们正在激烈声讨上司，我插不上嘴。细分析一番它的气味，不就是羊膻吗？原来那只“三不像”便是非洲山羊。终于得空和摩尼卡讨论大山羊了，她说：“可不是吗？那该死的羊能让你一公里外就知道它的存在。”

摩尼卡是我们三人中唯一的识途者。无论她每天选择哪条路线，总是在一小时后准时领我们回到驻地。不重复路线也是防备的策略，万一有人居心叵测，他也难摸准我们的行动规律。除此之外，我们还装备有报话器、饮用水，真有点军事出击的意思。一旦被绑架还来得及呼两声救。我们当然不会远足到城市外面去，但阿布贾的城乡界线是很模糊的，常常看见一片无人区般的野地里，长出一座极摩登的楼房来。虽然摩登，却免不了也像此地的一切，总是野生野长、自生自灭的样子。

远足很快使我认识了这个首都城市。一个在腐败、无能的政府控制下度一日算一日的地方。人们是乐观而有尊严的，因为爱自己的家人和爱上帝或真主而充满求生的力量。若时间碰得巧的话，我们在远足途中会碰见早祈的人群。他们肃穆地跪成一片，伏下身去，念诵祷词。他们此时是与世无争的，是坚强而健康的。

城市的一半是外国使馆的住宅、办公楼，另一半，基本是贫民窟。这两个极端相互拼贴，组成一道怪诞而奇异的都市风景线。走上高处，可以看到辉煌的总统府，绿色的拱堡给植物园般的城市环境烘托成一个天堂。我想，频繁的政变倒没让它建到一半停工，不然它可以容纳多少流浪部落。

在中国和美国，我们会用“城市绿化”，一听就是人为的，而阿布贾即便始于人为，现在也基本回归自然了。所有植物都具有疯狂的生长能力，我们若是三天前走过一条小路，三天后就不能走了，花和树的枝蔓已把路给封住了。换了其他东西也一样。不久前是一个洗干净的垃圾桶，一小时之后就让苍蝇繁殖得一片白茫茫。流浪部落的女人们假如不把鸡蛋及时卖出去，我猜想要么会孵化出鸡仔来，要么就孵化成肥料了。在这样有强度和烈度的生态环境中，所有生命都得在有限的生命周期内，活出浓度和力度来，并打出最夺目的活着的标志。花开花落都是转瞬之间，但开放时就怒放，就垂死挣扎般地争艳。

阿布贾没有纽约、旧金山那样的金融区以及多事区所特有的遮天蔽日的高楼群。除了峻拔的阿索岩，阿布贾是舒缓的。假如说我们熟悉的城市全是严阵以待地立着，那么阿布贾是躺着的；它醒来了，正在回味一个古老的梦。起身已是不可避免，但她还没有起身的紧迫感，也看不到起身的必要性。仅仅因为纽约、旧金山，甚至北京都扎着架势站立着，她就不能躺着吗？

每个清晨，当我走入躺着的阿布贾，就意识到我终于走出高楼大厦，也走出了多年来无法摆脱的紧迫感。

消食长跑

Hash是国际性的长跑兼啤酒盛宴：跑两个小时的路程，喝两到三升啤酒。据说这个运动起源于上世纪30年代的英国，一帮啤酒徒对他们日益增厚的啤酒膘忧心起来，聚到一块儿边喝啤酒边跑步。所以我把它叫作“消食”。阿布贾的消食长跑者上星期六下午三点半集合在希尔顿酒店，打眼一看，果然个个超重，都有消食的需要。组织者是个略带小儿麻痹症残疾的中东男子，负责介绍当天的长跑路线，带领队伍，执行惩罚。消食长跑有一套清规戒律，比如不准用右手端啤酒杯，喝酒只准用左手，同时必须摘下帽子，必须唱Hash队歌，跳Hash队舞，等等。违规者，惩罚极其不雅，必须坐冰冻马桶，里面堆满冰块，跑步结束后，受罚者便当众坐上去，边喝啤酒边供大家取闹。当然，冰块和肌肤间，隔有内裤外裤，还不至于从不雅降格到粗鄙。路线是头一天预设的，设定好的路线上铺撒着白色纸屑，但长跑者们最怕的是假路线；它把你诱入歧途，让你走投无路再折回。一般设计路线者会布置六到七条作弊的假路线，铺撒同样的白色纸屑，一眼看去前途光明。所以我有了经验后常常避开这类光明大道，舍易求难，舍近求远，往往结局是柳暗花明。

在旧金山看见的Hash长跑是在市区街道，一次正逢“红裙日”，无论男女，一律红色晚礼服，当时我以为疯人院造反，闹出这一场狂喜大逃奔来。在阿布贾市区长跑目标太大，常常使街上的所有人、所有动作愕然定格，看这群营养过剩的白人吃如此苦头消耗营养。因此长跑地点便改在城外，往往开半小时车才能抵达。长跑也甩不起腿，荆棘古藤覆盖着人迹稀少的小径，两小时下来，个个都是轻度皮开肉绽。叫它长跑已不恰当，该叫它丛林跋涉。到了这里我才明白，跨出阿布贾，几乎是无人区，至少看上去所谓的文明还没有征伐至此。

下午三点半，四野积压了大半天的毒暑，空气燃烧一般，触在身上一层细痛。听说是摄氏四十二到四十五度的气温，但丛林里要温和些，树欲静，风不止。从几十个国度来的驻外人员大多数是白种人，个别非洲血统和中东人。起点一般是一个村庄的开阔地，供人们停车。起点是有仪式的：大家围成一圈，唱Hash队歌，一面跳着类似卡通或木偶的舞蹈。倘若没人做伴，我相信我们中任何一个人都会为如此的歌舞窘死。据说这个仪式非常重要，歌舞不但增强盟誓感，使大家在两小时之内生死与共，还存活络筋骨的热身作用，所以我也就加入进去，自我丑化地手舞足蹈起来。

跑步开始后，个大腿长的自然冲锋在前。按规矩先锋们要不断地在拐弯处向后面的队员高喊暗语，表示道路至此畅通。我仗着长期的长跑训练，和这些一米九〇左右先驱者结伴，但很快发现不划算，因为假路线都是让这些捷足先登者吃亏的，让他们误入歧途后向后来者发出纠正路线的信号。假定长跑距离为十英里，先锋队员往往要跑三四英里的冤枉路。这游戏规则把身强力壮者不时扯回来，和体力上劣于他们的人拉到同一起跑线上。残酷的自然淘汰被缓冲了，减少了掉队的可能性。路上几乎从来见不到人，有时会有三两只牛闲在树荫下嚼草，但放牛娃却不在画面中。只有一两次，队伍经过溪流，碰上浣洗的村女们，个个瘦削秀丽，瞪大原本就极大的眼睛看着这群庞然的白人，她们无法猜测他们进犯丛林是为高血脂、高胆固醇所驱；她们做梦也想不到当物质丰富到一定程度，食物丰足到极点，就会产生自讨苦吃的人们。他们不是在健身房，就是在野外虐待自己，让自己腰酸腿疼，上气不接下气，大汗如洗。人通过饱足的饮食摄取的能量在这自我虐待中毫无功利地得以释放，这就是文明。

河水一般都很浑浊，一种暧昧的灰绿色，稠稠的，却很湍急，我们踩着凸在水面的石块过河，生怕一失脚落水，有鳄鱼的血盆大口张在下面。村女们也都是用塑胶桶将水打上岸，搓洗衣服，可见此地确有鳄鱼出没。我对她们喊一声“哈罗”，她们窃笑不答，才知道她们说豪萨语。林子稀疏之处，便可见大沙堡似的土丘，有的比人还高。起初我以为是地质现象，后来明白那是白蚁城堡。白蚁是当地人的食物，用烟火伸入白蚁城廓，熏焦的白蚁在风中一扬，如同扬麦粒那样，蚁肢随风扬去，剩在箩里的蚁肉油性颇大，接近坚果的味道。听说有一种食蚁兽蹲在河边，张开的鳞甲分泌出一种液体，很对白蚁的胃口，成群的白蚁飞落下来，片刻便粘在食蚁兽身上。然后兽往河里一扎，白蚁顿时漂浮在水面上，再由食蚁兽慢慢享用。白蚁有这么多天敌，还能筑出如此辉煌的王国，真是顽强的生命。生物不可思议的本性，在此多了一项见证。据说战争时人类在大量损员的情况下，生命力陡增，生殖的存活率也高出和平时期数倍。愈被迫害的种族，愈经历战乱创伤的人民，愈会人丁兴旺，气壮势众，难以灭绝。

尼日利亚的岩石很有名气。其实西非都有这种巨大的岩石景观，一座小山坡常常就是一整块岩石。所以我们的消食长跑到此又变了性质，变成了岩石攀登。好在设路者们都还仁慈，攀登不算太险，又时常把啤酒摊子设在顶峰那一端，士气便如此被鼓舞；这里的花一开就是满树，点染着浓稠的绿色。不知名的花美得惊人，却对自己的美浑然不觉，开得天真烂漫。忍不住折下几枝，刚刚带进室内插入花瓶便凋谢了。它们能承受华氏一百多度的曝晒，却会被人们温存的目光晒死，或许是对贞操的坚守，在被霸占之后自尽了。

有一种浅黄的花，从树枝上一串串垂挂下来，花形和色彩都美丽极了。但据说黄颜色的花往往有毒，看来它们是烈性子的一类，对把玩它们的人不甘心“死给你看”，它们是要拼个鱼死网破的。极偶然碰上当地土著，用豪萨语问他们花的种类，从来没有答案，他们对花从不想占为己有，所以有一种坦然的淡漠态度。或许土著人最懂得尊重这些花，那就是由着它们的性子，任它们自生自灭。

花不干预人类，人类对花也是平等共存，此地没有改变物种基因的伪造物主插手，给予“为你好”的说辞。工业文明的人们缺乏想象，只能设想出人类的唯一进化途径，就是把途径强加给所有人，因此，流血和杀戮天天发生。我们为这里千古盛开的花找一个带空调的文明去处，而不屈的花儿立刻就自绝于人类。

有一次跑到途中下起雨来，有一位队友掉了队。他是个美国人，走乱了方向后流落到一个小村庄里。村民围在四周打量他，他感到了恐惧。后来他打听出了方向，找到了同伴，大家问他恐惧什么，他也说不出所以然。我想推广文明的人深知他们索取了多少代价，刹那间他也怀疑这两百年血淋淋的“推广”的正义性。还有一次，两名美国外交官迷途了，误入了当地的军事林区，当场被抓获。好在其中一人带了大使馆出入证和外交官身份证，尼日利亚官兵们才客气一些。但他们拒绝释放他们，坚持要美国大使馆武官出面领人。星期六晚上，大使馆没人值班，两个被拘者又不记得武官的电话，只能软硬兼施地求饶。军事重地的负责人铁青着一张脸，毫不松口。这是在一个孤立的山顶上，四周野树枯草又没人，蚊虫如沙子一样击打在人的脸上身上。好在他们也有忌口，对带有葡萄酒和奶酪味道的血嫌弃，所以三小时的囚禁之后，两人还不至于体无完肤。终于联络到武官，已经夜色四合，两个身高近七尺的白种人大叹捡了一条命似的庆幸，发誓再不做长跑急先锋了。

队伍到达终点也有仪式。一番歌舞后，新队员要向大家做自我介绍。新队员也常常受捉弄，说错口令或做错规定动作，抑或用右手拿啤酒瓶喝酒，便受罚坐在冰马桶上。一次听一个新来的女队员自报家名：中国华为贸易公司职员，来自四川重庆。我心里一热：没想到在非洲丛林深处，遇到我第二故乡来的同路人。

非洲的花草

阿布贾没有鲜花卖。唯一像样的超市是法国人开的，合营的还有一个法国家具店，里面卖的是做得极其精美、高雅的假花。我一向和假花不共戴天，但法国人在审美上毕竟世故，他们做的假花假得非常诚实，绝不制造哪怕是一刹那的乱真效果。在简洁到极致的现代家具中，三两枝插在玻璃筒里的假花竟比真花看上去更相宜。像所有现代主义的艺术一样，假花在这里有种离间感。好比布来希特的戏剧，它不要你完全进入情境，它使你在现实和仿造的现实中保持绝对的冷静。也使我想到现代艺术大师们的绘画，正是画中人物那种对于规定剧情的超然感觉奇妙地震撼了我。如马奈的名画《林间的午餐》，并不是裸女的出现使人诧异，而是她超然度外的中性神情造成的离间效果，给作品带来了一个新的审美层次。

在这个无人光顾的家具店里，我突然改变了对假花的一贯厌恶感。但我还是不能允许自己买这些假花，因为我无法为它们提供一个冷冷的舞台。我们粗陋的房子里装着艳俗的壁灯，塞满线条烦琐的仿殖民时期的深色家具，每次坐在其中，我就苦笑：美国外交官们被派到非洲已经有放逐的意思，还要拿如此丑恶的居住环境来惩罚他们。我一到阿布贾就被这样的丑陋给惊呆了，每天清晨四点起来，坐在客厅里苦思，把哪件家具扔出去，或砸掉哪一盏壁灯。来瑞请示了大使馆的内务部门，问可否将我们自己的家具从美国运来，回答是“不可以”。那么可不可以退还大使馆公用的丑陋家具，我们另买自己的呢？回答是“库房没有空间存放退还的家具”。并且内务部门觉得我的要求很无理，这些家具是某某牌的呀，某某牌的家具怎么会丑陋呢？一旦某件东西有了公论的丑与美，人们在审美上就放心了，反正丑或美的责任大家一块儿负。你要掀翻某物在审美上的地位，你是要得罪公众的。我对外交官的形象也就有了一点幻灭感，按说他们见多识广，怎么也存在这样的审美盲区？全世界有多少美的东西啊，熏也熏出好格调来了，可他们对如此丑陋的室内布置毫无异议。

我相信眼睛离心灵最近，眼睛长久被糟蹋，心灵也就逐渐被毒害了。

一连几天，我在法国家具店里沉默地打转。我们的住宅面积很大，应该可以拿出一间屋子来堆放公家家具，再用自己买的重新布置一番。家具店里的东西全是设计师的作品，价钱昂贵无比，加上尼日利亚政府为了保护本土经济，将家具的进口关税提得很高，一套沙发的价格高达一万五千美元，所以一再权衡，实在买不下手。何况我们在美国的家具也是我精心选择，买得件件称心，不过是存放在库房里，不允许运过来，再花偌大一笔钱在家具上，买个暂时眼福，恐怕太奢靡了。

但眼福对于我来说比口福重要。在旧金山湾区住的时候，我常常拿着钱跑步去超市，原意是要买当晚的菜回家，一见到好花就什么都忘了，总是买上几把百合和郁金香、蝴蝶兰或鸢尾，剩下的钱够吃什么吃什么。我站在花前那种怦然心动的感觉，一定不亚于色徒看见少女。由于硅谷的经济衰退，来瑞所在的投资公司倒闭，他失业了近两年，而我的买花恶习照旧。口福可以欠缺些，眼福多些满足，也免了发胖的忧愁，两全其美——这是我给自己主持的公道。东坡“不可居无竹”，我没有他那样的风骨气节，并且旧金山的气候也不适于养竹，就自甘俗气吧。有时嫌买来的花太温情，太“小布尔乔亚”，我也会偶然做花贼趁夜色去偷花。在旧金山湾区我们的房子离海湾很近，开发商想造成个“家家流水，户户垂杨”的环境，把海水引来，形成小小运河，绕着人们的前院后院。风景中白鹭起落，绿颈鸭荡漾水面，加上两岸种满了花，是个人工仙境。三月花就开得十分繁盛，晚上带我的爱犬可利亚出去慢跑，实在经不起诱惑，便偷窃几束，和市场买来的花插在一起感觉马上不一样了。野外来的花无拘无束，伸枝展蔓，似乎把一阵野外的风和一片野外的天空也带到室内来了。我对花草有一些肤浅知识，但我不知它们的英文名字。有一次和来瑞一块儿散步，我向他打听某某花和某某树在英文里叫什么。他告诉我几个名字，但说他也不是很有把握。过了几天，他下班时从包里取出一块秦砖似的植物大百科全书，说它包括了全世界绝大部分的花草。书呆子来瑞对于花草这样鲜活的东西也求知于平面的、印刷的准确论述。这么多年翻查过那本百科全书多次。

一到了非洲，我首先关注花草。阿布贾户外有很多花草我都陌生。花的色彩也都狂热得很，从院墙内一直泻到院墙外。它们是唯一自由逾越锋利铁丝网的生命。处处是花的阿布贾却没有花商，大概正因为随地有花。有时我们的车停在红绿灯路口，一下子会拥上来一大群卖手机卡的人，还有卖手表、卖零食和饮料的，我真想劝他们改行卖鲜花。

到了阿布贾一个月后，终于发现了一个植物园，那里可以买到一种鲜花，就是天堂鸟。植物园坐落在一条主要的街道旁边，地势从街道的高度一直向下延去，有两三亩地的面积。两个十七八岁的男孩是园中雇员，告诉我们植物园主要经营室内室外的装饰性植物。问他们有没有玫瑰、百合出售，他们说玫瑰、百合在这样的气候里都不好好长，说着就指着一丛玫瑰让我看，花朵果然只有核桃大。我往远处看，问他们那边金黄耀眼的一片是什么，他们飞奔过去，砍了几枝回来，我才看明白它们是“天堂鸟”。准确地说，是“天堂野鸟”，远不及它们在美国和中国的表亲那样肥硕，姿态规范。“天堂野鸟”捆成劈柴似的一大捆，看起来气势磅礴，回家插在近一米高的玻璃筒里，那四射的金黄在沉沉暮气里开了个天窗，把非洲烈艳的生命注入了老殖民者暗色的梦想。一个淤滞的环境搏动起来，我意识到，花可以挽救多少丑陋啊。

等这一捆“天堂野鸟”败谢（注意：我改变了单位词；不再是“一束花”，而是“一捆花”），我又去了那个植物园，这回是老板娘在当班。老板娘问了我上回买花的价格，也就按同样价格卖了一捆“天堂野鸟”给我。我很纳闷，老板娘怎么会不知道自己花朵的价格。就在这时，我发现两个男孩的表情怪异，但不便问什么，惴惴地离去。下个礼拜再去时，又只剩两个男孩了。他们说头一次卖给我花是破例的，这个园子并没有卖鲜花的业务，原先想瞒着老板娘挣几个小钱，做车马费和午餐费，他们的工资太菲薄了，常常是没有午餐吃的，经我无心叛卖，他们私下赚的小钱将被老板娘从工资里扣除不算，还险些砸掉饭碗。我不知如何回答他们。几回来往，我看出植物园基本是没有生意的，也不知老板娘自己的午餐从哪里挣出来。夹在主雇之间，我的同情心不知该向着谁，所以我决定不再去那里买花了。

跳蚤市场

今天早晨，大使馆派了一辆中巴把我们载到了当地有名的Wuse市场。

尼日利亚跟所有热带国家一样，一年只有两季，半年旱，半年雨。眼下雨季刚到，据说天气要转凉了。但下午也有四十度。风雨总是起在晚上，切断电视接收，毁坏电脑网络，但每个早晨都是雨过天晴，大路小路除了更干净以外，一点风雨的痕迹也没有。

Wuse是个露天大市场，有一平方公里的地盘，货物从布匹、化妆品到活孔雀、刚出屠宰场的牲畜。一进市场，就看见两个少年头上顶着剥了皮的整羊在游走兜售。羊肉很新鲜，似乎还带体温，肥嫩的部位随着少年的步子一颤一颤，鲜红的血珠子顺着他们乌黑的额头滴下，一大群黑麻麻的苍蝇抢购似的紧追不舍。在阿布贾购买食物和日用品除了这个大市场，就是几家外国人开的超市了。昨天去了一家法国人开的超市，东西都很有质量，用具也品位高尚，但价钱太霸道，一瓶小花露水大小的辣椒汁要八块美金，一公斤鸡腿胆敢要四元五角美金！在美国这个人人都胖得发愁的国家，鸡尤其不值钱。所以我才向来瑞的同事打听，是否有“抵制法货”的办法。大使馆便派了一位向导，带我和另一位新到的外交官妻子来到了Wuse。我们的向导叫玛丽亚，是一位女外交官，第一语言是西班牙语。砍价对拉丁人来说等于是调侃，所以派了玛丽亚来，免得我们两个新来的外地佬吃本地人的亏。

玛丽亚先把我们带到一个水果蔬菜摊位上，对很精神的黑人小伙子说：“这两位是我的新朋友，以后就是你的主顾了。怎么样？得让我面子上特别好看吧？”我们已经为摊子上种类繁多的瓜果目不暇接了，没有注意年轻的摊主怎样回答了玛丽亚。在Wuse做买卖是不用秤的，所有东西都是论堆，论个儿，或用盆、碗量。比如大米，卖家量给你一盆，大约有五斤，算你一百七十尼拉；卖炒花生米，则是盛在瓶子里。一只只空酒瓶于是便成了花生米的包装，付一百二十尼拉，你提一瓶走，大家都省事。如果是买芒果和橙子，就是论打，还有菠萝、木瓜、香蕉、西瓜，多一个少一个，谁都想得开，Wuse似乎没有斤斤计较的人。困难的是算账，全得口算，我们三个女人都算得不灵，算几回得出几回不同的得数。黑人小伙子弃权，看着我们算，最后似信非信地接受了我们的钱，那表情像是说：反正我们是算不过你们这些外地佬的。

第一个摊子逛下来，我们都走不动了：货物已在脚边堆了一大堆。两个十三四岁的男孩跑过来，一人推一辆铁皮三轮车，用生硬的英语告诉我们，他们可以做我们的脚夫。他们并不提价钱，玛丽亚说：“完了你们看着给他们点钱就行。”

男孩们精瘦而结实，为了刚刚成功的一份求职，乌木雕塑般鲜明的脸上浮起得意的笑容。他们推车走过仍在空车待雇的同伴身边时，双方都笑着大声说了句什么，要么是打趣，要么是嘲骂。

玛丽亚告诉我们，有个卖民间工艺品的小铺就在附近。找到铺子时，铺主锁了门，不知去了哪里。玛丽亚叫我们稍等，她去把铺主找回来。可见她和铺主熟悉的程度。她回来时后面跟着一个中年男人，一脸的阴沉使他的肤色显得比其他黑人更黑。打开门之后，我一眼看中了几个巨大的葫芦，上面都有极漂亮的绘画和浮雕。还有一些非洲图案的大草篮也编得地道。只是这位铺主比较狂，价开得特陡，一个葫芦要一千五百尼拉。玛丽亚唠叨他不够朋友，他不动声色地站在一边，抱定三年不开张，开张吃三年的态度。“五百！”玛丽亚说。我以为这个价钱会得罪他，不想他平心静气地说：“不，一千三。”双方的期望值相差太远，我差不多想背叛玛丽亚，给他个一千二，把葫芦买下来了。玛丽亚似乎猜中了我的心思，对我使了个西班牙女性的泼辣眼色，又转向铺主，拉开了政治攻势：“你看我每次都把人带到你这里吧？其实我也认识其他卖同样东西的人。”铺主沉吟着，似乎对白人种族之所以有今天的贸易成就陷入了深思。一分钟之后，他开窍了，说：“一千。”

我们最后以一千尼拉成交。玛丽亚和铺主都感觉很失败。近十点钟，太阳把空间都要点着了似的。我躲进一家带棚的铺面，装着看首饰或衣料，其实是偷点阴凉，等两位女伴结束购物。有些铺子已打烊了，关起了铁皮或木板或塑料包装布的铺门。流动的小贩们头上仍顶着整猪、整羊，成匹的布料、成串的美丽珍珠、长尾巴野鸡，在烈日下继续兜生意。苍蝇越来越多，你向哪个方向转脸，打任何一种手势，都能和它们撞上。我注意了一下，非洲的苍蝇是沉默的，来多大一帮也悄无声息。并且也没有那种大块头的绿蝇子，它们小小的，黑黑的，看上去有种吃苦耐劳的样子和正当谋生的自信。

走出Wuse已近十一点，两个推车的男孩脸上身上都汗透了。我取了三百尼拉，塞进一个男孩的手里。他腼腆地道了谢，却还不离去。我问他怎么了，他说要等我们的车开过来，他替我们上了货再走。他非常腼腆，也许早早失学了。

我回到家就把葫芦摆放起来，果然精彩。在非洲，去买西红柿、白菜、洋葱，顺便买回了艺术品，就这样自然而简单。

面具

从阿布贾开车往西，出城十多公里，就是一个德国建筑公司的基地。方圆好几公里的地盘，等于是尼日利亚国土上的小德国。我们常常去那里享受德国啤酒、德国香肠、德国游泳池、德国秩序和德国诚信，以及德国不好客。总之，是德国式文明。离那个小德国不远，有个非洲面具陈列馆。

走进五十平方米左右的主厅，我们立刻被上百种大大小小的木刻脸谱包围，大的有半人高，重几十公斤，并带腿脚，戴面具的时候，那些腿脚就是肩架，供人扛在肩膀上。但绝大部分都是比人类面孔稍大的脸壳，或狰狞或鬼魅，或满含玄机，预示征兆。只有小部分眼梢弯弯，从掏空的眼珠里笑出逗人类开心的亲善来。无论什么表情，面谱们都极其生动，雕刻家们天马行空的想象力，挑战你对面孔这个最常见东西的认识。至于材质，面具都是锯下一段树干，一剖为二，成两块表面为一百八十度的原料，再剥掉树皮，便是脸部的弧度了。把这些原木雕刻成绝不雷同的神鬼面孔，非洲民间的木刻艺术家几千年的创作灵感从来没有枯竭过。

我不禁想到父亲。他几十年来一直着迷非洲木刻，在美国和澳洲居住旅游，他最大的开支预算就是用于收购非洲艺术品。他在北京的家并不大，大概一百三十多平方米，陈列了几十件他收藏的精品。过一段时间，他会撤下几件，替换上新的。他总是忘了已经多次告诉过我，没有非洲艺术，就没有毕加索，在毕加索那幅《弹曼陀铃的少女》中，能清楚感受到非洲木雕的启迪。尽管我不断从非洲给父亲带回在尼日利亚旅行时顺便购买的木雕，但我对非洲艺术始终是无知的，所以父亲马上能认出我随便在观光商店里的采购，哈哈两声说："这是酒店大堂买的吧？买来充数！"他告诉我，非洲艺术最大魅力就是匪夷所思：让眼珠从眼眶里伸出两寸长，让羚羊的角长在眉毛上，让生殖器变成一只硕大的玉米穗，充满象征和隐喻，只有孩子才会这样彻底自由地想象，又只有孩子才会那样认真地记录下最自由的想象。直到我站在这个面具陈列馆里，我才明白父亲所指。

非洲的面具雕刻非常普遍，但据说中非和西非的面具艺术最具有代表性。地处西非的尼日利亚应该说聚集了最优秀的面具艺术家。看着那些面具精品，我不禁说了一句："要是我爸爸看到这些，一定高兴坏了！"身边一位外交官朋友玩笑说："我们就不能高兴坏了？"

讲解员给我们介绍，面具各有功用。一些是各种节日里戴了去狂欢舞蹈的，一些用在求雨祭神之类的活动中，还有一些是用于红白喜事的，民间土医生给病人驱邪治病，也要戴面具，还有一些面具是用于司法。我觉得奇怪，问讲解员法庭上是被告还是原告戴面具。讲解员示意我们跟他走。出了陈列室的门，向右拐，走过一条半露天的长廊，进入一间十来平方米的房间。房间里放着一张厚重的长条木桌，桌后放了把椅子，桌椅都对着门，椅子背后的墙上，挂着一个面具。这张面具是黑色的，嘴巴紧抿，额头巨大，描画的眼睛中央，两颗瞳孔是镂空的，乍看这张面谱介于一切人兽之间，介于一切情绪之间，应该说基本无表情，却显出一种冷冽的恐怖。讲解员解释说，这间屋是模拟的酋长办公室，敦实的木椅子便是酋长的王座。但酋长的权利并非至高无上，部落里有长老会，有的部落是秘密社会（相当于黑社会），可以弹劾甚至罢免酋长。假如一个酋长犯了罪，或者品行上出现了原则性问题，长老会就会背着他举行会议，全体表决，一旦通过罢免决议，长老会就会秘密地在部落里选一个人，让他戴上这个面具，坐在王座上，等待酋长上朝。假如某一天酋长走进自己的办公室，迎面看见自己的办公椅上坐着一个戴黑色面具的人，就会什么也不啰嗦地掉头回家，因为他明白自己已经被免职了。这个藏在面具后面代表长老会夺权的人，无论对于部落里的大众还是对于酋长本人就成了永远的匿名人，一个抽象的至高权力的代表，甚至可以把他看成替天执法的神。不管这方式怎么原始，面具在这里起到了民主和公道的效用。我不由想到，假如能借用这个面具，让它出现在某个昏官的办公桌后面，昏官马上掉头回家，从此停止贪污受贿、祸国殃民，或者停止编造借口到伊拉克搜寻核武器而进行侵略战争，那倒也真省事。一个面具能传达天意，实施民主法治，又使得传达者免受报复，不费一枪一弹一点唾沫星，就能完成一场权力转交，多么简单！西方人把民主和议会制当成他们的发明，而早在西方民主概念传到此地之前，人家几千年就是这样实行议会制和民主的，一个面具把人的意志、集体的意志，以及超于人的意志融成了一体。因此面具那形而上的五官和神情便象征着无所不在的，包括灵异世界的仲裁，难道这不比纯粹物质世界的仲裁更为终极？难怪心里有鬼的酋长们一看这张面具什么废话都没有了，直接下班。

讲解员还说，面具还可以反过来被统治者的代言人佩戴。比如说某酋长需要征收苛捐杂税，这种上门讨钱的人无疑遭人憎恨，因此戴上这张面具使得办公时显得对事不对人，也避免遭受报复。世界上人种繁多，文化各异，但在讨要钱款的这件事上，都有抹不开面子的问题，面具反正是木头的，隔在中间，双方的脸面都少一点窘迫。我又一次走神，联想到农村的许多基层干部巧立名目，给村民摊派各种费用，不如也借人家非洲朋友的面具戴一戴，免得把他们的贪婪厚颜裸露在受压榨者眼前，或者干脆派个中介戴上面具，作为匿名者替他们登门搜刮，这样首先图个安全，其次若碰上村民抗捐，抡棒子拍板砖，甚至用大耳光子抽，面具还能发挥防护效用。

来到尼日利亚我每个周末都能见识到一些面具。因为在英国大使馆的俱乐部门口每周末都有一次小规模的民间艺术品展销。从地毯到织物，再到真鳄鱼皮或蟒皮手袋，还有银质或铜质的首饰，你不必担心它们会重样，因为它们不是批量生产而是真正手工制作，所以每一件物什都具有不可重复性。常在这里逛，就会发现出现在展销会上的面具没有一件是似曾相识的。也像那家陈列馆一样，很少见到喜庆的面具，它们往往是讳莫如深的，有的警示来世，有的欲解密未知，有的如同地狱判官般阴沉可怖。

也许人需要时不时吓唬吓唬自己，需要有所畏惧。随着科学的发展，对于世界和宇宙的认知越来越深入，已知和未知的比例在变化，人类似乎有理由认为已知已经压倒未知。那么，人类也就有理由自大了。然而，认知度越是提高，往往越是使人认识到未知的无极、无际、无底。我们越是应该发现，在认知的光亮照进未知的黑暗时，已知是多么有限。一切肆无忌惮地进行邪恶的人，便是太狂妄，也太无知了，标榜自己彻底的唯物主义者，并不认为天地间存在一种阔大无边无所不在的知晓，存在一种无形的记录，存在终极裁判。面具的制作者和使用者启示我们，在自然万物之中，天地之间，你胆子最好小一点，态度最好谦卑一点，造次的时候你怎么知道那些面具后面没有天眼在看着你？怎么确定良知泯灭之后不会有一张黑色面孔等在你的座位上，执行人神合一的意志判决你从自由和体面生活中永远出局？

给父亲的信

亲爱的爸爸：

昨晚到达阿布贾时，发现我们的飞机是这个首都机场唯一的降落者，可见此地的寥落。停机坪上可以开荒，一群不知名的黑鸟（不是乌鸦）扑向尚未发光的月亮。美国大使馆的住宅区离机场有一小时的车程，到达住处已很晚，正好邻居送来意大利面和蔬菜色拉，吃过就休息了。

清晨醒来，一夜暴雨停了，窗外是陌生的鸟语，这才意识到已身在非洲，真觉得不可思议。天还不全亮，坐在大门边打盹儿的非洲哨兵被我惊醒，迷蒙中礼数也是周全的："尼日利亚欢迎你！"他用带浓重乡音的英文说，眼睛非常好奇，显然中国女人在这里是少见的。

游泳池其实就在我们后院，但因为找不到后门钥匙不得不从前院绕行。没走近就看见一池子艳红的落花，是被昨夜风雨扫进池内的。周围墙头上，花仍不减繁荣，并没在风雨后“绿肥红瘦”。犹豫了一会儿，决定还是下到池里，不然很难消磨这个人人睡懒觉的星期日清晨。

马上就发现这是一种极难领略到的美境。潜入水中，仰脸能看见深桃红色的花瓣，盖子一样覆在水面，低头，是一池底的绿叶。什么样的原理主宰了这红与绿的沉浮，不得而知。天亮之后，满池的红花绿叶就是垃圾了，将被清洁工清理出去。

从池的另一头浮出水面，看见两只彩色蜥蜴伏在池边，一只是橘红尾巴紫灰身体，另一只有条粉红尾巴，淡赭色身体，都有七八寸长，竟然像四爪兽那样蹲坐。昨天刚下飞机，看见一条小蜥蜴还吓得惨叫，今早已能近距离地观赏它们了，可见我的生存本能足够强健。在非洲，不能与其他动物开展外交，休想生存。对了，不知这两只蜥蜴是不是我们常说的“变色龙”？我对非洲动物的知识等于零，您常常看美国《国家地理》的“发现”频道，说不定能给我解答。不只是蜥蜴，仔细看水面上的落花，我发现不少鲜红的蜻蜓尸体，也不知它们为什么要集体投水。也许是在风暴前飞得太低，被雨打进了池内。游泳池一头朝东，一头朝西，东边是拔地而起的阿索岩（ASOROCK），形状有些像桂林的山峰。太阳其实已升出地平线，由于阿索岩的屏障，从我的角度看，东面的天空还是太阳橙红色的投影。不知名的大树举着肥大的叶片，梢子上已经镀有亮色。一个浓艳的非洲早晨，因为它我顿时原谅了这个外交官院落不近情理的一切：宽大丑陋的房子，蠢笨的殖民时代家具，轻易就被打断的电视网络……虽然大使馆有自己的供电供水设备，昨夜还是几次断电。刚刚下飞机时，新鲜感所驱，我对来瑞说：“我们在这里待三年吧！”（他的任期或两年或三年，选择在自己。）但一看到我们的房子和内部陈设，我又说：“两年！最多待两年！”离开北京前，谈到安排您来尼日利亚旅行，现在我担心了：这样缺乏审美趣味、保守的室内布置连我都吃不消，更何况您了。听说大使馆常常有当地民间艺术展销，我想买一些织片和木雕来，也许可以抵消一些装潢的平庸。在一个如此有文化特色的自然环境里，弄出如此乏味的居住环境，在我看，真是罪过。您常常说：“喂肚皮容易，喂眼睛难。”而非洲是一片多神奇的土地啊，它的人民从来没有喂饱过肚皮，却从来不让自己的眼睛饥渴，并用他们生命力无限的艺术品，去喂整个人类的心灵。没有非洲的艺术，就没有毕加索。

我坐在游泳池边，面对着阿索岩，心想，人造环境的平庸，被自然环境的美丽加倍补偿了。热带的天空和阳光，热带的奇花异木，组合成的风景也那么热烈浓郁，尽管被墙头上密实的铁丝网切割碎了。我们院落的墙头上都圈有这样的铁丝网，满是倒刺，可以设想它能让逾越者刹那间皮开肉绽。正是铁丝网提醒了我，此院中的人们可能正被院外的一些人视为大敌，因为这个国家百分之六十的人口是穆斯林。七点刚过，来瑞穿着游泳裤来了。我提议早餐就在池边吃，他欣然同意。我回家煮了一大壶咖啡，又烤了法式牛角面包，用托盘端到池边的小桌上。我对来瑞说：“好吧，就在这里住三年吧。”他太了解我了，因此他听出了这句话的真意，他把它当作“我现在很快乐”来听。他明白我每一分钟的情绪都可能左右我的决定，而这个决定是不能当真的，他吃亏就吃亏在他已经太当真了。但他情绪昂扬起来，乐意接受我这一分钟的决定。

上午来瑞的同事上门来展示他的车。一辆八成新的银色“SABARU”越野车，非常漂亮，正是我喜欢的那一种。他马上要离任，急于出售他的车。美国外交官都是相互买卖车辆，因为他们不能确定下一个国家是否允许带车进入，或者，那个国家的车是左方向盘还是右方向盘。有了车，我就能真正地深入非洲，去走访两百多个讲不同语言的部落，去大象、狮子徜徉的野生动物园。对于您这位非洲迷，我的信不知会不会让你失望。也许我的第一印象不够公道，等有了进一步感受我再给您写吧。

苓珑心语

女郎与海

靠墨西哥西南海岸有个镇子，叫Zihuatanejo（我们下面就叫它Z镇吧）。我去的时候，还没有直航飞机。要在另一个墨西哥海滨城市搭长途汽车。四小时的车程，一路上的村庄、集镇很像美国西部片中的景点，有着闲逛的牛仔、脏脏的孩子、大声谈笑的淳朴女人。

表面上看，Z镇只是这些村镇中的一个。卖红色和黑色珊瑚首饰的小姑娘们总共只会说五六个英文单词，就成了一桩交易。收了钱之后，她们憨态十足地一笑，眼睛却很难说的，让你怀疑她给你吃了很甜的一记亏。有时她们看上了你身上什么对象，一顶棒球帽或一副太阳镜，要不就是美国药房买来的便宜首饰，她们就把几个英文单词也省了，手指点着你的眼镜或耳环，另一只手把她的一串项链往前一推。你迟疑，她再给你搭一对耳环。她们此刻不仅是贸易老手，简直就是古老贸易历史的一部分。

卖主们都是拖鞋、短裤，女人在比基尼上缠一块当地土印的披巾，色彩炎热，图案酷烈。由Z镇乘车走七八分钟的盘山道，就进入了另一种文明。有建在海岸上的游泳池，有支在海滩上的午餐桌，还有水中酒吧，吧凳全埋在水里，往上一坐，水温吞吞的正齐胸。我住的旅馆就有十多个泳池，形状全不规则，大概是模仿河塘、湖泊、山潭。池和池之间，由流动的小运河连接，穿过高高的椰树丛。我一直想从地势最高的泳池顺小运河而下，在每个泳池串一串门之后，直下大海。最终那也不过是一想。

旅馆经理的妻子，是个德国女郎。她往海滩上一站，晒得漂亮至极的肤色、一头乱在风里的暗金色长发就是Z镇的招牌了。她三十出头一点，很少穿正统服装，从不化妆，要么一件吊带背心配一条很短的短裤，要么就一条简单短裙直接套在泳装上。她在德国参加学生示威，抗议美国军事驻扎。示威持续了很久，示威中她和一位美国士兵恋爱而迁居美国。在美国居住了十多年，她最终又嫁给了自己的德国老乡，随他来到墨西哥。她是个令绝大部分女人羡慕的女人：天生丽质，有爱情也有物质，谈吐高雅，不必上班。我到这个旅馆的时候，是个傍晚，见上百名游客全跟在她身后，提桶端盆，往海边走。跟过去，发现桶里盆里全是一寸长的小海龟。据说年轻的经理夫人已跟当地政府闹了三年多，要政府出资保护海龟。最难办的是母海龟半夜上岸生在沙里的蛋，不及时扒出来就有可能被海鸟吃掉，或被游客踩碎。当然两种可能性都不大，因为母海龟总在产卵前拼命挖一个深坑，把卵产在坑里，再把沙填进去。有时存心去找这些海龟蛋，也得花几个小时。经理夫人发动所有旅馆客人挖出海龟蛋，孵出小海龟来再动员大家把它们放回海洋。这个保护海龟的群众运动便是一种示威，提醒人们海龟的生命价位，以及没有意识到这价值的人的愚昧、野蛮。当然，这示威最主要是冲政府去的。

我看着这个德国女子正在指导人们，怎样放逐小海龟而不使它们再被海潮卷回岸上。但无论怎样放，它们仍会被潮水带回海滩。沙和水相接之处，一片黑麻麻的全是大甲虫般的小海龟。但不管潮怎样卷回它们，它们一次一次逆着人潮往海水走去。很快有人意识到，掌握不掌握放龟技巧都无所谓，小海龟们必定会走进海洋。多少次失败，最终它们走得一个不剩。祖祖辈辈的母海龟从不担忧，被它们深埋在沙里的卵终将成为小海龟回归海洋。对不幸没能回去的，它们也想得很开：海要谁生要谁灭自有海的道理，不然海就拥挤得成了人类了。

招牌画似的德国女郎站在海天之间，成了个剪影。她心里的理想在她身姿上和声音里。一百多名客人大多数来自美国，都被她的理想感染，希望自己能把自然变得更自然。他们相信，总有人抗议和拯救，自然只能通过文明之手，经过文明的干涉，才能变成更好的自然。她希望自然可以被安排，如同安排工作日程，生男生女，基因遗传，高矮胖瘦。

德国女郎给她手上的小海龟取了名字，并认真要求每个人都照办。于是一百多人都开始“玛丽”、“珍妮”、“彼得”地叫起来。这使场面出来一种寓言感。小海龟们若有灵知，该记住这些命名者，该知道它们是被救下来的，该感恩戴德。

双语人的苦恼

我的长篇小说《人寰》（《心理医生在吗》）是以一个中国女性对美国心理医生的自述为形式的，小说的语言便是虚拟的英文。也就是说，是外国人讲的断裂英文。在故事开始，我借女主人公之口说道："英文使我鲁莽。讲英文的我是一个不同的人，可以让我放肆。不精确的表达给我掩护，另一种语言含有我的另一个人格，使我似是而非，因而不再有不可启齿的事。"

这些话是我从自己在美国的十二年生活中得到的真实体验。一九九六年年底，我在一位心理医生的诊所就诊，为近乎要了我性命的失眠症，亦为体验西方心理治疗方式。自从我接触了弗洛伊德和荣格的心理著作，就对他们创立的"倾诉（TalkOut）"疗法非常好奇，尤其是弗洛伊德的催眠术。据说催眠术能打开人心里最深的秘密，一些被忘却的童年经历，都会在催眠术中复苏。于是我便开始了"倾诉"疗法，每星期一次，每次一小时。诊费很昂贵，每小时九十元美金。正是在那间又小又封闭的诊室，我发现英文中藏着另一种自我。

它是年轻的、直率的，因为它就只有十来岁。任何一种语言都能产生一种文化、一种气质，英文对于我，也是同样的。我在倾诉时，发现自己有着美国式的直接，中文给我的含蓄和成熟，此时全不存在了。说英文的我要外向许多，带一些孩子气的虚张声势，对别人的反应也有点大惊小怪。并且，我相信十来岁的英文给我一副认真的神态，亦给我急于信赖别人的眼神。相比之下，说中文的我是老谋深算的，是易于怀疑一切，甚至带几分玩世不恭。

这个发现引起了我的极大兴趣。反思一下，我意识到在许多场合下，一旦碰到难以启齿的话，我就改口讲英文。似乎讲了别人的语言，我就不必负完全责任了。我就可以没轻没重，没深没浅了。有时我在英文小说里读到一句别致的话，多半是一句粗话或刻薄话，我就试着用在我和我丈夫的对话里。我特别喜欢看他的意外神色，要么是被激怒，要么是给逗得捧腹大笑。他说有趣就有趣在我清白无辜的表情，吐出每个字眼都像没事人似的，给予每个词汇平等待遇。十二年来，我其实是倚仗十来岁的年轻英文，占了一些便宜，讨了一些宽恕——一看我这人如此出言不逊，人们想，算了吧，不和她一般见识，她又不是土生土长的。

在学校的时候，我们文学写作系的学生都得在课堂上即席写作，也必须在下课前朗读彼此的作品。我的同学们发现我对许多污秽词汇是陌生的，有时只是按字母拼音把它们念出来，并不完全了解它们的词意。因此我在念正常词句和污秽词句时，完全是一种态度：认真、不加区别、毫无歧视的。这就形成了一种怪诞效果：无论怎样色情的描写，到我嘴里，一律是公事公办地给念出来。好比一个人平调、古板地报告一桩天大的胡闹。每次我念到最精彩（也就是最荤）段落，课堂上已笑倒了一片。此后，这些美国同学们串通起来，有心把那些荤段子留给我念。一些教科书也很荤，比如亨利·米勒的小说，充满荤话，给我板着面孔，背“三字经”似的一念，变得滑稽至极。我有时给他们笑得念不下去了，问什么把他们逗成这样。他们回答：“因为那些脏字不属于你，是借你的嘴出来的，所以那些字眼的邪性和你口齿的无邪形成强烈矛盾。”

美国年轻作家中流行写粗话。写粗话似乎使小说生动、酷。一些煽情的、多愁善感的描写使人难为情，因为西方的审美观反感情感油腻，提倡低调和控制。我跟一位英国作家聊过什么样的小说语言是高级的。他说：“我不能告诉你什么叫高级，但我可以马上告诉你什么是低级。首先，你最好不用副词。比如，你说：‘他高兴地笑起来。’我劝你拿掉‘高兴地’。其次，你最好少用形容词，最好少用比喻句。小说第一页就出现了‘如同、似乎、仿佛’这样的比喻句，我马上就不要读它了。”这是一个作家对语言的高度自觉意识，对我来说，非常实用。去掉了副词，减少了比喻句和形容词的文章，的确朴素许多，淡许多。一些作家不甘于小说的“淡”，便在浓郁华丽的煽情写作中，加上粗话或诅咒，反讽华丽，低调处理浓郁。这就是要我出洋相的时候。因为英语不是我的母语，我拿不准说粗话的语态和腔调，多污秽的语言在我嘴里都失去了它固有的意义。后来它就成了我的优势，藏在假天真后面，说痛快话，做痛快人。

美国人把爱和恨挂在嘴头上。常听人说：“我爱这个，我恨那个。”若把这样的表达搬到中文里，会很矫情。但有时人又需要那些痛快淋漓的表白，于是我拉过英语来。藏在别人的语言后面，夸张一下感情，不觉得太肉麻；肉麻也不是我的事，是语言的问题。

碰到我跟美国人争论的时候，这优势很有用。讲过火了的话，尽可能推给语言去负责。更何况这里还有个态度问题：我说的是你的语言，我的态度已经对你好了；那么我如有出语伤人之处，你就包涵吧。但我在跟我丈夫争论时，只说中文，他呢，一律用英文回击。夫妻之间，绝不能用对方的母语说话，万一说得过分“痛快”，误会就会产生。我们的争执从来是各说各的母语，因为必须把握各自语言的分寸、深浅，避免误伤。

我生活在美国的第三年，头一次用英语在梦里乱嚷。把我自己喊醒后，发现窗外是芝加哥的雪夜。我喊的是“干吗是我？！”醒过来，我怎么也想不起这句话的上下文。也许梦话和梦的情节并不一致。梦话是更生理的，而梦更属于精神。那时狂练英文，词汇和句子全录在声带上，夜里声带失禁，语句自己就迸发出来，用不着通过思维。想想真是很惨，把自己弄成了一只八哥，只管往嘴里灌词儿，懂或不懂不要紧，要紧的是嘴一张词儿就得出来，说它是条件反射也好，是动物本能也好。从那次喊梦话之后，接下去的几年，我的梦全是无声的。两种语言在我身心中作战，太激烈了，激烈到了我无所适从的地步。大约是第七年，我的梦开始有声了，中、英文混杂，十分热闹。

直到现在，我仍有一种病态的敏感：一句话说出去，我会马上检查一番，句子有没有语病？时态是否正确？句法够不够简明？要减低这种敏感度，必须靠酒。往往是两杯葡萄酒之后，我滔滔不绝起来。一位好朋友跟我说了真心话。她说：“你以为你很自如，其实你很乏味，讲的全是废话。在旁边看着你，就是可怜你。”

这样一来，我看见所谓“双语”，几乎是不可能的。就拿那勃可夫来说，他号称有三条母语舌头，也不得不承认他的俄语舌头“具有无限弹性”。一九九九年年底我在纽约市立图书馆参观那勃可夫生平展览，在他一次演讲录音中有这样一段话："我可以像大师那样以英文写作，我亦可以像学者那样以英文阅读，而我以英文讲话时，就只能像个儿童。"

因此，作为"双语人"，其实永远免不了一层遗憾：他的第二语言，总是不能像母语那样随心所欲。明显的表现，就是对幽默的迟钝。有时我丈夫读报上的幽默小品给我听，我时常不知道他怎么觉得那么可乐。我做英文演讲的时候也发现，观众在我自认为幽默的地方并没有反应，他们大笑时，我往往意识到，他们笑的不是地方。

“我爱你，再见了”

九月十一日，阿拉伯数字是“9·11”，美国报警电话，连三四岁的孩子都会拨的号码。九月十一日晚上九点三十分，我和一伙朋友正在北京朝阳区一个西藏酒吧里消磨时间，突然有人告诉我们：“一架飞机撞在纽约世贸大楼上了！”我回到家是十点四十分，灾难的规模已显露出来。第四天，我收到一个朋友的电子信件，讲述她从世贸大楼死里逃生的经过。让我感到最不解的，是她毫无我所设想的歇斯底里，相反，她语气平淡，实事求是，有一点历史学家的手笔了。

从灾难发生之后，我一直在想一个问题：“他（她）在那天早晨喝咖啡时，有没有任何预感——哪怕最极微的征兆——这就是他（她）一生的最后一杯咖啡。”也许别人会认为这个问题莫名其妙，但我却驱不散它。我对一个生命在行将灭亡时的心理活动怀有极大的好奇。你也可能把好奇看成关切或担忧。

顺着那个安详地喝咖啡的形象去想象，他（她）如平时一样，带着好睡眠留下的松垮和呆钝，打开大门，拾起报童在早晨五点扔下的报纸，上面套着塑料袋，湿漉漉的一层初秋露水。他（她）在早餐桌上展开报纸，一双脚钩过对面的椅子，然后两腿跷上去；咖啡的滋味从不是孤立存在的，它是和半躺，和读报，和窗外的街道上过往的汽车声合在一道，才能形成的滋味。得和穿着毛巾睡衣、蓬头散发、完全不设防的妻子（或丈夫），和睡意尚浓，却深一脚浅一脚下楼来的孩子们合在一起，才能形成的滋味；这样的咖啡滋味，寻常得可以被完全忽略，是这个早晨“一切如常”的标志。他（她）大而化之，一份报已翻到了头，翻过天天出现的坏事，夜夜发生的罪孽，于是他（她）格外留恋家里的这份“无事”。留恋尽管留恋，还是匆匆洗浴一新，匆匆选就服饰，匆匆告别孩子和妻子（丈夫），出门去了。他（她）走进电梯，张张面孔都是半熟脸，生活好就好在一切都是半熟的。他（她）走到自己的写字台前，打开电脑，检查一下电子信箱：某某照常又寄来一些笑话。笑语也似有所闻，就暂时略过吧。而谁又有比笑话更重要的事呢？这时就到了八点五十五分。

我回到美国后，听了Pennsylvania坠机之前，遇难者给家人打电话的事。他们已知道自己必死无疑了，便用最后一点时间告诉亲人们：“我爱你，再见了。”使人震惊的是，他们没有瘫软，没有魂飞魄散，电话号码也没拨乱，是勇气所致，还是心怀侥幸（说不定我能幸免）？他（她）有没有懊悔：今早上出门之前，我要多跟他（她）说几句话该多好！为什么这个早晨伪装得和任何一个早晨一样呢？

拨号的手指或许是颤抖的，嗓音也许是喑哑的，泪珠可能飞快滴落在键盘上。那些上千次按过的小数码键，最后一次亮起来；

手指自己有记忆，迅速将那十位数编成队列。电话通了，却是留言机。他（她）一阵遗憾，或一阵释然，又一阵语塞。

“我爱你，再见了。”

美国人把这两句话讲烦了。讲得一片麻木，讲得小说、电影都不敢讲了。讲得有真情实感的人都不敢讲了。在它成了一种无意义呢喃之后的许多年，二〇〇一年九月十一日早晨的美国人（也许还有非美国人）突然悟到，这两句话还有未尽的意思，还有未透彻的理解。他（她）的话仍说得很完整。已入了地狱，人反倒心定了。反正没做的事，未尽的心意是太多太多，只好随它们去了；一切未完成的，就让它们未完成吧。

而这两句话完成了一个仪式。话语带着寻常早晨的咖啡滋味，留在寻常人家餐桌的那个空缺上。

性化学杂谈

假设我们面前的电影镜头中，是推成特写的一片肌肤，完美的光线，偏暖的色调，使它进入你视觉时不仅可视，并且可触，可嗅。你感觉到它的温度、它的气息，它由于激情的血性而突然改变的微循环，那一根根汗毛兴奋起来，被汗汁濡湿。不必将这个镜头展开，你可以同这块肌肤共鸣，你会发生一种界于灵与肉之间的悸动。你寻找一个词，想形容这感觉，于是有了一个不是百分之百达意的词：性感。

性感是一种审美境界，是性的审美。不是所有的性都性感，正如性感不一定导致性。

我在读约翰·福尔（Joho Fowles，英国小说家）的小说《马古斯》（*The Magus*）时，发现他有这么一段话，大意是说感觉的一代（A Generation of Feel）已经消失了，让位给行为（性行为）的一代。在“感觉的一代”，性的疆域很大，每一寸皮肤、手、足、头发，都能成为敏感区和兴奋点，而到了“行为的一代”，大片的感觉沃土荒芜了，人需要越来越暴烈的直接动作。广告上和杂志上的女郎们两眼兽性，身体摆置得就是一副有漂亮皮囊的生理挂图，她们都知道你的感觉早钝化了，她们只得刺激起你最原始的生物反应。

在感觉的一代那儿，感觉的可耕地包括每一寸肌肤，除此之外，还有更大空间，就是一切不可触的，如眼神、语言、表情。一个男人和一个女人在这样的空间里，所有的语言和表情都只是灵肉沟通的幌子。这样的空间，可以是一个大Party，一个课堂，一场晚宴或一节地铁车厢。他说“哈罗”，实际上说的是“你吸引了我”，她答“哈罗”时，其实是说“你是我喜欢的类型”。美国许多婚姻专家把这情形叫作“性化学作用”。一对男女最初产生激情，性化学扮演着重要角色。就连很多爱情电影，观众把失败的故事归结为男女演员之间连一点性化学都产生不出来。这类故事情节再壮丽，男女主人公再俊美，都缺乏感染力。

据说性化学使一对男女之间出现性张力，张力越大，两具肉体便越渴望触碰，两颗心灵便越渴望接近。古人因为时代局限，禁锢繁多，一对恋人间的性张力不得不被推到极致，因而不朽的爱情故事只能发生在古代。当代人是不会委屈自己的，一旦性化学开始隐隐生效，他们就赶紧解除正上涨的可贵张力。肌肤还未来得及觉醒，又被搁置一边，麻木地沉睡了。性是有了，如同冲进快餐店来了一顿套餐，饱足后你才想起没有品评滋味。又有什么可品评的呢？所有吃套餐的人都有相同的热量，味道也是按配方配制出的，一点偶然也没有。懂得美食的法国人可以把一餐饭吃成三小时，把所有感觉滋味的器官都动员起来，一个细节也不放过地去享受。

我们被约翰·福尔称为没有感觉的一代。性在我们这一代是浪费，是被我们瞎挥霍了。他的《法国中尉的女人》中，性是极少的，但性的张力使我们始终在美丽、神秘的性感氛围中。电影中斯特里普扮演的萨拉一出现就那么性感，全身是严严实实的维多利亚式装束，但那露出的一截脖子，一侧腮帮都那么惊人的敏感，充满性的神秘。萨拉最终成了男主人公的情感归宿，他和她之间最初产生的性化学调成了这美味佳酿。然而不是所有点燃激情的性化学都导致那样优美的结局。

性心理学家们的观察大致如下：当代男女间一产生性化学反应，马上就要减低性张力（这是一代什么压力都不想承受的人），于是性行为发生、结束。一夜情在美国单身社会很普遍，事后延续成几夜情以至婚姻的也有。性化学在性张力消失后如果继续作用于人，那么一场恋爱就会延续下去。但就算延续下去，进入婚姻，也并不说明两人就驶入安全港，可以将爱情进行到底了。在婚姻的第五年至第七年，夫妻之间应该产生一种新的化学，一种源于性，但不完全是性的化学。假如这种新的化学不产生，婚姻便有解体的可能。

我试想所谓的第二种化学是怎样产生的。有些夫妻最初并不是一见钟情（所谓的性化学没有在他们之间发生），但婚后的几十年却宁静甜美。读弗洛伊德传记和达尔文传记时，发现他们都是此类婚姻的例子。李准的电影《李双双》里也有句名言，说是“先结婚后恋爱”。我猜这些夫妻因婚姻而获得了从容，允许他们去细细体验从心灵到肉体的每一分感觉，一点都不操之过急，不浪费，使性活动不那么功利，让它遵从感觉。因而他们之间便产生了使他们天长地久的第二种化学。

第二种化学的产生过程不那么生物化，我是这样理解的。当两人冲突、怄气时，其中一人定定神，上去轻轻扯扯另一人的胳膊说“Sorry”，这第二种化学便滋生出一点。还有当家里只剩一口牛奶，而两个人的咖啡都需要时，其中一个说：“哦，今天我喜欢黑咖啡。”再有，当两人出席一个Party，他兴冲冲地向人讲述什么而没人在意时，她做他唯一的忠实听众。当然，最重要的，是当一个失业时，另一人搂住他（她）的肩膀说：“没关系，有我呢。”

我写《老人鱼》

对我来说，记忆是嗅觉的。我童年的早晨都是以浓茶的气味开始的。那是外公和外婆钟爱的一种茶，叫作“瓜片”，是外公的乡亲从六安老家捎来的，年年春天都捎。早晨闻上去是清香的、微苦的，随着渐渐过去的时间茶味结束，转让给檀香的气味。外婆从早到晚都点着檀香，它让我现在想到，外婆或许有很多未了的秘密心愿。外婆是个多病的、命运波折的女人，她口述的中国近代史生动而荒诞，对我的世界观有不可忽视的影响。午间和傍晚的气味在我记忆中最为浓烈：外公烧一个缸瓦灶，用的多半是松柴。烟出去了，松木的香气却留在厨房里，不仅是松木气息，还有米饭上蒸腊货的香味。即便只有一条腊鸭脚，外公也是尽我一人吃的。

记忆也是听觉的。只要我想到外公，马上会想到他桌子上七八个破半导体，抬杠似的一齐说或唱。我还会想到他鞋跟上的铁掌。他在布鞋跟上都钉了这样的铁掌，他希望别人听出他的步子是军人的。有人怕他，他扬扬得意。他在一百米外人们就能听见他了，不仅鞋掌，还有他裤腰带上的几十把钥匙。外公什么都上锁，米柜、柴棚、煤箱、鸡窝都锁，但他的钥匙还是比他的锁多得多。一些钥匙是他曾经当军队司务长时留下的，一些大概是土改时缴获的。外公一生都是地位卑微的人，一大把钥匙或许给他掌权的错觉。外公会从一大把钥匙里抖出一把，打开抽屉，拿出一盒削得很漂亮的铅笔头（全是我丢掉的短铅笔）或一本手工装订的写字簿（也全是我用过的废簿子中的纸钉成），或者，一样民间玩具。在我的不屑和嫌弃中，他始终以这样的方式给我一些额外的关爱。

当然，我对童年的记忆更是视觉的。坎尼塞·克拉克（Kenneth Clark，英国著名艺术历史学者、散文家、评论家）在他的《视象时刻》（*Moments of Vision*）中讲到一种“神性的骚动”，它使一些视觉物体从记忆中脱离，成为强烈的印象。在这里，克拉克区别了记忆和印象：前者为习惯性的储藏，而后者带有一种不可诠释的象征意义和不能马上看透的重要性。克拉克说：“在我们成年后，我们也许不会常常体验这些启示性的时刻，但在我们的童年，它却频频发生。这样的时候是最接近艺术创作者所必需的神性的骚动。”

我童年的夏天，从西窗看出去，是外公种的两棵桑树；往南，有一片茂盛的蓖麻；往北，有几棵红色的月季花。十几只鸡享受着外公的特权，得以在“禁养家禽”的城市有一块租界。我常常坐在窗前，这些景物也就成了我白日梦的固定背景。后来外公失去了特权，鸡群消失了，墙头下出现了一列腌腊鸡腿、鸡翅，常常有两三只野猫在墙头上走来走去。在这个时候，正如克拉克所说：“此类视象时刻化为一些细节，出现时当事人对它们的冲击力尚无意识。”但突然在某一刻，也许很久以后，“这些早已固定在我们记忆中的景物在心灵中再现了”。它们已脱离了它们的自然背景，成了独立的印象，传达着对当事人同样隐晦的深沉意义。作家要写，画家要画，不是因为明白了每个“视象时刻”的隐秘意义，而是知道那意义的存在，却不能完全地懂得它。艺术家对于形象的意义追问，以及那永远似是而非的追问结果，形成了艺术。

昆德拉后期作品的失败，在于他自以为已先有了形象的意义，或者，没形象也可以有意义。

我常觉得“纪实小说”的说法很矛盾。所以我首先要否定我这篇小说是“纪实”的。只是记忆中一些画面和细节自己在存活和演变，我把它们写出来，想看看我是否能寻出它们的意义。

约翰·亨利·纽曼（John Henry Newman，十八世纪英国著名神学者和哲学家）在写到他在牛津大学生活时，似乎有些突兀地提到一种植物：“……在我大学一年级宿舍的对面，有大丛大丛的金鱼草……”可以想象他曾坐在窗前读书，几百天如一日，对这些寻常小花视若无睹，漫不经意地出神。而在他写到牛津给他的教益、温情、友情时，他却不期地想起了这些白色、紫色的花草。这些花脱离了常规记忆，完成了升华，演变成了某种象征。但这段关于金鱼草的印象又说明什么呢？它不随岁月淡去的意义何在呢？纽曼在写它时，或许并不明白。但我相信，纽曼肯定知道那花的印象中含有他不能解释的意义。

读书与美丽

我有一位朋友叫庄信正，是位著名的翻译家、学者，也是研究詹姆士·乔伊斯的专家。他说过这样一段话（大意）：俗话说，上有天堂，下有苏杭。但对我来说，我宁可把这句话改为“上有天堂，下有书房”。他说在他年少时就想到：反正谁也不知道天堂是什么样子，他无妨就把它想象成一间书房。

我读到这些话时，为他的纯，以及他与我不谋而合的价值观会心地笑了。我心里对这位忘年友人涌出一股深深的感激。因为在这个价值观飞快变更的年代，我生活的很大成分，仍是独自写作与读书。有时不免对周围忙得头头是道、不读书却也十分充实的人们发声自愧落伍的叹息。而庄先生这一席话，使我认识到，我还是有伴的，并没有落伍得那样彻底。

在易卜生的《彼尔金特》中，有个叫索尔薇格的少女。彼尔金特在恋想她时，总是想到她手持一本用手绢包着的《圣经》的形象。在昆德拉的《不能承受的生命之轻》里，特蕾莎留给托马斯的印象，是她手里拿着一本《安娜·卡列尼娜》。这两位女性之所以在男主人公彼尔金特和托马斯心里获得了特殊的位置，是她们的书所赋予她们的一层象征意义。

我的理解便是读书使她们产生了一种情调，这情调是独立于她们物质形象之外而存在的美丽。易卜生和昆德拉都没有用笔墨来描写这两位女性的容貌，但从他们赋予她们的特定动作——持书来看，我们能清楚地看到她们美丽的气韵，那是抽象的、象征化了的，因而是超越了具体形态的美丽，是不会被衣着化妆强化或弱化、不会被衰老所剥夺的美丽。这并不是说，任何一个女性，只要手里揣本书，就会变成特蕾莎或索尔薇格；书在不爱读书的人手里，只是个道具。重要的是，读书这项精神功课对人潜移默化的感染，使人从世俗的欲望（金钱、物质、外在的美丽等）中解脱出来，之后便产生了一种存在。

于是，我感到自己的幸运——能在阳光明媚的下午，躺在乳白色的皮沙发上读书；能在读到绝妙的英文句子时，一蹦而起，在橡木地板上踱步。太好的文章如同太好的餐食，是难以消化的，所以得回味、反刍，才能汲取它的营养。

女人总有永别自己美丽外貌的时候。不甘永别的，如伊丽莎白·泰勒之类，就变成了滑稽的角色。时光推移，滑稽都没有了，成了“人定胜天”的当代美容技艺的实验残局，一个绝望地要超越自然局限的丑角。这个例证或许给了我们一点启示：漂亮和美丽是两回事。一双眼睛可以不漂亮，但眼神可以美丽；一副不够标致的面容可以有可爱的神态；一副不完美的身材可以有好看的仪态和举止。这都在于一个灵魂的丰富和坦荡。或许美化灵魂有不少途径，但我想，阅读是其中易走的、不昂贵的、不须求助他人的捷径。

男女超人与“忘年恋”

在芝加哥读学位时，第一门课要求对所学到的作家们进行阐述，主要是对于终生的作品，亦包括他们的传略。我于是迷上了读他们的传记。对比中我发现这些文学泰斗们——无论男女——都具备一些共同的美德和缺陷。比如说，他们都有铁一样的意志、军人般的自我纪律、或多或少的清教徒式的生活方式。之所以提到“清教徒”，并不是粗茶淡饭、布衣草履的意思，而指他们对物质的随便态度：有亦可，无亦可。另外，“清教徒”还包括他们对待自己每日具体的艺术创造，就像对待一件宗教功课：只求心灵的付出，不求肉体的获得。

因而我把他们叫成男超人和女超人。比如苏联作家索忍尼辛（诺贝尔文学奖得主）在二次大战中主动报名上前线。那时苏联政府给予在校大学生特权，免除他们的兵役。他很快晋升为炮兵军官，却因为在与朋友通信中交流了政治言论而在前线被苏联当局逮捕。他在古拉格群岛的流放岁月中，以一种奇特的方式坚持文学写作：他完全依赖记忆力背诵与储存他的诗句。因为当时的狱规禁止犯人用纸和笔，他只能在脑子里写作他的长篇叙事诗。他每天写上几行，然后拼命将它们背诵下来。日复一日，年复一年，他每天必须将自己写成的部分默诵一遍，然后再在内心进行新的创作。他的记忆空间逐渐缩小，因而他想出一个方法来帮助自己记忆。他用面包屑捏出了一串教徒用的念珠，由圆形、方形及椭圆形珠子组成。他每默诵一句诗，就数一颗圆珠；每背下十行就数一颗方珠；每一页，就数一颗椭圆珠子。当他出狱时，竟然把一万多行诗——整部长篇叙事诗——存在心里，带出了监狱。

其他的作家虽不像索忍尼辛这样具有如此明显的“超人”素质，但每个人都以他们自己的方式体现了过人的顽强意志。遗憾的是，我没有足够的篇幅来一一列说。我在这样的“超人素质”中看到，有天赋是幸运的，但是足够的意志来实现天赋，恐怕是更大一种幸运。当然，不幸也是显著的。我发现这些“超人”中的大多数都在情感上未能免俗：在他们成功之后，往往在他们的晚年，总要陷入一场“忘年恋”。也许我这人不算最开明，对于男作家的忘年恋，我尽管失望，但尚能接受；但对于女文豪们，内心就是一个巨大的失望之苦笑了。无论是赛珍珠、安·阮德（Ayn Rand，苏联流亡美国的著名女作家，属少数以非母语写作而获成功的作家之一），还是玛格丽特·杜拉斯，尽管她们艺术品格颇高，却在这方面未能免俗。比如赛珍珠，我认为她具有许多美德，甚至可以称得上高尚的女性，在晚年结识了一位年轻的男舞蹈教员而出现一些与高尚相矛盾的行为。她在50年代末为救助韩国孤儿而建立了基金会，她的文学地位和影响力使她轻易地得到大笔的募捐。而她却让自己的年轻男友来主持基金会的工作，从来不查究他的经济作业。这个舞蹈教员于是舞弊贪污、弄虚作假，使基金会大失人心。当人们告诫赛珍珠用人不当时，她却护短，甚至与人反目。另外如安·阮德，尽管她作品中所有男主角的形象都有她丈夫的影子，她认为她的丈夫为她提供了男性美的准则（她公开说过了他的身材和面部形象十分合乎她的审美理想，因而她在第一次见他时，便爱上了他，从而开始主动追求他），但是她在成功之后，还是与一位比她年少二十多岁的心理学家恋爱起来。

读到这些部分，我总是想：哎呀，又落了俗套。

有次在读《纽约客》杂志时，读到一位颇有名气的杂文家的见解。他认为著名人物找年少情侣是种庸俗。我想，看来“所见略同”者，并不难找；原来不止我一人如此看重俗与不俗。

最近听到消息（真伪尚待证实）：八十岁的索尔·贝娄再度娶妻生子，不由想到名气和成功是否真能使人年华倒流，青春永驻。当然还有种说法：成功能够刺激荷尔蒙。

“挣”来的爱情

在苏联流亡女作家安·阮德的三部影响浩大的小说中，她多次提到女性（抑或男性）渴望爱情，却不懂得真挚、牢实的爱情是该去“挣”的；不“挣”而获得的爱情首先是非分的，其次绝不可能持久。她用这个英文单词“Earn”，即挣，使我生出许多感触。生活中许多实例说明一切失败的婚姻都是因为人们忽略了这个“挣”字：一旦进入婚姻，爱情便似乎有了保险，往后的一切灾祸都该由婚姻这个保险公司来负责或承担损失。也就是说，男女双方不再去继续“挣”得爱情，而把对方已付出的或正付出的爱当成“该着”。

我在国内和国外都碰到过不少男性和女性，天生丽质，聪颖可爱，似在爱情和婚姻上并不顺利。因为他们天生的资本充足，从来不必去挣得爱慕。对于这类男女，似乎整个世界原本就该着他们情分，因而他们开销任何人给予的爱都手脚极大，从无珍视。他们不懂得，一个人在情感生活中只消耗而不储蓄是危险的。有价值有质量的爱情永远要去主动地“挣”得。“挣”的过程，是成长、成熟、纯化的过程，是辛勤和真诚的付出的过程。

这使我想起两年前读的一本书《道德动物》（*Moral Animal*, Robert Wright），是一本达尔文的进化论心理学著作，其中的主要研究课题便是男性与女性的关系。这本书以达尔文本人的爱情和婚姻作依据，总结出达尔文和他的妻子艾玛婚姻成功的几个决定因素：一、理化地选择一位具有大量美德的恋爱对象；二、婚前无肉体接触的纯情恋爱；三、达尔文的成功与疾病。艾玛是位相貌平实的女子，因而达尔文在选择她做爱人的时候是务实的，是违逆雄性爱美天性的。婚后，达尔文的名望持续上升，但他总是珍视艾玛所给予他的朴素关爱。他认为艾玛是一位能使他勤奋工作又能使他不至于勤奋到忘记人间乐趣的女子。在他们长达近半个世纪的婚姻中，达尔文不断地“挣”得艾玛的爱情和关怀，艾玛也同样“挣”得达尔文的爱慕和尊敬。艾玛说（似乎自嘲地）：“没有任何东西能像疾病那样把一对男女牢牢系在一起。”她在达尔文二十多年的慢性疾病中，给予他精神和肉体的双重关爱，使达尔文在辉煌的成功中只对艾玛情有独钟。在达尔文的自传里，他写道：“她（艾玛）是我生命中最大的一份幸运……我常常在想，如此一个比我优秀得多的女子，怎样就能成为我的妻子。”

由此看来，他们从来都没有停歇“挣”得对方的爱情，他们都不把对方的爱看成“该着”。

达尔文的显赫声望使艾玛的一位姑妈不禁为艾玛捏一把汗。艾玛一向在穿着上缺乏兴趣，所以总是过分朴素甚至落伍于时尚。这位姑妈在一封信中规劝侄女：“……别忽略那些小小修饰，它们总是使你看上去赏心悦目。你的忽略是因为你认为自己的丈夫不在意女性的这些外在细节。其实任何男人都在意这些细节。”

我无法得知艾玛是否把她姑妈的话听进去了，是否在以后的日子里尽力地“赏心悦目”。但从这位姑妈的见解看来，她是相信“挣”这个字眼的。别以为内在地“挣”就够了，外在的，也需要去“挣”的。

在《道德动物》中，有一段是讲著名作家狄更斯的。狄更斯在他刚结婚时把他的妻子称为他自己“更好的那一半”。二十多年后，他的名望招来无数年轻美貌女子的爱慕，他眼中的妻子便是一个“无形无状”的东西了，她营造的氛围“致使与她最亲近的人受罪”。那曾经“更好的一半”在多年后成了“无感觉、怨恨的、怠倦的——近乎无人味的”女子。两个人类文明的巨星——达尔文与狄更斯，有着极端不同的爱情和婚姻经验。当然，这和他们全然不同的个性有很大关系。但可以看出，婚后名望直线上升的狄更斯轻易地就从爱的主体变成了客体，只知开销，不知去“挣”，于是他和妻子凯瑟琳的关系就形成了恶性循环：谁都不去“挣”，但谁都大手大脚挥霍。可以想象，狄更斯该对这场失败的婚姻负主要责任。正如一切成功的男性（抑或成功或绝顶美丽的女性），狄更斯认为爱可以信手拈来，用不着去挣得。他不能有殷实、纯正的爱情，是因为他给爱宠坏了，给不劳而获的恋慕弄得残废了，失去了去“挣”得爱的能力。

《老家旧事》与我

《老家旧事》的作者董冰是作家李准的夫人，从社会关系上说是我的前婆母；从更深广的意义上来说，她永远是我的母亲。但我为她的书作评，并不因为这层不同寻常的关系，而是因为我对这本书的偏爱。书中宣扬的人文精神、女性精神，滋养了我小说中一系列女主人公形象，从《少女小渔》到《扶桑》，再到我刚刚出版的长篇小说《第九个寡妇》中的王葡萄。

我是一九八〇年初以未来儿媳的身份认识李准夫妇的。开始我对这位母亲的温良和缄默印象极深，很快我发现她偶尔以一两句话形容一件事、一个人物，总是形象至极。比如她形容儿时从大门下的缝隙看到军队驻扎过往说“外头腿都满了”。说到一个女亲戚不会过日子，问别人借钱为家里买粮，结果她“拿上钱到街上买了条洋裙子”。都是些陈年往事，她记住的却是细节之核，这样的细节之核一旦用在人物身上，作家不必再费笔墨去给人物定论了，读者很快自会得出定论。这样的细节，在《老家旧事》中比比皆是，作为一个小说家的我来看，如此开销细节，是不可思议的慷慨。

其实早在80年代中，我就知道我的婆母在写书。并且，我也有幸在这部书的写作过程中跟踪阅读。当时我就认为这是一本奇书。在当时一派慷慨讴歌或激昂控诉的文学语调中，《老家旧事》以朴素、平实、无辜的叙述，道出了一个灾难和死亡多发的故事，却没有控诉，没有说教，没有阶级斗争及人伦善恶这些一直以来主宰我们思考和感情的公式；它使我感受到人在超越一切社会、政治界定之上的意义。人，这时才是最丰富的，最值得诠释的。不仅如此，我冥冥中感到古希腊大悲剧和这部作品的某种精神贯穿，即人与不可抗力的生存因素的永恒抗争。不可抗力的因素既有身外的，也有与生俱来的。比如人性，它不是阶级的产物，不是善恶的表征；人性是不可抗力的因素。

书中女性人物众多。作者写到自己儿时跟着牲口转圈扫磨时，没有形容一个孩子对这种枯燥繁重劳动的冤情，也没有她如何不胜其累。她写自己如何渴望玩耍，一边扫磨一边忙中偷闲用笤帚苗和布头扎起小人儿，让它们“走亲戚”。大人们来时，她又怎样把小人儿藏起来。这些段落，远比一个孩子说自己怎样劳累、怎样困倦更打动人。首先是这个七八岁的小女孩如此大度地接受了自己的命运，在接受的前提下，还设法从中汲出甜头，和命运平和相处。这才是中国人最根本的美德。从我这位母亲的一贯态度来看，我想，正是她的平常心，她的处事不惊、宠辱不惊使她自己和她的孩子及丈夫享受她所创造的精神平衡。再有，写到她大哥去世，她笔触拐向一双新棉鞋：大哥很想买一双皮底棉鞋，和母亲商量，母亲不同意，说等他学成手艺再花这笔钱。大哥偷偷将鞋买下来，穿上赢得了全家一致赞赏。母亲让他把鞋包起来，搁在门框上，要他满师后开始工作再穿，而大哥未满师就病故了。大哥死后，母亲把大哥心爱的新棉鞋烧给了大哥。这样的段落也远比直接写一个人年少病逝要令人酸楚。鉴于篇幅，我无法更多举例，但我实在惊讶作者是如何悟到这更妙的、更高级的文学手段的。

我和母亲董冰共同生活了八年，不由自主地向她学豫西方言，在为人行事方面，也受了她的影响。这些影响竟然潜移默化地出现在我的小说中，使一个个具有巨大包容性的女主人公诞生了。我发现自己对这种弱者的强悍、宽容始终是着迷的、欣赏的。正因为这些大量存在于民间的“弱者”，“强者”们的侵略性与破坏性才得到中和、平衡，强者们弱肉强食的残局才一次次得以修复。应该说我写《第九个寡妇》和读《老家旧事》有关。豫西大地通过李准夫妇把深厚的民间文化营养输送给了我，使我在创造王葡萄这个角色时不至于捉襟见肘，能够比较宽绰地完成《第九个寡妇》这部小说。

“瘾”君子秘经

并不都得吸毒才能过瘾。“瘾”为何物？是一种走火入魔的状态，由灵魂至肉体，以至灵肉无间。会过瘾的人对唯物、唯心之辩会付之一笑。过瘾的那一会儿，你就是个小神仙，无所不能，无我无他，无虚无实。

假如说生命有度：把心与身的存在状态从低到高排列成度数，那么“瘾”就是一种超乎正常的生命度。懒人求助于酒、毒品、赌博、性，来达到这种生命度。其实他们不知道安全又不碍别人事的方法挺多，但这些方法的假象是受罪。巨大的甜头就在那一点儿苦头后面。比如我酷爱长跑，要的是那终极的舒适，但那舒适得穿越几乎是垂死的状态去获取。

写作之于我，也是一种秘密的过瘾。谁都说：“啊呀，歇歇吧，写那么苦图什么？”过去我和他们见识一样，也认为自己挺悲壮的，整天背对世界，背对许多人间乐事在那里写。现在我发现自己并不是这么回事，其实是在偷着乐。背对世界，把所有杂念排除，把精神凝聚到白热程度，把所有的敏感都唤起来，使感觉丰满到极致。于是乎一些意外的词汇、句子在纸上出来了，它们组成了人物细节、行为，再往前逼自己一步，再越过一点儿不适，就达到了那种极端的舒适，因为自由了，为所欲为了。要说活着，这时的我是活到了淋漓尽致。《纽约客》上曾有一篇文章，讲到60年代美国艺术家们的生活方式，总结是“他们或许活得不长，但都活得很浓烈”。我在每天的写作中，就是图这份浓烈。我试着不写，可是不行，就像没醒透似的。一连多日不写，就是一连多日半打盹儿地过活，新陈代谢都不对了，完全像犯了大烟瘾的人。出去旅行，同行的有丈夫，有时还有其他朋友。我的写作让他们都很头疼，一些计划要根据我的时间表转。他们抱怨，问我几天不写死不死得了。我说不写就是让我身上有一块痒痒，又不让我挠。哪怕早起一两个小时，我也得把过瘾的时间留出来。对我来说，生命一天不达到那个浓度、烈度，没有到达那个敏感度、兴奋点，瘾就没过去，那一天就活得窝囊。

然而能不能过上那把瘾，取决于你认不认真，是否全身心投入。练瑜伽的打坐，只有彻底投入才能进入佳境、出神入化。而投入的过程，往往不无痛苦。要多大的毅力、多严明的自我纪律，才能勒住意念的缰绳，让它跟着你的性子走。半点玩世不恭都不能有，半点消极怠工都会让你前功尽弃。因为那涅槃似的极致快乐就在认真单纯的求索后面，就在那必不可缺的苦头后面。不认真的爱情，我不能从中获得享受。不认真做人，我就会活得不爽透。

就连最不费事的瘾也没那么好过。酒是辣的，烟是呛的，咖啡是苦的。人间极乐之事，无不是苦中作乐。只有孩子一味要吃甜的，大起来，便瞧不上甜了，要酸的、辣的，甚至臭的、苦的。中国人最喜欢的两样东西，茶叶和白酒，难道不是滋味上最复杂、最不惬意的吗？看看人们品茶品酒时的表情，龇牙咧嘴，苦不堪言。喝糖水不痛苦，却也就不过瘾了。原来就是这么回事：小小地受点儿罪，大大地经历一番刺激，而后灵与肉得到一种升华，一种超饱和状态，就叫过瘾。那和我通过每天长跑、打坐、写小说所过的瘾，本质有什么不同呢？

本质都是要从自己的躯壳里飞出来一会儿，使自己感到这一会儿的生命比原有的要精彩。在这时，你愿意宽谅，与世无争，为了去满足那“瘾”，你不和世人一般见识。你相信他们身不由己，而你有那么个秘密办法，能给自己一刹那的绝对自由。

打坐杂说

打坐，是为了入定。打坐的人很多，但能否入定，就是另一回事了。我属于一打坐就入定的幸运者。据说这类幸运者天性中得具有几个不幸的素质：轻信、孤僻、一心无法二用。最后这一点，在我身上很明显，简直要了周围人的命。美国人管这种人叫作“不能一边走路一边嚼口香糖的人”。假如我正专注于某事（烧菜、写作、读书、看电视、做白日梦），有人请求我或要求我做件什么事，我会马上应承下来，但事后一点印象也没有。这种人专注起来是非常可怕的，眼都发直。可这恰巧是打坐入定的优势。

我最开始学打坐是因为失眠。据说半小时入定顶上四小时睡眠对人精神的滋养，我想这倒也经济合算。我们家当时住在旧金山城对面一个岛上，二楼的三间卧室中间有一条走廊，走廊上方，一孔天窗又大又亮，把整个房子照得白白的，跟摩门教庙宇似的。我天天就坐在天窗下打坐。据说第一次就找到感觉的人很少，而我就是一个。我的感觉是有一种“空”，灌顶而来，渐渐把精神里所有淤塞冲了出去。当然，你要引进“空”，首先要停止思考，了断所有念头。当代人停止思考是难得近乎不可能。因为脑子被有意义、无意义、片段的、残碎的信息塞得非常满、非常脏，如同当代人的肠胃。美国一个杂志发表了一个统计，说当代人脑子每天处理的信息比莎士比亚时代的人要多一千多倍。这就难怪再也出不了莎士比亚了。创作大作品跟打坐入定有相似之处，那就是精神的单纯、沉潜。一旦坐在那个天窗下，闭上眼睛，我首先追逐一个念头去想。管它什么念头，追到底，直到送走。这大概也是一种辩证法，强行停止念头不如顺遂它。送走了这个念头，“空”就来了。“空”是半透明的白色，自我的脑门灌入，把我变成一口井，越来越深，白色是探入深井的光亮，渐渐变成一根虚虚的光柱。肉体的存在在此时显得有点靠不住，让位给了另一种非实体的存在，或是实体与非实体之间的存在。那一道徐徐输进来的“空”晕染开来，混入血液——为了各种欲望而一次次沸腾的红色液体——再向皮肉、脏器进一步渗入。这是一种佳境，能清晰地感到“空”怎样涤荡漂洗着生命的实体和非实体。一股一股的“空”灌入，污浊淤塞被冲了出去，渐渐地，浊流被稀释了，最后，浊流成了清流。“空”仍然不停地灌入，不得了了！它让你空得没了形状，没了分量，原来你身体里，念头是最重的东西。这时候，你飘飘荡荡，随时要腾空而起。

其实我无法形容那感觉有多妙。它可以延续四个多小时。我从地上站起来，两脚踏云地走到马路上，正看见轮渡船带来一舱一舱下班的人们。他们步履匆匆，形色张皇，每一双眼睛后面，都是一个塞了比莎士比亚多一千多倍的信息的脑子。我几乎是个隐形的局外人，以我缓慢而深邃的呼吸和缺乏目的的步伐逆着他们走，或绕着他们走。奇怪呀，他们急什么呢？愁什么呢？激动什么呢？高兴什么呢？无非是急着回家吃晚饭看电视，无非是股票跌了或涨了，无非是情人失而复得或得而复失。一切离我都远得滑稽，一切都让我善意地偷着乐，一切在此时的我看来，都不值得在乎。我在一种无人能进入的自我里，享受无知无畏、无忧无虑、心满意足，像是昨天在月亮上才出生的一个人。这个时候，我会想，人其实只需要那么少的一点点，就能满足。而满足就是快乐。

当然，我知道四小时之后，被驱去的信息又会回来，夹带着新的信息，来侵扰我。我的脑子又会很快变得很挤、很脏，处处淤塞，跟四小时前我偷着乐过的人们一样，在乎一切。但我毕竟可以有四小时的满不在乎啊。有时候我写作写得忘乎所以，突然发现自己呼吸很深，常常疼痛的背部舒缓了，偶然出局的脑筋也潜在最深处，万一此刻有人打电话来，我会喑哑失语，侥幸答上话，也是不知今昔何年，我意识到这也是一种入定般的境界。或许通往那个境界不止一条路。

十年一觉美国梦

——复旦大学演讲

我在美国住了十五年，所有的感慨可以浓缩为这句诗：十年一觉美国梦。

这十五年，让我的观念都重新洗牌了。后来有人说我的作品里的是非观很成问题，我承认现在的我是一个是非很模糊的人，这大概跟我在哥伦比亚大学读文学写作 master 的经历有关。我先举两个例子。

我刚去美国的时候在餐馆打工，碰到一个黑女人，芝加哥的黑女人总是气很大，一天到晚不知道她们为什么那么 angry，一进来就骂中国人都是"F"打头的词，回到班上又累又气，就跟同学抱怨今天碰到一个黑人"give me a hard time"。我的一个犹太的同学说："你为什么一说起来就讲到黑人呢？你可以说他是个男的，或者是女的，或者说年轻的、年老的，你却首先提出来她是个黑人，你的潜意识里就是对黑人瞧不起的。"我说："绝对没有，你们白人和黑人的种种血债我们都不参与的，我们是中国人啊，过去你们倒卖黑奴什么的跟我们都没关系的，我为什么要歧视黑奴呢？”他们就说：“其实你们亚洲人对黑人的看法比白人对黑人的看法还要糟糕。”后来我仔细想想，确实是这么回事。

还有一次我和同学聊天，说到中国人在美国肯定不会去做乞丐，因为他们很要面子很在乎尊严。我的同学就跟我争了起来，他们说乞丐和尊严是两个完全不搭界的东西，乞丐是他们的职业，他乞讨得好说明他能干。

传统的东西开始被质疑，千百年来从古到今定下来的一些规则、人的一些面目和地位，在我的这些同学和知识分子朋友当中被颠覆了。

这些对我来说是从新的角度看生活。我很喜欢美国的知识分子，他们是叛逆的，是一个对什么东西都不容易不假思索地去接受的群体。美国知识分子几乎全部都左倾，如果你代表保守势力，人们会觉得你不配做知识分子。中国知识分子的使命感很强，是代表社会良知的右倾派，而美国知识分子更注重个人，他们不把国家、民族使命放在第一位，他们在乎的是怎样对个人的关怀。这个个人是抽象的，是那些边缘的、弱势群体的立场。丘吉尔说过，一个人年轻的时候不是革命党人就没有心肝，年老的时候不是保守党人就没有脑子。

有时候我也想回到十五年前的思想去写作，但肯定回不去了。我的是非观被洗得乱七八糟。我没有道德裁判，我的仲裁不会落下来。所以我的作品里从来不会告诉读者什么是善什么是恶，很多东西我留给读者去想。在我的小说中见不到绝对的反面人物，这些只有在好莱坞的电影中才有，这是它低级的地方。

我一直说要审丑，有力量的审美有时是痛楚的，但这才能达到最大的审美快感。譬如缠小脚，很多人都觉得这是丑陋的东西，我不觉得，它是一个文化中有特征的东西。像流行歌曲那样甜美的，一般意义上的美我也能给你，但那不是我喜欢和追求的。

虽然我的脑子在美国被大洗牌，但我对美国是有一定程度幻灭的。事实上它不是一个言论自由的国家。你可以讲，但没有人听，没有人给你发表。比如有钱人都是保守党，他们控制了媒体。其实反战言论到处都有，但他们不可能发表。美国有很多虚伪的地方，所以我说美国的政治让我恶心透了，这个时候那些知识分子就会给我鼓掌。

有人说在我的作品中看到奴性、佛性。我欣赏的女性是包容的，以柔克刚的，不跟男人一般见识的。扶桑是跪着的，但她原谅了所有站着的男人，这是一种极其豁达而宽大的母性。如果女人认为男人给她的苦也是苦的话，那最苦的是她自己。不要把自己作为第二性，女人是无限体，只要不被打碎打烂，她一直可以接受。我有一定的女权主义，只是藏得比较深、比较狡猾。我不喜欢美国的女权主义，动不动就去烧胸罩，自己不讨好，还让男人对她们很警觉。女人贤惠起来是很性感的，波伏娃的《第二性》的确给了我们很大误导。

对“文革”，创作《天浴》的时候我还有控诉的情绪，但现在拉开了距离，觉得一个人写童年，再苦也不是苦，都是亲的。所以到“穗子”系列虽然都是悲剧，但全是嘻嘻哈哈讲的，那是更高的境界。我的小说基本靠想象力，我很庆幸我的想象力很丰富，小说家应该有举一反“百”的能力。但是作家可以虚构，细节却一定要真实。好的作家，一开始是他创造人物，一段时间之后人物就会有了自己的生命、逻辑和行为，就是人物创造他了。

有个阶段我基本是靠获奖来谋生的，最后将台湾的文学奖得了个遍。因为获奖，整个出版、发行、电影等配套就很顺利了。李安在我的《少女小渔》获奖后，立刻就买下了版权。陈冲导演的《天浴》，《时代》杂志称赞是一部非常精美的电影。继而我的英文写作也打开了局面。我是很喜欢看电影的，只要一看电影就高兴得不得了，只是遗憾的是拍成电影的并不是我最好的作品。

现在我正在尝试用英文写作。两种语言最能区别的是幽默，那是不可翻译的。一个作家能否在两种幽默间游刃有余，是很考验人的。英文写作时的我是勇猛的、鲁莽的、直白的，中文背后的我是曲折、含蓄、丰富、复杂和老奸巨猾的。这是我的双重性格。

创作谈

创作谈

我曾经说过，多少美妙故事的产生，是由于我们记忆的不可靠性。记忆筛下什么，滤去什么，是由人的阅历，人的世界观、价值观变化而决定的。而记忆强调什么，忽略什么，更是一个人价值观、审美观的体现。我读过几本有关旧金山历史的书籍，即使是写同一个事件，由于作者的历史观不同、时代不同、人种不同，读起来竟像不同的事件。同样的人物，五十年前与五十年后写出来的就可能会是正反面人物的区别。因为五十年中，社会在成长，对于种族、文化的认识在进步，原有的是非好恶也就改变了。

记忆和人的关系更妙。据说人的记忆有下意识的保护机制（弗洛伊德的所谓 Defense Mechanisms），它会替人的记忆做出取舍。所取的，都是有利于人心理健康、精神快乐的记忆，舍去的，自然是创伤性的、不堪回想的记忆。换句话来说，一个对不愉快的事健忘的人，是个相对快乐而心理健康的人。正因为保护机制存在于我们的潜意识中，它对于记忆的取舍选择是不为我们知觉的。这就是人类心理学中重大的疑谜。“Repression”（抑制现象：把一些不愉快的记忆抑制到彻底忘却程度的现象）有一个很好的例子。一次我见到一位童年朋友，应该说也是“拖鞋大队”一员，她说她曾经给了我一个大耳光，问我还记不记得。我却怎么也想不起来，此生我没挨过什么大耳光，除了父母极偶然地碰错了地方。假如我当众挨一个耳光，按说不可能忘。我偏偏忘得干净彻底。据说当时十岁的我大叫外婆，哭着跑了。或许是我潜意识中的保护机制替我把这个不够光彩的细节储进了记忆的黑暗深处，以使我和这个朋友的友情创伤尽快愈合。因为我的潜意识明白那时的我需要她的友情，任何友情对于十岁的我都是“适者生存”的必需。

假如说弗洛伊德创立的学说在我童年女朋友这儿得到一点验证的话，我应该算是一个保护机制很健全、生存本能很强的人。我们的民族充满这样的健全人，因而越是创伤累累，越是生机勃勃，健忘带来的宽容让我们积极于重建、新生，“向前看”。因而便有“天下事了犹未了，何妨于不了了之”的深奥哲学。我们的群体记忆在国内因为政治需要而不可避免地受了影响，而在海外的中国人也没有几个记得当年排华的历史创伤。

《拖鞋大队》和其他此类小说将会集入我的《穗子的故事》。这是以我童年、少年时期一生直接和间接的经历为基础而创作的。我想看看对于一个非常的历史时期，我的记忆能否从群体记忆中独立出来，我的个体记忆又是什么样的。它离传统理解的记忆已相差很远，因为它已大大变形，印象的而绝非写实的。既然记忆不可能客观、不可能准确，印象地表现它似乎更负责任。比如我小说中提到的那个女厕所，里面堆满巨大的石膏像，大部分是残破的。它曾经是我们一群女孩的活动中心，熄了灯之后，白色的头颅、面孔、肢体从黑暗中浮现出来，营造出的恐怖和神秘便是我那段生活的基调。这个空间在我记忆里演变了几十年，或许已不再是它本身，而是一种形势上的存在了。

我若在十几年前写这篇小说，它很可能是完全不同的，尽管人物事件相同。那时我尚未出国，美国的“性征危机”等概念还未进入我的意识。在美国这样一种给所有东西命名的文化中，想不要概念是不可能的。对《拖鞋大队》中耿荻这样的女孩，他们会把她命名为有“性征危机”的人。我讨厌一个社会理性到这种程度，不给人一点蒙昧的快乐。人在缺乏概念时，可以浑然地享受许多东西，比如一些无法界定的情感与关系。但反过来看，也正是美国的“性征危机”概念把我点醒，使我这段记忆复活，也使我看到它的意味。那些曾在我们生活中出现过的女孩，因为千年不遇的“文革”和我们相遇了。我们已失去了对一切大是大非的评判资格，人性中的忠奸良莠在一夜间混淆颠倒，耿荻身上的雌雄是非是唯一可由我们来裁决的。我们绝不放过这个裁决权力，无论这裁决手段多么残忍，后果多么两败俱伤。耿荻其实是我们的敌人，是在我们落难时对立阶级的一个施舍者，一个优越于我们许多倍的“占领军”的女儿。我们要裁决她的雌雄，在一定意义上是要推翻历史对我们父辈及我们的尊与卑的原判。我们失去了一个珍贵的朋友。尽管这朋友品性高贵，她却从来不肯放下优越，和我们一块儿卑贱到底，卑贱到赤裸裸交代出她的或雌或雄的本色。

我想这个人物的真实名字我的童年朋友一定都还记得，但每个人的阅历对记忆的干涉，或许会使她在我们心里活得大相径庭。

中国文学的游牧民族

——在马来西亚文艺营开幕式上的讲演

我称自己为“中国文学的游牧民族”之一员，自然是带点戏言意味的，这其中有我的几许苦恼和几许乐趣。我想，像我这样游散于祖国本土之外、在地球各隅以华语写作的人，会体味我的苦乐参半的感受。

所谓“游牧”无非是指我们从地理到心理的社会位置：既游离于母语主流，又处于别族文化的边缘。游牧部落自古至今是从不被别族文化彻底认同，因此也从不被异种文化彻底同化。但它又不可能不被寄居地的文化所感染，从而出现自己的更新和演变，以求得最适当的生存形式。这里生存形式决定我们在文学中的表达风格，决定我们的语言——带有异国风情的中国语言。

像所有游牧民族一样，我们驮着无形的文化负载，从离开祖国海岸线的那一刻起，就开始了永不会停驻的跋涉（一种无形的苦旅，一种即使有了土地所有权也不可能彻底消除的离情别绪），于是，我们的语言有了独特的声调、语气。

对于我来说，没有不好的故事，只有讲得不好的故事。海外作家的迁移——这个似乎永远未完成，有时已翻越了几个世纪的迁移过程使我们每个家庭、每个人都有故事可说。然而述说故事的语言决定它是否有听众，是否能在自己的母语语境中，以及在超越母语语境，即在人类思想和情感的境界中拥有尽可能大的听众群。我们与第二故乡（我们所移居的国度）的人们共享同一种自然环境和社会环境，与他们有着相似的生存经验，这似乎是我们文学创作的优势，使我们笔下的故事背景和人物行为易被认同（而不像许多发生在中国大陆的故事，读者对这些故事的审美首先要具备对大陆半个世纪来的历史知识，包括对频繁发生的政治运动所发生的特殊环境与语言之知识）。这种语言习惯甚至比方言或术语更难懂得。西方有不少成功的作家（如俄国的流亡作家普宁、那波可夫，犹太的辛格，以及近年流亡的智利女作家阿言德、捷克作家昆德拉），都是在母语语境之外，以母语写作。参照这些作家，我们这些中国文学的“游牧者”并没有跻身那个更为环球性的文学“游牧部落”中去。同样，似乎更为不幸的是，我们在中国本土的文坛上，也只有一个近乎虚设的位置。因为我们的生活经验对于中国读者是遥远的，是不切题的。他们对我们的语言感到别具风情，但这语言所砌筑的故事仅使他们好奇，整体上是只能类属中国文学的一个少数民族，并不能进入主流。这似乎又让我们感到劣势的处境。

在海外生活、学习了八年，使我认识到中国文学在世界文坛的地位是次要的。汉学界外的文学读者对于中国文学，几乎是无知的。这当然与翻译者们有很大关系，甚至也可以归结到我们汉文字的特性。西方语言学家认为中国语言是视觉的，而其他所有语言都是听觉的。因此中国语言文字是人类语言发展的一个例外。汉字的意象性造成审美对象视觉上的快感其实是最强烈的（如“大漠孤烟直，长河落日圆”，这些文字本身给人的意象是极其图像的）。中国文字的特别属性使我们在把中国文字传导给世界时有着巨大困难。尽管我们所描写的生活经验是世界认识的（不像中国的作家，若想他的故事被懂得，必须做大量的历史背景介绍，必须对一定的时代用语做注解），我们语言却不能通过翻译来得到理想的全球性流通。我们语言中所含的情感与思想，中文本身所具有的无限丰富的表达，都成了无法变通，因此无法产生能量的电流。每每想到此，我总感到我们这个文学游牧民族面临的挑战非常的大。

这挑战包括寻找到更具环球意识的叙述角度，寻找到能够全世界流通的写作方式和语言。前二者是容易做到的，但后者却需要长期的探索和实践。我们生活在两种，甚至多种语言的环境中，我们在聆听和阅读别种语言的过程中，应更有意识地体验别种语言的表达方式、描述方式，从而在华文中寻找出最精确、最令人心领神会的表述语言。一旦找到或创作出这样的中国文学语言，才不会在翻译过程中流失大量的中国文字之美丽、之含蓄、之生命。

我们的文字和语言是最古老，又是最年轻的。五四运动之后才开始普及的文学语言（从文言文到白话文的革命）仍有巨大的成长和发展空间。我们在文字创作中对中国语言的求索、锤炼，都在催化它的成熟。大众的语言是不断更新的，尤其在故土之外，它在不断被其他语言所影响、所浸润，但大众语言的进化是自然所至，是无意识的，而文学工作者们，如我们这样用祖传文字来创造当代语言之艺术的人，对中国语言的开掘与更新，则应是有意识的。

晋末的苻坚，在千万大军被谢安击退后，后裔们渐渐流亡到藏、羌交杂之地。他们传承自己的历史和文化，一代代以歌唱的史诗使他们在游牧过程中，使自己的文化疆域变得无形却无限。那歌唱对别民族久远的感染，以及对自己文化基因的遗传，使之成为不灭的生命。那毕竟是太古老太悲伤的游牧形式。我们在祖国海岸线之外拥有了土地和天空，我们以自己的文字写着自己的往事与今事，写着梦想与现实，文学便是我们这个“游牧民族”代代相传的歌唱。

性与文学

——为芝加哥华人写作协会所做的一场演讲

二十世纪从二十年代到六十年代，西方社会和西方文学大致处于爱情饥渴和性爱泛滥的时代。这个时代的代表作家（亨利·米勒、阿娜伊斯·宁、多萝西·帕克、约翰·厄普代克、诺曼·梅勒）对爱情是不屑的，他们摒弃了把爱情作为性爱的理想，而产生了一种硬汉式的低调的文学风格。这类作品也对西方社会的爱情观产生了极大影响。不能不看到它与每一种思潮、每一种艺术形式一样是着重自我发现，逆反传统和逆反社会的。他们的思想基础与弗洛伊德的学说诞生也是有所关联的。

弗洛伊德诞生在十九世纪这个伟大的科学革命时代，在他之前有两个伟人的出现——达尔文（Darwin，英国生物学家）和冯·威斯曼（Fecher，德国心理学家），后者第一个提出人类心理可以用科学去研究，而前者，则几乎给人类带来了一次科学的“文艺复兴”。十九世纪的一连串科学发现，包括细菌学和遗传学，以及物理学的飞跃性发展，使人对自身的认识有了巨大突破。因此弗洛伊德心理学说的出现是必然和自然的，是有着充足学术准备的。

再发展到二十世纪，在二十年代初的欧洲和纽约，文学界、艺术界没有不把“Complex”以及“Consciousness”或者“Collective Unconscious”之类的Freud 和Jung 的词汇挂在口头上的。文学作品中的爱情也从古典主义和浪漫主义一跃而转为对人本的认识。就是说，假如在此之前的文学中的爱情主要是精神活动，那么亨利·米勒之类的作家便抽去了这一层审美价值而使之转化成肉体的生命本体。从某种意义上来说，这是一个革命和进步。因为在此之前，文学中的爱情似乎是贵族化的，是带有神性的，因而是玄妙的。而这一革命使男女间的关系变得平民化了，不再是验证柏拉图的假说，而是实实在在的经验欲念。一切男女间的情和怨，都是出于人的自身繁衍的本能。对本能的强调，压倒了二十世纪前文学作品中对本能的否认。

这期间有例外的作家，如D．H．劳伦斯。他是把人本探索和爱情理想结合得最好的作家。没有比他的《查泰莱夫人的情人》中的性爱过程描写得更细腻、更具体的了。但写“性”并非他的唯一目的。读者能从他的“性”中读到肉体与精神的互动关系，还能读到“性”中的阶级关系，甚至政治关系，“性”使“爱”更丰富、更可信。爱情是平面的，而有了“性”意识的爱情则是立体的。劳伦斯的其他作品，如《狐》《虹》《儿子与情人》……以及许多短篇小说中，虽不像他最后一部作品《查泰莱夫人的情人》，直接描写性行为，但那些作品都是充满性意识，以性为人物情感的主要潜流的，因而这些作品显得比二十世纪之前的所有描写爱情的文学作品来得有力度、有血气。

前面谈到性爱文学诞生的社会背景，以及其心理基础。弗洛伊德的伟大假说在二十世纪被验证，或推翻或再验证。似乎以科学来证实弗洛伊德，或证伪弗洛伊德，都是没有出路的，因此，大量的受弗洛伊德影响的文学作品出现了，大量的剖析自我、解放欲念的文学作品出现了。取而代之了爱情在文学中自古至今的主宰地位。应该说，二十世纪的文学是遗弃了爱情的文学，或说被爱情遗弃的文学。爱情只是通俗读物的一个类别：Romance。

根据弗洛伊德的假说，Sex代表人的求生本能（Life Instinct），而Love作为理想——理想则属于超自我（Superego），代表的是死亡本能（Death Instinct）。这里我可援引一段弗洛伊德的原话："Perhaps we have adopted the belief（the Death Instinct）because there is some comfort in it"，意即如一切人类的理想，爱情作为理想，是基于牺牲，基于"做烈士"这样一种意识的。所有的主义，所有的信仰，最深层是要求人献身的。而Sex 却是对立于这个死亡本能的，因为它的根本出发点是自身壮大、增殖。对二十世纪人的爱情理想破灭转向Sex，我的假说是二十世纪存在太多的死亡本能。如第一次、第二次世界大战，核武器的研制成功和广岛、长崎的实际使用，如共产主义和反共产主义的精神战争，满足了人的死亡本能；人不再需要爱情（尤其是罗密欧与朱丽叶式的，少年维特式的）这种理想来满足自己的死亡本能。二十世纪，死亡本能和生存本能已经失衡。包括音乐、绘画中的毁坏性力量给予人的死亡本能以足够的释放，人转向Sex——求生本能，来回避Superego 对人的牺牲的索求。

在二十世纪的文学中，为爱情献身的作品变得越来越稀有。变成了一种人在冥冥之中对一种古老理想的遥远的向往。这向往是美丽的，也是代价昂贵的，就像一切理想一样，是人的现实生活可有可无的诗意。

这种向往使《英国病人》这样的诗意作品显得可贵，甚至使《廊桥遗梦》也产生了“以慰渴怀”的效果。前者并不回避性描写，以当代人对于Sex的正视，而体现一种高于一切的爱情理想。它的诗意就来自高于祖国、民族界定的荣辱观念的男女情爱和性爱。这里生存本能和死亡本能是交织的，因而它满足了人性双面的需要——审美的和人本的性爱。

从此例看出，能在不放弃审美价值而写性。换句话说，不回避“性”而写爱情，是我本人所欣赏的。这类作家可以举出许多，如纳博科夫（《洛丽塔》）、马尔克斯（《霍乱时期的爱情》），伊莎贝尔·阿连德（《金色豪门》）、杜拉斯（《情人》），这些作家不像我刚才提到的那类作家。他们正视性爱，但在于他们，性似乎更多地成了“爱情”这个主题的哲理。

记得有次在芝加哥的某个图书馆，听阿连德的朗读（当时她在为她的The Infinite Plan做宣传），当听众提问她对于写性爱的感受时，她非常开朗地笑着回答：“我爱写性！我从写性爱中得到享受！但我不会直接去写性动作，性的动作就那么多，写来写去不是很乏味吗？我希望我自己能写出性的氛围、气味、质感、触觉，总之除开性本身，调动一切心灵或感官的触动，来写性。”

阿连德的这段话对我有很大启发。爱情是上升到审美层次的性爱。即便仅仅写性爱，也应该把审美的目的作为第一目的。刚才我提到《英国病人》，我们看到这里爱、性、生、死是紧紧编织的。作为一个当代作家，已不可能避开“性”这个生命现象而单纯求得“爱”这个精神现象。这就是为什么弗洛伊德的学说最先引起文学家、艺术家、知识阶层的兴趣。

就我本人来说，我是认真对待写“性”的。性关系在我的理解中时常更为广义，更为形而上。有时我甚至认为，性包含的一对对立统一体，能够解释宇宙间的所有的对称或对立、和谐或矛盾的关系。比如，《扶桑》中的两个对立的种族、两种并存的文化，它们间的相吸、相斥、折磨和磨合，这两个民族本身就组合成了一个对称体，从形而上来理解，克里斯和扶桑的性爱是两个民族媾合过程的象征。我在描写扶桑这个人物时，时常感到她身上体现了一种只有古老东方才有的雌性，是“后土”式的雌性，不可能被任何文明和文化所“化”的雌性。在她无原则的宽容，无歧视的布施，她的存在哲学和理性化的西欧文化间，我意图在表现超越雌雄范围的雌雄关系。两种文化在接触的初始，亦像两个性别的个人，其中有大量的暗恋、怀疑、冲突，而媾合也不能说是最终的，媾合中会产生和谐因素，但也会产生大量敌对因素。

再比方我写《雌性的草地》，把母性（或雌性）的牺牲精神（这种精神是雌性中原本存在，是与生俱有的）和为主义理想的牺牲融混起来。主义理想成为雄性体，与原始的雌性牺牲的自然品质产生结合。代表这个主义理想的是指导员叔叔（政党政权的代表）以及红马（她们崇高爱情的客体）。但我最终寻求的是雌性粉碎这个结合，击毙红马，背叛叔叔，回归自我。在小说中写到的不只以上那几对雌雄关系，从更广泛的意义上看，人与畜之间，人与荒野之间，都有类似的相互吸引、相互折磨、相互钟情和敌视的关系。比如，那些女孩子用自己洗身体的水去喂自己的坐骑，当我在采访中听到这个细节时，立刻认识到这里面的性意识。雌性以自己独特的、个性的体嗅来软化一匹比她们高大有力多倍的马，这里体现女性的温柔的征服性和占有欲，从而使人和畜逾越他们类属的鸿沟，产生一种近乎性感的感觉。

我并不清楚自己是不是把爱情和性爱看成不同的两个东西。因为我发现在我写“爱情”时，比如克里斯以心灵恋爱扶桑时，他并没有和她发生性关系，在扶桑把自己的身体无限慷慨地布施给一切男性时，克里斯与她保持的心理距离显得尤其可贵。而克里斯占有扶桑的肉体时，恰是他从爱的伤痛中觉醒的时候。相似地，我在《雌》中也有类似的人物命运安排：小点儿和骑兵营长的一场暗恋，什么也没说，什么也没做，但双方对彼此心灵的索取和折磨，使这爱情完全不需要肉体的参与，因此这爱情刻骨铭心却毫无出路。现在来回顾我自己的作品，我想当时在我的潜意识中对这样的爱情是向往的，又是批判的。这两年读弗洛伊德悟到：由美德、良知、理想而组成的超自我，往往代表牺牲，也就是死亡本能。那样纯粹的、不掺欲念的爱情，也只能在死亡中得到实现，得到安慰。因为爱情在这里与爱的对象已没有关系，主要是在爱“爱情”这个概念。这大概是我批判的。

在我其他作品中，我想我也在做类似探究：看看爱情究竟是不是存在，爱情是不是人本性中的东西。我是指古典的，为爱而爱的，理想主义的爱情。我常常感到我小说中的人物发展到结局使我感到意外。在我们当代的现实生活中，似乎没有这样的爱情，超越性欲的，凌驾于性爱之上的，高于一切的爱情。就像达尔文进化论心理学派所说：任何一对人的关系，若不是建立在相互的开发和利用的基础上，是会很快被社会淘汰的。男女关系也逃不出这逻辑。假定这个心理学派是对的，那我们为二十世纪文学（尤其六十年代后）中的爱情空白找到了答案：男女间的关系是相互榨取利益，相互开发资源的关系。像我写的《红罗裙》，一切能发展成爱情（哪怕是禁忌中的爱情）的因素最终都泯灭了，只剩下老男人和女主人公那办公似的房事。“性”在这时刻像吃饭、喝水、排泄一样，自然而无所意识。性被抽去了一切对理想的向往是如此无奈、不美、无价值，而在此同时，卡罗斯断裂的钢琴声渗进来，进入了女主人公的知觉和记忆。现在想来，我下意识地为这赤裸无味的性关系增添一线来自审美的光色，使之突然失去麻木，突然出现一阵疼痛。这疼痛便是：人知道这世上存在着爱情，而爱情是遥不可及的。

我认为能写好性爱的作家所写的爱情是最具深度、力度的。这样的作家是最懂人性，最坦诚，最哲思的。我早就立下志愿要写一部爱情小说，以最不保守、最无偏见的态度去写。我所说的保守，是固守古典浪漫爱情的写作法则。我想这样的法则在我内心仍占相当大的位置。

《人寰》（《心理医生在吗》）这个作品在开始写作时是不保守的，可我感到读者可能会把小说中的“我”和我联系起来，所以做了些割舍。不然，它是一个不错的机会：一个女人对一个心理医生讲自己的感情史和心灵史，应该更坦诚些。所以我意识到，即使有艺术形式的保护，艺术家做到坦诚也是不容易的。

从魔幻说起

——在 Williams College 演讲之中文版

试着想象一下：一八六〇年到一八七〇年的旧金山，通常在马路上出现的总是新面孔，一些远航而来的海员，一念之差便决定留在陆地，终止航海生涯；而严重缺员的各艘邮轮或货轮不得不以绑架为手段，将一些当地并无航海经验的青壮年，抑或老年男子掳上船，迫使他们开始苦役般的航海生涯。在那时的字典里，上海（Shanghai）是个动词，就是指这类被迫的、遥遥无期的，甚至有去无归的远航。上海这个地名，也曾像中国一样，代表最远最陌生的目的地。

再想象一下：这座粗略搭建的离太平洋最近的城市，挤满各种族的人——以男人为主，人们从各方向、各国度扑来，因为Mr. Sutter在一八四八年宣布：此地有黄金。赶来淘金的人们来得太急，把秩序、道德、政治、宗教，连同他们的真实身份，或好或坏的名声，以及他们或大或小的犯罪记录一并留在身后。这些人甚至是从不洗衣服的，因为仅有的几家中国洗衣店没有足够的劳力，必须把成船的脏衣服航运到中国，洗毕熨就，再运回来至少也需三个月，而三个月后这些衣服多数成了无主的了：一些人失踪了，一些人离去了，一些人改名更姓了，一些人干脆停止了存在。因此中国洗衣店老板们通常只得把无人认领的衣服挑往当铺。到处是当铺，那里有无数来历不明的珍宝和垃圾，那里是物资循环和资金周转的枢纽。

再想象一下：这个男人的城市里最先出现的女人们，她们不是随自己的丈夫和家庭来的，她们同样有一番历险的抱负。既然男人们把宗教、道德都远远留在故乡，那么有关娼妓的概念，也未被他们随身带来，因此当一个美丽的娼妓穿行于闹市，人们都停下无论多忙乱的脚步和动作，向她行注目礼，有人竟优雅地微微掀起礼帽，仿佛他们并不清楚伯爵夫人和娼妓的区别是什么。

这就是人们称之为“Barbary Coast”的北部加州。这就是我小说的女主角扶桑的生态环境。那样的生态环境不像真实的，而近乎魔幻现实主义式的（Surrealistic），因此在这里找金子的同时，更是在寻找fantasy（魔幻）。

请再进一步设想：在这样一块充满魔幻（fantasy）的土地上，出现了一群梳长辫子的男人和裹小足的女人。他们是远涉重洋而来，以一根扁担挑着全部家当，在城市的东北角落建立起一种迥然不同的生活方式。他们没有教堂，因此这些矮小单薄的黄面孔被称为男异教徒或女异教徒（He Heathen or She Heathen）。这些有着三寸金莲的中国女人都是娼妓。因为美国当时的移民法不允许中国男人携带妻子入境，于是大量的中国女人走私入境。唐人街是以它的洗衣店、烟馆、饭馆、妓馆形成它最初的规模。这些步态扭捏的年轻东方女子使这个满是fantasy的城市又添一层fantasy。不难想象那些白种男童第一次见到这些中国娼妓的情形。在一些史料中记载着一八七〇年，政府对八岁至十四岁的白种男童进行了普查，发现其中有两千多人与中国妓女有染，多数男孩是从中国妓女那儿初次得到性经验的，这些男孩对中国妓女的喜好，是因为她们属于遥远、陌生的另一个世界，故而她们便显得新奇。他们对中国女子的造访，仿佛实现了他们到遥远国度探险和旅行的梦想。正如这些男童，整个城市对于这种漂洋过海而来的文化不能够懂得，只能猜测。在旧金山东北角落逐渐形成的唐人街对于西方人来说是个谜，是个疑团。他们自闭的社会结构，自给自足的饮食起居，奇特的衣着和装饰，使人们好奇的同时亦疑惑，欲接近却又排斥。

试想：两千多白种男童与比他们成熟的中国妓女之间，那不可理喻的情感和肉体的纠葛，不正是一种象征？象征东西方的第一次盛大的幽会，抑或盛大的媾合。彼此都把对方看成谜，彼此都由于无成见而带着天真或几分真诚，彼此都由于语言的沟通受阻而变得极原本、原始，变得相当“人之初”。fantasy使他们迷恋这些中国女性，fantasy使他们不求甚解地接受她们。当然，如此庞大的男童嫖中国妓女的阵势，其形成原因之一（恐怕也是最重要的原因），是中国妓女的廉价。男童们能以学间午餐的费用，或牺牲棒棒糖的开销，来满足他们的fantasy。

这是一次盛大而荒诞的东西方的初级会晤。

这是我在做史料准备时最感兴趣的一点。

极其偶然的一个机会，我步入旧金山唐人街的历史陈列馆。在此之前我对上世纪的中国移民所遭遇的一切不公正——驱赶、迫害、殴打、杀害，只有最粗浅的知识。中国人喜欢用“血泪史”来形容此类历史，或者“血泪斑斑”等词汇。经过“文化大革命”，我对这类词汇颇不以为然，大概“文革”中各种控诉、各种失真和煽情的腔调让我听怕了。我觉得"血泪史"之类的词里含有的庸俗和滥情，是我想回避的。我觉得越是控诉得声泪俱下，事后越会忘却得快，忘却得干净。因为情绪铺张地宣泄之后，感官舒服之后，是很少有理性升华的。而缺乏理性认识的历史，再"血泪斑斑"也不会使自己民族及其他民族引以为证、引以为诫。缺乏理性思考的历史，无论怎样悲惨沉重，也不可能产生好的文学。

我在唐人街的历史陈列馆里，避开"血泪"之类的形容词，浏览着展品、图片，里面仅有的参观者就是我。这或许和它的地势有关——它低于地面，须下六七层台阶才能进入展室正门，是间地下室，埋没在金融区大厦的阴影中，无论谁路过此地，都会忽略它。我在一本图片册里看到一帧照片，尺寸有整个画册那么大，因此照片中的女子看去十分逼真：从神态到姿态，从发饰到衣裙质地，甚至那长裙下若隐若现的三寸金莲。这是十九世纪八十年代的一个中国妓女，十分年轻美丽，也高大成熟，背景上有些驻足观赏她的男人，而她的神情却表示了对此类关注的习惯。她微垂眼睑，紧抿嘴唇，含一丝惭愧和羞涩，还有一点儿奴仆般的温良谦卑，是那盛服掩不住的。我端着这张大照片看了很久，她对我突然产生了谜一般的吸引力（fantasy）。

这个端庄、凝重、面无风情的妓女形象就是我后来创作扶桑的雏形。

可以说美国人与中国人的冲突与照片上美丽的中国妓女不无关联，美国人对中国人的排斥和迫害的原因之一，就是中国把大批如扶桑的女奴输入美国。尽管"西方"的娼妓也随淘金浪潮大批涌向美国西海岸，但由于种族文化上的认同感，她们并没有引起公众的太大恶感。而最初引起西方fantasy 的中国女性，她们人为制造的畸形的小脚，使人们推演到中国人的畸形，中国文化中的颓废、残忍、病态、自虐及相虐，由此断定："中国人从宗教（异教徒）到文化，从身体构造到精神心理结构上，都不可取……"都是等而下之的人种。甚至连杰克·伦敦这样倾向左翼、自认为"自由思想者"的文学家，也对中国人表示憎恶，并发表了不能与之共存的公开言论。这类借科学名义来合理化种族歧视的文章，当时常见于旧金山重要报刊，并通常伴有嘲弄和丑化中国人的漫画。这类以民族、文化的差异来分别种族优劣的论调，很容易让我联想到纳粹对犹太人的"生理分析"、日本在建立亚洲共荣圈时的理论依据。在美国人与印第安人征战时，fantasy从始至终产生着相吸和相斥的力量。

Fantasy 的力量从来就是双方向的，一端导致恨，一端导致爱。在扶桑的故事中，我想讲的就是恨与爱、仇与情因fantasy 而变幻莫测。这里也可借用弗洛伊德的学说："人往往渴望得到他惧怕的东西。"反之，人往往惧怕和憎恶他潜意识中秘密渴求的对象。假如没有与恐惧、排斥并蒂而生的迷恋、爱慕，也就不存在fantasy；没有fantasy，就没有神话、文学、科学的幻想、假定与发明，也就没有我笔下的扶桑，以及扶桑和克里斯跨越世纪、贯穿美国西部开发史的爱情。

当一个人以揭露性的口吻对我说："啊，你有White fantasy，所以你会去和一个美国人结婚！"我承认我有White fantasy，也确实由于这fantasy，我对我丈夫的所有陌生行为和语言，以及形象上的差异，怀有浓厚的兴趣，有了解他的强烈欲望。与他的接近，我从来未能摆脱轻微的心悸。这心悸很不具体，它有时是由于我们沟通的稍许错位，有时是由于彼此的所得非所期。这轻微的心悸使我们敏感，尤其使我的自觉意识（Consciousness）始终处于相当的高度。这或许不是一个幸福婚姻的要素，却是一个不乏味的婚姻所必须具备的因素。因此我对“White fantasy”的指控是诚实接受的。我不仅有White fantasy，而且有Tibet fantasy、Black fantasy、India fantasy、Maya fantasy……我对妓女、死刑犯、同性恋、强奸都有不同程度的fantasy。一切对于我形成谜、离我足够遥远、与我有着悬殊的差异的人物事物，都是我的fantasy。

在两年前出版的《南京大屠杀》大型图片册中，我读到图图大主教（Desmond Mpilo Tutu）为其写的前言，他说：“我相信人类本性中有一种缺陷……这种人性缺陷的基础在于无度地强调人们生理上的、人体特点上的与文化上的差异，将他人的存在贬为毫无价值，又诋毁为异己、恐惧的对象。对他人的恐惧是种族冲突的根源。人类本性中这个弱点不仅在受害者身上而且也在施暴作恶者身上频繁地表现出来并酿成浩劫。”

在我的《扶桑》中，我创造了妓女扶桑和小男孩克里斯的爱情，它是两千多男童与三千中国妓女关系的缩影。这个划时代的东西方幽会对于我，是个谜。是令我兴奋、激动、浮想连篇的fantasy。它说明什么？我似乎在写作《扶桑》的过程中已得到解答；又似乎在将故事绵延展开时，在将两人的命运线顺理到末尾时，我更困惑了。那个时代民族间的困惑直延伸到今天。

是的，小男孩与中国妓女的关系在当时也是一个谜。大部分的男童由于频繁接触中国妓女而染上性病，这便成了当时社会最大的谜。当时正在建立的舆论界和教育界以及宗教界，都认为这是旧金山最大的丑闻，最可怖的社会病。这不可解释的谜使fantasy 的负面力量出现了：连同其他一切种族和政治上的原因，美国人对中国人的驱赶、谋杀从此加剧和公开化了。任何一个政客可以以他对中国人的排除手段来争取选票。一八七〇年，由当时的工会领袖Keurny组织的八千人的示威，向政府请愿，要将中国人彻底驱逐。这场示威不可避免地最终成为一场对唐人街的洗劫。示威者对中国人提出的罪状中包括：用扁担挑货物、用嘴喷水熨衣、食五谷杂粮和莫名其妙的各种菜蔬、男人梳辫子，等等。Fantasy 最终是以纵火、殴打、杀害、强奸来满足了。

扶桑和克里斯的爱情只能是悲剧了。一个古老东方的成熟女子和一个年轻民族的男孩之间的向往却长久存在下来了。存在于每个中国人和美国人的一瞥目光的碰击，存在于他们超于语言、超于文化的会心一笑，存在于他们的时而理解时而误会，存在于他们最终无条件接受彼此的差异，接受这差异带来的乐趣和痛苦。

写在电视连续剧《海那边》之后

那是我最彷徨的时候：留美国还是回中国，再婚还是坚持单打；继续当作家还是弃暗投明拣个实际的事做做；美国是个号称机遇最多，机遇又对人人平等的国家，投什么机为好；若接着当作家，写什么，用什么语言写，要不要投人所好地写，投何人所好等。在那么个情形下，我回到芝加哥，带着在半个美国流浪的阅历以及被流浪恶化的渺茫感，开始参加安琪和陈冲发起的《海那边》的创作。

芝加哥是我个人历史上的重要城市。我的许多个“第一次”都是在那里经历的。第一次被人从身后掐脖子，随之温柔礼貌的强盗抢走了我的钱包；第一次沿街找工作；第一次在餐馆打工；第一次跑街串巷拾人家扔掉的家具；第一次和美国女同学同租房子，结果住出了阶级友爱和民族仇恨；第一次作为一个硕士生坐在一群美国人中，学习文学创作；第一次用英文在电脑上写作……对了，还有第一次叫喊英文梦话，把自己叫醒了。在灾难和恐惧中滋长出来的爱是极有力量的，这就是芝加哥比美国任何一座城市——包括我居住时间最长的旧金山都显得亲爱。

也是在芝加哥，我接触了美国的一个特殊阶级，它主要是由贫困的艺术家组成的。他们有极强的独立思考，有自己的一套价值观念，非常叛逆，我是跟着他们走进旧货店买衣服的。一对画家夫妇告诉我，他们结婚十几年，从来都是在旧货店为对方买礼物，自然是为省钱，但更重要的是因为旧货往往独一无二，不带有大批量生产的新货的集体性和重复性。因此，他们的装饰总带一定的戏剧性，似乎是出自哪本小说，或哪幅油画的人物。

也是跟着我的这些朋友，我对涂鸦艺术、摇滚乐变得宽容了。以致到后来，每当我参加小说或诗歌朗诵时，看见铺天盖地的涂鸦，那么狰狞险恶，我感到的只是一种亲切的符号——我的小说不可能体现的一种情感和人格的表达符号。

还记得有次我说起我的失眠，他们说："你试过大麻吗？"他们说到此时完全是一副坦诚和无辜的表情，这表情使你绝对不在它和犯罪之间作任何联想。当然，我没有去试大麻以及纵酒、纵欲。我是个中国人，我即便视叛逆为褒义词，也是在道德和法律的规范之内。有些东西作为我这样一个中国学生是试不起的：经济上不堪，地位上更不堪。作为非美国公民，一走火就有被递解出境的危险。

说到经济上的窘迫，芝加哥时期又占一个第一。我真是从来没那么穷过，每从银行取一回钱，都不敢看被剩下的数字，那个数字总是比我最坏的估计还少。因此，为避免吓着自己，我一拿到取款收据就揉了它，扔进垃圾箱。糊涂着过，还有些傻快乐，反正别问自己喜欢吃什么：超级市场什么减价最厉害，我就狂热地吃什么。一次花菜减三个礼拜的价，我觉得自己吃它吃出了"红米南瓜"的井冈山精神来了。是从我自己的经历，也从朋友的传闻中，我搜集了一些有关“吃”的细节，也将它们写到《海那边》的人物中去了。比如剧中的老王如何吃鸡蛋，就是我在餐馆打工时，一位中国留学生亲口告诉我的。

那种穷困，真是看得见、摸得着、闻得见的。从我打工的餐馆到学校有十个街口要过，一路全是各种各样的商店：衣服、鞋、首饰，哪里都是几乎捂到你脸上的广告和减价招牌。而穷困时的我一向是目不斜视地穿过这十条街口，起码起码，我不必为自己无力成全一个殷切的售货员而难过。美国的售货员一般都极有涵养，你怎么让他白费口舌白费劳力，他都不失温和，他那笑容，也是世界上最坚韧的东西。也就是这样的笑，把我这类穷学生唬到店门之外。

那时我除了在一个叫“救世军”的教会商店买衣服以外，也去跳蚤市场。那里能买到新的但便宜的衣服。在这两个地方一般十元钱可买两件衣服，运气好可以高达四件。还能在那里买到家具，但我没买过。我的家具一半是从其他学生那儿继承的，一半是捡的。捡家具很好玩，晚上开车在小街上转，路过各家放垃圾桶的地方留点神，常常看到垃圾桶盖子上横着一只床垫什么的。我的床就是这么捡回来的，完好一件东西，躺上去，除了夜深人静偶然想到它上面躺过谁，是否活的，那念头让我的发根陡然发硬以外，别无弊处。

所有与我穷得差不多水平的朋友，都有许多捡家具的经验，也有许多此类故事。一个朋友视力很坏，车都很少开，而每回都是他发现旧家具。朦胧中，别人只看见一个什么大物件在垃圾桶附近，他却立刻判断出那是一张餐桌，或一张写字台。这种时候往往有种探险或探宝的刺激。这些细节、人物，在我动笔写《海那边》时，便自然地出现在笔下，使我感到自己没白受一场苦、一场穷、一段艰辛生活。

有一度我苦不下去了，把怨都发向了芝加哥，我离开了它。半年的旅行，我写出的作品都是以芝加哥为背景的，这也体现了一点，就是人通常记住和写下使他痛苦的事，而不是使他快乐的。所以，当我得知安琪与陈冲以及芝加哥电视台的子繁、迟晶在酝酿一部以芝加哥为背景的电视连续剧时，我马上提出参加写作。

从安琪手中接过剧情提纲后，我便动笔了。那时我住在洛杉矶我姑母家，有免费住房和免费三餐，加上我在台湾得的文学奖消除了我的经济恐慌，我头一次找回在国内做专业作家时的从容。

两星期后我便完成了二十五集中的七集，寄给陈冲和安琪后，她们决定由我来执笔完成全剧。安琪当时正在写她的英文小说，已和出版商签了合同，陈冲在忙于拍片，所以她们的时间无法得到保障。她们分别将已写成的一集半剧本以特快专递寄给我，由我开始了从头至尾的整体创作。

洛杉矶也是个中国留学生云集的城市，我表姐夫开的羊毛衫工厂里就有几百个中国女学生。我便常常与她们闲聊，吃惊地发现她们中有更曲折和古怪的故事。《海那边》中，一个瘫痪的篮球明星，专门找矮个子中国学生供他当拐杖拄着走路，便是从她们那儿得来的故事。也有许多奇妙的心理体验，比如她们说最难堪的是进门脱鞋：中国留学生的袜子往往是脏的和破的，而进富有的人家做工，总要脱鞋，因此她们对脱鞋那一刹那的心理感受，是十分微妙的。

还有许许多多的细节，例如，有的女学生虚荣，却又舍不得买晚礼服去参加晚会，她们就从商店里买件价值一两百的衣裙，当晚装扮过，第二天再把它退掉，只要设法保留那个标价纸签就可以。美国的商店是允许退货的，售货员绝不问你的退货理由，甚至她还会对你说一声：“抱歉，我们这里没有让你喜欢的东西！”还例如，有个中国男学生特别有集体观念，只要他见到便宜货：三角一打的鸡蛋、一元一件的T 恤，等等，他都会一股脑儿买十多份，再分给他的朋友，他这个好习惯弄得他自己一直很穷。

直接的和间接的生活体验，都成了我写作《海那边》的矿藏，也使这部作品具有一定的纪实性。我也采用了同样的生活素材创作我的小说，它们使我在两年中获了五个文学奖，这使我想到，人在最失意时，竟是被生活暗暗回报着的。

写这篇文章的时候，我也同时在准备去台湾地区记者招待会上的讲话稿，有些内容与这篇文章是相同的。这是我第一次在台湾地区出书，也是第一次将电影版权卖给台湾地区的电影公司。我终于以写作为生了，但再没有在中国大陆做专业作家时的优越感。写作只不过是种种饭碗中的一只；写作也只是一种生活。甚至也不太明确：是我写生活，还是生活写我。

很遗憾《海那边》没能按计划投入拍摄，也很遗憾我受中央电视台和芝加哥电视台之托所写的另一部连续剧《自新大陆》取代了《海那边》投入了拍摄。《自新大陆》也是以芝加哥为背景的中国留学生故事，是根据我在台湾、香港发表和得奖的小说改编的。

顾名思义，《自新大陆》，这片大陆被当时的哥伦布称为新大陆，比之我们的热土，中国的大陆，它自然也是新的，是冷土。将开拓这块新大陆的经历展示给同胞，是一个作家的责任，也是她吐尽胸中淤积的一个机会。无论《海那边》也好，《自新大陆》也好，终究都是海外游子向国内亲人发出的一个诚挚邀请——邀请他们走进我们在新大陆的生活，参观一番，评说一番。

在此也感激《电影·电视文学》的全体编辑，给了我们的《海那边》一个问世的机会。

弱者的宣言

——写在影片《少女小渔》获奖之际

写此篇文章的情绪是被一个女孩的电话激起的，她的求职被一个公司拒绝了，但她准备找那公司的老板去辩论，向他当面验实她的攻击力和才干。她在电话里气焰极盛，词句都还文明，但腔势很像骂街。她说她一定要赢。结果她赢了。

她是我们当今社会中越来越多的“赢者”（强者）形象，是那种我惹不起、躲得起的人物。我常常想对她们说：“谢谢你们推动了世界。”她们的词典里早已没有“善良”这个词汇。若有，也伴有这样的定义：善良= 愚蠢+软弱+人类前期文明遗留下的缺陷。

男人就不去说了，他们生来就是为政治、战争、竞技场上的争夺，要他们善良，就等于不给他们事做。他们只要正直，正直本身所包含的善良成分就已足够。而女人应该善良，女人的善良是对男人们在争夺中毁坏的世界的弥补。每个女人，在我想象，她内心深处都沉睡着一条温柔、善良、自我牺牲的小人鱼。不同的是，那沉睡的小人鱼在一小部分女人身心里常常醒来，而在绝大部分女人那儿，只偶尔醒那么几回。但无论如何，小人鱼的本质或多或少地感染着女人的本性。

已故的阿根廷作家门诺威奥·普威格（Manuel Puig）曾在他的长篇小说《蜘蛛女之吻》（*Kiss of the Spider Woman*）中，借助他的人物的嘴说："别一口一个女人，女人怎么了？要是这世界上多些女人，该会少许多战争、暴力、残忍！"而我满眼都是飞快翻动的红嘴唇，告诉我"非赢不可"！在工作中，在家庭里，在离婚法庭上，大方和厚颜是一回事。厚颜也和"坚忍不拔"、"百折不挠"等，与我从小学会的，与英雄气概有关的褒义词同义。绝不吃亏、绝不让步、绝不牺牲自己，据说是强者的要素。她们也会交往一类人，因为发现这一类人有善良这毛病，她们可以把吃不下的亏省给她吃。看着她吃亏，她们是满心嫌恶和鄙视。

善良真的就成了毛病，非给改掉不可。好莱坞不顾践踏文学遗产之嫌，把好好一个小人鱼改成了又打又闹的女战士（他们一定是宠爱小人鱼的，不希望她有善良这毛病）。我害怕如今越来越不爱读书的孩子们从此无法知道安徒生笔下那个善良化身的小人鱼的原本面目了。那是个救了王子，却无法开口陈述自己功绩的小人鱼，她接受了王子的背叛（虽不是存心背叛），要么她杀死王子和新娘而保全自己的生命，要么她在王子新婚的第二天清晨溶化成海里的泡沫。小人鱼选择了后者，安徒生让小人鱼以她的善良获得了永生。

但凡了解安徒生点滴生平的人，都能想象这位善良、温和、不幸的童话作家对好莱坞的篡改会悲哀成什么样。小人鱼的善良和自我牺牲是小人鱼的本质，是作者的创作核心，是使小人鱼之所以美丽动人的根本。没有这个根本，小人鱼就不再是小人鱼了，难道好莱坞的大师们连这点都意识不到？在这些大师眼里，小人鱼绝不能吃那么大的哑巴亏，怎么能这样便宜了王子身边那个不相干的女人？然后他们把当今社会中女人的心理——绝不做输者——填进了小人鱼的内心，粗暴地更换下安徒生寄托在小人鱼身上最后的理想和希望。记得故事结尾，安徒生写道（大意）：“小人鱼化成了海里的泡沫……当太阳每天升起，那成千上万浮在浪头上的泡沫，在阳光里变得五彩缤纷……”作者暗示着一种永生，一种不灭的精神与灵魂。与此相比，小人鱼肉体的存与殁是不重要的。然而好莱坞终止了这个永生的小人鱼。

这就很明显地看出，什么样的人品是被我们今天的社会推崇的，而什么样的人品正遭淘汰。美国的实用主义哲学有着很大的市场，尤其适合本质上就十分实际的中国人。中国人的务实精神使物质建设进步极快，无论是中国，还是新加坡，包括其他国家的华人社区。也恰是这种务实精神，使中国人缺乏理想，缺乏情调，缺乏创造性。按此逻辑，这些缺乏造成一种局面，大凡被推崇的东西，从一种名牌皮包，到一种行为作风，都会在中国人的社会里看见最强烈的响应。女人也是如此，她们身上显露着这个社会所推崇的气质，就是好莱坞那个变了色的，被偷换了根本的小人鱼的气质。善良被淘汰得十分干净，她们的确在赢，绝不便宜这个世界，尽管她们有时也会柔情似水，但这柔情也是她们去赢的一个手段。她们或许流泪，告诉你如何伤痛，那恰恰是在赢的过程中。总之，她们是赢者。

小人鱼式的善良的确不存在了，输者才具备那样的善良。而谁愿做输者？

这又让我想起门诺威奥来了。他在自己的自传式回忆录里写道：“我从小就对那些律师、银行家、医生感到陌生，他们是社会中的成功者，是赢者。我感到和他们我永远也不可能接近，毫无共同之处，而对于一些不十分得意的人，一些输者和弱者，我感到亲近，感到我属于他们。” 他的《蜘蛛女之吻》中的男主角莫利那是他寄托这种信念和感情的形象，正像小人鱼是安徒生的信念的寄托物。他们把善良作为莫利那和小人鱼的人物轴心，牵动他们一切行为。善良使他们易受伤害，使他们把伤害掩藏起来，去成全他们所爱的人。他们最终输掉了自己的生命，悄悄地退下了竞争的舞台。作者们那绝不强加于人的人道意识，那对人道的微弱持久的呼唤，使我一次又一次流泪。在这样的时候，我对自己说：让赢者踢开我，从我身边呼啸而过，去推动世界吧！

当然，这不过是一个闪念，我并非总甘愿抱着一份善良的空想而过于落伍。我并不一定要时时去赢，但我想争取不事事输。输，会使我心境凄凉。

我在《少女小渔》中抒发的就是对所谓输者的情感。故事里充满输者，输者中又有不情愿的输和带有自我牺牲性质的输（输的意愿）。小渔便有这种输的甘愿。她的善良可以被人践踏，她对践踏者不是怨愤的，而是怜悯的，带点无奈和嫌弃。以我们现实的尺度，她输了，一个无救的输者。但她没有背叛自己，她达到了人格的完善。她对处处想占她上风、占她便宜的人怀有的那份怜悯使她比他们优越、强大。我在这篇小说写成之后才发现自己对善良的弱者的敬意。完全是无意识的，我给这个女孩取名为小渔，我提笔写到第三个段落时，不假思索地把这个名字写了上去：当时是想到一个海边城市小家碧玉的形象。直到小说得奖后，我写感言才意识到这名字的暗示。我们的思想产物原是被我们长期的情感积淀所控制，那个童年就唤起我那么多感情的小人鱼这一刻浮游上来，操纵了我。在那一篇得奖感言中，我提出这种“古典式的善良”。我提出它，作为弱者的宣言。

女性的美，在于她的温柔，而温柔出于善良，一个善良的灵魂使这个女性体现的温柔是真实的，不是作态扭捏出来的。这样的温柔和莞尔一笑，和千娇百媚那类女性技巧一点关系也没有，这种温柔是从她每根汗毛孔里渗出的，自然质朴到极致。温柔是外化了的善良，美是外化了的温柔。这样的美是康德所说的“无目的、非功利的”。

悲剧在于这样的温柔和美往往使一个女人沦为输者。历史和现实中赢了的女性都是不善的，能打能闹能作。我们当今社会更是如此，勤劳善良的女性一般要输给那类绝不吃亏的女性。因此善良简直就是不幸，就是女性成功的诅咒。那么谁还需要善良？我曾经有一位极其善良的少年时代女友，那气质中带怯懦的美丽曾让我感到那么动人。现在一提到当年的善心善行时她会哈哈一笑，说：“那时我他妈怎么那么傻？”她认为现在她婚姻中、事业中的成功归结于她割弃了善良。她常说：“我又不是sucker！”看着她如此长进，大刀阔斧赢下财富和荣耀，那份铮铮作响的自信，我真怀疑自己对善良的讴歌是拉人类倒退，是阻止女人进步。

我想起美国已故女作家依德斯·沃顿（Edith Worton）说的“原始人并不天真，因为生存环境使他们狡诈、残忍”。女性在人类文明的初期或许是不善的。她们要维护自己的孩子，要为自己和下一代的生存去与自然、野兽争斗，为一眼泉水不被别的部落占去而杀掉那发现泉水的人，为男性的钟情能在自己身上逗留得长久些而残害情敌。所有的手段都是生存的必需，善良会使她们从适者生存的大环境中淘汰，别人的生就是自己的亡。因此她们不可能善良。

善良或许是人们渐渐离开野蛮，渐渐与动物式的生存形式拉开距离时出现的。是宗教出现时人们发现了善良的美丽和价值。善良是标界在人和畜之间的第一个标识。女性在此时发现自己天生就有的恻隐之心。

然而文明发展到今天这一步，善良又在逐渐从女性心灵中蜕去。善良再次变得一文不值，连常常进教堂也不能使善良的价值回升。女人在议论别人的不幸时，无非想从此得到“我尚不至于此”的安慰。她们崇尚被尖利的鞋跟、厚厚的化妆品、笔挺的西服武装起来的女战士，对输给自己的人绝不心软、绝不留情。看看报纸上、杂志上、电视上有多少这样的赢者。我一时发奇想：这是不是说明我们的生存环境又变得野蛮了呢？不要善良（我不是sucker）的女人们在某种程度返祖了呢？

以《少女小渔》，我只是想对自己证实，她的善良我们曾经有过。

我很矛盾，爱着善良柔弱的人，又羡慕不善而刚强的人。

雌性之地

——长篇小说《雌性的草地》再版后记

为《雌性的草地》写后记，是我期盼的，真提起笔，却又觉语塞。这个故事从它在我心里萌生胚芽到今天，已经有二十多年了。离它第一次默默无闻的出世，也已近十年。最初让我产生写它的冲动是在一九七四年，我十六岁，随军队歌舞团到了川、藏、陕、甘交界的一片大草地去演出。它就是一些年轻的红军永远没走出去的毛尔盖和若尔盖水草地。当时，成都军区在这里驻扎着两个骑兵团和两个军马场。军马场主要员工是成都和重庆的知青，过的却是军事化的生活。次年，我和另外两个年长的搞舞蹈编导的战友再次来到草地，想创作女孩子牧养军马的歌舞剧，因为成都军区当时在宣传两个军马场的“铁姑娘牧马班”。我被留在了牧马班里体验生活，而另外两个战友因为高原反应而待在场部。牧马班的女孩子们都很年轻，最大的也才二十岁，穿的军装是我们这些正规军人穿剩的，叫“堪用品”，多半是救灾时的空投物资。她们的皮靴大概是骑兵部队的二手货，又大又重，她们的步态就有了旷野的感觉。我当时的体重只有八十多斤，却骑着军马场场长的大马，马背要高过我的额了。现在想来，那匹大黑马就等于草原上的一辆“伏尔加”，是首长把自己的特权让给了我。它像最好的军人一样，无条件地服从命令，站有站相，走有走相，最重要的一点是，它“跑得好”。跑得好不好是一匹马的天性使然，就像天生节奏感强、四肢配合协调的人会成为好的舞蹈者一样。跑得好与劣的坐骑之间，就是小卧车、吉普、拖拉机的差别。只是大黑马实在和我太不成比例，每回上马，我都得撕扯住它的长鬃，借助得自舞蹈训练的弹跳力，连爬带蹿。一旦坐上那温润的皮革鞍子，顿时就地阔天宽，志大心高了。我就骑着这匹黑色的顿河马在牧马班住了二十来天，其间学会了识别野菜，用手捏饺子皮儿，或用手掌搓面条。也体验了野地里如厕，四面八方转着蹲身，自己给自己警戒。半夜，狼的叫声远远的，很叫人心软。女孩子们告诉我狼不是太祸害的，豺狗子更歹毒，会趴在马屁股上掏马肠子出来吃。这块草地的自然环境是严酷的，每年只有三天的无霜期，不是暴日就是暴风，女孩子们的脸全都结了层暗红的硬痂。她们和几百匹军马为伴，抵抗草原上各种各样的危险：野兽、洪水、土著的游牧男人。

一九八六年，我专程到成都，找到了牧马班的两个骨干成员。她们在谈到近十年的牧马生活时，情绪中有种壮烈的东西。她们并不像我见到的大部分军垦农场的知青，充满被别人愚弄的愤怒，或是打趣一切的玩世不恭。我看见她们穿着洗得发白的蓝布工作服，胸前印着“安全生产”的字样，头发已花白，面颊上被炎日灼伤的疤痂，已永久烙在她们的容貌上。其中一个是牧马班的副班长，最后一个离开草地。她说车开到一些洼地时，看见许多大牲口的白骨被雨水冲到了那里。她说着眼里便有了泪。那些已变成累累白骨的军马是她不得不遗弃的光荣与梦想，是她不得不正视的被勾销的一段年华。我在今天写后记时再次回忆起她的模样，她那双不大的眼睛有种奇特的单纯。不知这样的一个女性在今天会怎样生活，可会感到尤其孤独。

一九九二年，我因第二次获文学奖而被邀请到台湾地区。相关手续却一直到一九九三年才获准。一九九三年八月中旬，颁奖典礼已结束半年多了，我的到达似乎很踩不到板眼。当时《少女小渔》正要拍成电影，因而我也颇借光地在几个主要大报上露脸，挺是幸运儿的样子。尔雅出版公司的老板隐地先生刚出版了《少女小渔》，正在读《雌性的草地》。刚回美国，就收到隐地先生的传真，说："……书还只读到一半，隐约感到它是一本奇书。"于是就决定出版了。一九九三年底，我便收到了《雌性的草地》的尔雅版，黑中渗绿的封面，一只马头的巨大阴影。看来出版者对这片"雌性草地"的神秘与叵测、凶险与魅惑颇有一番揣测。

我的朋友陈冲读完后对我说："很性感！"我说："啊？！"她说："有的书是写性的，但毫不性感；你这本书却非常性感。"英文中的sensuous 不完全是性感的意思；是更近于感官的、更近于生理的一种审美活动，以区别阅读带给人的思维运动。把女性写成雌性，这个容纳是大得多，也本质得多了。雌性包含女性的社会学层次的意义，但雌性更含有的是生物学、生态学，以及人类学的意义。我一直在想陈冲说的"性感"，是不是指此。因为雌性的世界，是感性的世界，有着另一套准则，建造另一种文化，根底便是感官、感知。我一向很在意陈冲的意见，她是个酷爱读书的人，读过许多好书，尤其当代西方文学。似乎是读书的余暇去做电影明星的。

这时是美国西海岸时间的上午十点，我坐在白色的书桌前。

Bohemian House

桌上有中、英字典，几十本正在读和刚读完的书与杂志，还有稿纸、笔和几种不同式样、不同色彩的发卡。窗帘是深绿的，窗外是松树及美国蔚蓝色的领空。而我在为二十多年前的一个冲动做着些归纳，为了不使它有太多的时过境迁之感。二十多年前的我，在那顶帐篷里，嗅着牦牛奶煮稀粥的热膻气，丝毫没有想到那一切都将成为一本书，在国内和国外出版。那时十六岁的我，醒来在芳草深处，第一眼看到自己白色的枕巾上，一排血红的字，“将革命进行到底”。我很年轻很蒙昧的心里，只感觉到我和所有牧马班女孩一样，承诺了某个伟大的遗志，这承诺是必须以牺牲、献身来兑现的。那时的我，绝想不到我会坐在一个美国中产阶级之家的窗口，宁静而淡泊地写着这篇后记——那帐篷内二十个日夜竟有了如此的后果。那些马、那些女孩，还有一块块印有“将革命进行到底”的雪白枕巾，都怎样了呢?

主流与边缘

——写在长篇小说《扶桑》获奖之后

我总想给读者讲一个好听的故事。好听的故事该有精彩的情节，有出其不意的发展，一个意外接一个意外，最主要的是通过所有的冲突，一个个人物活起来了，读者们与这些人物渐渐相处得难舍难分，因为他们产生了爱、憎、怜、恶。

我又总是瞧不起仅仅讲好听故事的作者。他们使我想起文学的最初级形态：说唱文学。我总是希望我所讲的好听的故事不只是现象；所有现象都能成为读者探向其本质的窥口。所有人物的行为都只是一条了解此人物的秘径，而条条秘径都该通向一个个深不可测的人格的秘密。谁都弄不清自己的人格中容纳了多少未知的素质——秘密的素质，不到特定环境它不会苏醒，一跃而现于人的行为表层。正因为人在非常环境中会有层出不穷的意外行为，而所有行为都折射出人格最深处不可看透的秘密，我们才需要小说。人的多变、反复无常是小说的魅力所在。

于是，我又总在寻找这个“特定环境”，以给我的人物充分的表演空间。将他们从特定环境中摘出，我们或许永远不会有机会发现他们的人格中有那么丰富的潜藏，那么深远、神秘。如维吉尼亚·沃尔夫（Virginia Wolf）说的："走向人内心的路，永远比走向外部世界要漫长得多。"

这样一个特定环境：一群瘦小的东方人，从泊于十九世纪的美国西海岸的一艘艘木船上走下来，不远万里，只因为听说这片陌生国土藏有金子，他们拖着长辫，戴着竹斗笠，一根扁担肩起全部家当。他们中极偶然地会有一两个女人，拳头大的脚上套着绣鞋。这样的一群人和整个美国社会差异之大，是可以想见的。这就是我为扶桑、克里斯、大勇找着的特定环境。

这是两种文化谁吞没谁、谁消化谁的特定环境。任何人物、任何故事放进这个环境中绝不可能仅仅是故事本身。由于差异，由于对差异的意识，我们最早踏上这块国土的先辈不可能不产生一种奇特的自我知觉：别人没有辫子，因此他们对自己的辫子始终有着敏锐、脆弱的感知。在美国人以剪辫子作为欺凌、侮辱方式时，他们感到的疼痛是超乎肉体的。再有，美国警察在逮捕中国人后总以革去辫子来给予精神上的惩罚。这种象征性的惩罚使被捕的人甚至不能彻底回归于自己的同类。因此，辫子简直就成了露于肉体之外的，最先感知冷暖、痛痒的一束赤裸裸的神经！在如此的敏感程度下，人对世界的认识不可能客观，不可能正常。任何事物在他们心理上激起的反应，不可能不被夸大、变形。人的那些原本会永远沉睡的本性不可能不被惊动，从而给人们一些超常的、难以理喻的行为。对自身、对世界失常的认识，该是文学的缘起。

已不再是好听的故事了。不仅仅是了。人物内在的戏剧性远大于外在了，因为那高倍数的敏感。移民，这个特定环境把这种奇特的敏感诱发出来。

这一脉相承的敏感，也蠕动在我们身上——我们排行第五代移民。

为什么老是说移民文学是边缘文学呢？文学是人学，这是句cliche。任何能让文学家了解人学的环境、事件、生命形态都应被平等地看待，而不分主流、边缘。文学从不歧视它生存的地方，文学也从不选择它生根繁盛的土壤。有人的地方，有人之痛苦的地方，就是产生正宗文学的地方。有中国人的地方，就应该生发正宗的、主流的中国文学。

有许多作家都是在离开乡土后，在漂泊过程中变得更加优秀的。康拉德（Joseph Conrad）、那布可夫（Vladimir Nabokov）、昆德拉（Milan Kundera）、伊莎贝拉·阿言德（Isabel Auendene）……他们有的写移民后的生活，即便是写曾经在祖国的生活，也由于添了那层敏感而使作品添了深度和广度，添了一层与世界、其他民族和语言共通的襟怀。他们的故事和人物走出了俄罗斯和布拉格的格局，把俄罗斯和布拉格蔓延成了美国人的、中国人的、全人类的俄罗斯和布拉格。这是移民生活给他们视角和思考的决定性的拓展与深化。

我不同意把移民文学叫作边缘文学。要想有力地驳斥，我似乎得拿出比《扶桑》、《海那边》、《少女小渔》、《女房东》更有力量的作品来。

北京的一位电影导演黄建中对我说：“《扶桑》是我生活经验和美学经验之外的东西。我从没想到人可以从那样不同的角度去理解和欣赏。所以我觉得它那么好看，觉得耳目一新。”正是因为一百五十年的华人移民史太独特、太色彩浓烈了，它才给我足够的层面和角度，来旁证、反证“人”这门学问，“人”这个自古至今最大的悬疑。人在哪里，哪里就是文化和文学的主流。

我为什么写《人寰》[1]

从一九九六年四月开始，我因为失眠的原因往家庭医生那里跑得很勤。那是个很老的医生，也很胖，看见他会误认为人世间没有重大病痛的那类医生。他马上决定给我吃些抗精神抑郁的药。他的意思是吃吃也是没坏处的。从理论上来说抑郁症和失眠常有关联。四个星期后，我又来到这个老医生的诊室，告诉他我精神一点也不抑郁。我说这话时有些反诬陷的情绪。无论怎么说，我是从中国来的，在我们中国你见到个荒唐人，对他的荒唐程度无法度测时便说他“有病”。老医生虽然没诊断出我“有病”，但他的治疗方案告诉我，我“有病”。我为自己辩证无病时，我坐着，老医生站着，我一再请他坐下，他说他站着是为了确保自己完全清醒，否则一坐就会进入半打盹状态。我更觉得愤懑，我居然按照这个半打盹的老头的处方吃了四星期的药。这次就诊的结果是由我来点药，好比馆

1 《人寰》在大陆出版更名为《心理医生在吗》。

子里点菜，我拣了几样最好的安眠药点了一通，都是核导弹一级的安眠药，稳、准、狠。

从此这几样药便成了我的家常菜，老医生不再多问什么，便把处方续延了下去。有一次药剂师很不高兴了，问我："你在我这儿领了半年的药了，你有把握你那医生不是个'制剂机'？"她把这类只管哄病人开心的医生叫"制剂机"。我看她很不宽心的样子，心里打算弄本药典来看看。在我先生涉猎的五花八门各行各业的藏书里，我相信会找出本药典来。我却先找到了一些心理学方面的通俗读物，很快读进去了，很快就不再满足通俗读物。我找到了弗洛伊德、荣格的书籍，从而发展到阅读达尔文进化论派的心理著作。恰巧我的婆婆是个精神护理学教授，借了一批书籍给我，多半是后人对弗洛伊德和荣格的研究著作。有本叫作Translate this Darkness的书，是有关荣格的一位女弟子对荣格理论实践的过程。她最终成了荣格理论的牺牲品。我突发奇想地也想拿自己做一个心理学研究的实验品。

我找到了一位年龄与我相仿的女心理学大夫，请她分析我的心理动态。不管心理学界有多少分野，他们对医治对象的主要方式仍是从弗洛伊德那里袭承来的"Talk Out"，就是让病人倾诉自己，再荒诞的话他们都认真倾听、记录，在他们发现一点儿线索时不露痕迹地提示几句，以导引病人的谈话方向。所谓线索，是心理病态的可能诱因。而一旦让病者识破自己病态的诱因，治疗就基本完成了。比如有这么个年轻姑娘，她对橡皮制品有种不可理喻的恐惧，弗洛伊德在长时期地聆听她的倾诉后，做出这样的推断：因为她幼年时曾暗暗妒忌过自己的妹妹，有次她妹妹得到一个大气球，她突然产生杀死妹妹的强烈欲望。她以毁坏气球来满足了谋杀的欲望。这种变相的欲望实现随着她的成长，渐渐形成了类似犯罪的情结（Complex），以遗忘为形式逐渐被她的心理功能压抑（Repression）到了潜意识中。她成年后对橡皮物体的恐惧，实质上是对自己潜意识中那个暗藏的杀手的恐惧。她恐惧的是自己锋利的妒忌，而气球以及一切与气球有关联的橡胶物品都诱发她潜意识中那个有着杀人潜力的自我的恐惧。

我到美国的第三年，美国心理学界正在热烈注视一股“弗洛伊德回潮”。一些心理学家强调“Repression”到了荒谬的地步。他们认为绝大多数人都在童年有过巨大创伤，这些创伤因为人的心理功能具有自卫本能（Defense Mechanism），即淘汰一切不利于心理健康的记忆。因此，人在幼年所受的心理创伤似乎被忘却了，或说以忘却为形式愈合了。然而，根据弗洛伊德的理论，没有任何创伤会被忘却，只不过被抑制到不被知觉的意识中。所以，心理疗程是心理大夫帮助病者打开潜意识，探索那藏于最混沌最黑暗的心灵深处的病灶。又因为人的内宇宙的广漠无际，这探索从弗洛伊德至今，仍赖以大量的假定而存在。而这些伟大的假定在被证实之前，便是亚科学，是谜。

首先是把我迷住了。我开始翻电话号码簿，寻找心理学家的电话。我和五位大夫预约了就诊时间。在通完电话后，我立刻淘汰了三位，因为他们开口不是马上问我哪儿不对劲，而是先问我的医疗保险是否包括心理治疗，若不包括，他们可以适度降低诊费，而我最终选择的女大夫头一句话问：“你认为我可以从哪些方面帮助你？”她不操心你付不付得起诊费，而是马上关切到你有什么不舒服，她语气的含蓄婉转不但表现了体谅，而且这体谅是极其专业化的。

此后我每星期二去她那看一次。主要是她听我说。她对我的成长背景缺乏知识，我需从我生命的最初始，从最初形成我意识形态的一切基本观念讲起。比如我向她解释“穷”，“穷人”所含的褒义，它和俭朴之类的美德的密切联系。我逐渐发现自己不仅在跟她谈个人的心理发展史，我同时把中国这四十多年的历史，以及我们家庭的历史都介绍给她了。她每次都听得极其认真，不断做笔记，在下次就诊前，她会从笔记中找出几个疑点，着重提些问题，试图发现我个性发展中的非正常影响，发现我生命早期哪怕已愈合完好的创伤。

因为我自己对心理学的研读，所以每当她提问或暗示时，我大体察觉到她想得到的答案是什么。我建议她给我用催眠术，据说它是启开人的潜意识的钥匙。被催眠的人对所有暗示都是不设防的，因此最难以启齿的心事或记忆会在催眠状态下被诱引出来。

我的美国朋友中，有一半人看过心理大夫，其中一些人是有治疗成果的。虽然我不像他们那样对心理专家的权威性存有或多或少的迷信，但我承认这类诊疗方式有助于人对自身的理解，以及对人类行为的理解。在我花了三个月的诊费后，我偶然想到，这个“Talk Out”疗法，难道不能成为一个小说的形式吗？当我的心理大夫从头到尾阅读那厚厚一本笔记[1]时，大概也会读到一个故事，一个用断裂的、时而用词不当的英文讲述的有关我个人的故事。

当然，当我决定以“Talk Out”为小说形式时，我必须虚构一个故事，一个能成立有看头的故事。我于是虚构了这个故事，但我的兴趣都在故事之外。

1　美国的法律不允许在此类场合用录音机，因此我的大夫用笔记形式。

错位归属
——写在《花儿与少年》之后

我在美国生活十二年而不会开车，对许多人来说简直不可思议。我喜欢乘公共汽车和地铁，挤在三教九流里观察他们的衣着、举止，“窃听”他们的谈话。旧金山市内有一趟公共汽车纵穿唐人街，乘客百分之八十是华人，我可以从他们的装束、神情，偶尔一两句和司机的对话，大致判断出他们是新移民还是唐人街老街坊，他们的职业或经济状况。乘公共汽车的人多数贫穷，往往有残疾者和精神病人。一次我听一位精神病人独白，竟听到不少可以为之喝彩的句子。美国的生活自由、独立是没错的，但人和人之间的隔绝非常可怕，我想正是这隔绝要对越来越多的独白狂们（如我在公共汽车上遇见的那位）负责。我还会去挑起一场闲聊，走运的时候可以浮光掠影地获得一点他人生活的印象。

我有一些女朋友是闲聊好手，会把她们熟人的，或者熟人的熟人的故事讲给我听。渐渐这成了我的习惯，只要这些女朋友打电话来，我就戴上耳机（这样可以空出两只手，该切菜还切菜，该熨衣还熨衣），听她们聊上一个来钟头。我不少短篇小说是从这儿得到启示的。尤其是细节，若有一两个极其独特和传神的，就使我的想象蠢蠢欲动起来。

《花儿与少年》就是这类貌似胡扯的谈天结果。当然百分之九十是我的想象。原始素材中的一些人物启发了我对“Displacement”一词的思考。“Displacement”意为“迁移”，对于我们这种大龄留学生和生命成熟后出国的人，“迁移”不仅是地理上的，更是心理和感情上的。纳博科夫十九岁离开俄国之后，从来没有拥有过一处房产，因为没有一座房屋感觉上像他少年时的家园。既然没有一处能完成他感情上的“家”的概念，没有一处能真正给他归属感，他便是处处的归而不属了。因此纳博科夫的一生，除了租房就是住旅店，似乎把没有选择的流亡变成了有选择的“自我流放”，使无所归属的不适（甚至痛苦）反过来营养他的感情和语言。

在我看“迁移”是不可能完成的。看看旧金山30路公共汽车上的老华侨们，他们那种特有的知趣、警觉、谦让和防备，在一定程度上证实了我的假定。我和他们一样，是永远的寄居者，即使做了别国公民，拥有了别国的土地所有权，我们也不可能被别族文化彻底认同。荒诞的是，我们也无法彻底归属祖国的文化，首先因为我们错过了它的一大段发展和演变，其次因为我们已被别国文化深深感染和离间。即使回到祖国，回到母体文化中，也是迁移之后的又一次迁移，也是形归神莫属了。于是，我私自给“Displacement”添了一个汉语意译：无所归属。进一步引申，也可以称它为“错位归属”，但愿它也能像眷顾纳博科夫那样，给我丰富的文学语言，荒诞而美丽的境界。

即使曾是“花儿和少年”那样天造地设的爱人，“错位归属”使他们不可能旧梦重温。情在义也在，回到原先位置却已是陌生人。彼此心灵的迁移，竟比形骸的迁移要遥远得多。

南京杂感

——写在“南京大屠杀”六十周年祭

母亲去世后的第八天，我已在南京夫子庙状元楼酒店的会议大厅里了。这里是“南京大屠杀历史学术国际研讨会”的会场。我似乎急于要从令我喘不过气来的悲哀中走出来，或说，是想借集体性的祭奠来疏导自己个体性的悲哀。母亲恰是南京人，一九三七年岁尾的那场大屠杀发生的时候，她只有四岁，并不记得什么，因此我从未听她讲到哪怕是极不可靠的一点印象。例如外婆在世时，常念叨“跑反”或是“跑鬼子反”，想必指的就是逃避这场浩劫吧。

我早就听说了这个大会，还听说一些日本人也会来参加。我只是把会议日期记得很牢，并不知道会址。八月十二日这天，两位《南京日报》的记者来为我做一个专题采访，谈的都是我近年的写作。我忽然想到，一场重大的国际会议，对于记者们，一定是个顶热门的选题。于是我问他们是否知道会址所在，他们相互看一眼，回答说：“不知道有这个会议啊。”我说：“这么大的事——尤其对南京人，你们怎么会不知道？我的朋友大老远从美国回来参加呢！”看见我一脸的不可思议，他们略带惭愧地解释，因为报社有各种分工，也许这不属于他们的分工范畴。我“哦”了一声，表示认同他们解释的合理性。但我面孔上的困惑一时消散不去。两位记者都十分年轻，举止言谈以及穿戴都还是十足的校园气。对于他们，生活中有太多更为贴切的选题。已作史的事物，再重大，也难引起他们的激情了。早些天，我托了一些亲眷去打听会址，最有成果的消息是：有座纪念馆在江东门，到了那里可能就找到这个国际性大会会址了。

江东门我不止一次在有关南京大屠杀的各种文献中读到过。它是当时集体屠杀的地点之一。我问亲戚们，可知道去纪念馆的路怎么走。他们都说没去过。南京可供他们度周末的地方太多了，玄武湖、莫愁湖、燕子矶、夫子庙……他们和全国的人一样，正从人人平等的贫困中起飞，正忙碌于家庭的建设，比如装潢修饰他们很有限的生存空间。至于参观一场发生在六十年前的大屠杀，他们不具备亦不需要这番心情。这场震惊世界上所有民族的浩劫，对于他们已变得遥远而抽象。它的存在，只是一个历史符号。假如我没有出国，或许也不会和他们有太大区别，也会呵护好刚得到的这点机会和权利，抓紧时间营造和改善自己的实际生活。想想看，上下五千年，我们有过多少太平无事的片刻容我们耽于小康之乐呢？其实我们祖祖辈辈的梦想，并不是任何大得不着边际的主义，而是泥土般扎实的“二亩地，一头牛，老婆孩子热炕头”。仅这点，我们祖祖辈辈念叨至今，却少有实现的时候。假如我今天仍居住在祖国本土的一隅，就轮不到我来感叹人们对历史的淡漠了。

我终于得到大会的会址了。我的朋友史咏专程从芝加哥赶到南京，在开会的当天早晨给我打了电话。史咏近年来常常往返于南京和芝加哥之间，为他出版的大型图片册《南京大屠杀》增补资料。当我捧起这册大书时，它的分量和质量使我不禁想到他近年来每天十二小时的劳作，也不禁会想他的这份良知和激情若有传染性就好了。

到了会场已九点多，会议已开始了。厅是很堂皇宽敞的厅，主席台上方有幅横批写着大会的名称，左右各有两条木匾，是副对联，属于大厅原本的装饰。我听着中日双方学者的发言，不自觉地研析起这两行以篆书刻在木牌上的对联来。上联：一张琴半壶酒；下联：一尺剑万卷书。字迹是深绿，篆刻在深赭色的木质上，显得颇古雅。与“南京大屠杀历史学术国际研讨会”的横批当然是各说各的。那么，这副对子要说的，或要喻示的是什么呢？无非是一种境界，一种潇洒、简朴、不无美好的生活趣味，一幅象征太平和睦、高雅淡泊的静物图景，一份对于素净宁静的人生的向往。那把剑是供你去舞，而不是供你去征战的，与六十年前日本军人手里使我们同胞身首异处的那把毫无相同意义。对联的十二个字告诉人们：就这些了；这就是我所要的全部。正如我表妹和其他的南京亲戚们，他们一块泥一根草地在重重废墟之上，搭建他们的一份理想与温馨，我难道可以伸着怪罪的食指说：“该醒醒了——你们也是南京人！”他们也只要那一点，虽不如对联所提示的那般清雅，但他们也只要废墟与废墟间那个空隙，容他们耕一耕仅仅两亩的田园，容他们几季收获，容他们片刻的丰足。我也是他们中的一员，有着与他们相同的、贯穿世代的集体潜意识，那就是：趁着天好，能得多少收成就得多少吧，谁知明天会怎样。我们不得不学会眼光短浅、及时行乐，不得不如此健忘和无限度地宽容，我们要抓紧时间过几天好日子，因为集体潜意识暗示我们：这些好日子是赚来的；从内忧外患、从外族铁蹄、从自相残杀中赚来的。

我怎么可以对两位记者拿出怪罪的腔调呢?

会议期间，我走出状元楼酒店，步入热闹的夫子庙街市。人真稠密，终日像剧院刚散了戏。夫子庙在一九三七年岁末也被烧成一片废墟，也有过横尸遍地的冷清。现在的房院街道以及喧哗人声是从那残垣上和冷清上重建的。据说“文化大革命”期间，它又经历一次摧毁，现在的一切是一劫再劫之余生了。能走在这样热闹安全的街道上，我应感到幸之又幸。

望着迎面而来的面孔，数不清的面孔，我不由得猜想，这当中的谁是幸存者或幸存者的后代呢?他们可知道有座豪华酒店里正在举行着一个什么会议?可知道一些人万里迢迢地来了，为了一笔几乎被勾销的重大血债，而他们正是血债的债主?他们对那个修得草率并字迹斑驳的草鞋峡遇难者纪念碑可有想法?……

三天的会议结束后，来了一批日本的高中生。他们将和南京市的高中生一块儿度过一个夏令营，以纪念南京大屠杀的遇难者。我看见这两个民族的青春如此融为一体，如此地反衬着日本国内对大屠杀持否认态度的人们，以及中国对此麻木不仁的同胞们。这是个令人欣慰又令人痛楚的反衬。内心深处的和解最终会在两个民族之间达成，却不再是稀里糊涂的和解。我正这样想着，乘坐的一辆Taxi 被突然拦截在状元楼一侧的路口。拦车的是两个穿白衬衫系领带的年轻人。他们冷峻的面孔告诉我，他们是在执行公务，我问此处不可走，哪里可以通行。他们说任何计程车都不允许接近状元楼，因为有一批日本中学生住在此地。

“你们知道这批日本中学生是来干什么的吗?”我问，顿时觉得好笑又可憎。

两人说他们并不清楚，只是执行上级命令。

我说："他们是来哀悼南京大屠杀的三十五万遇难中国人的。"

他们没有搞清这个消息和他们执行公务有什么相干。

我很想再问他们一句："你们知道那三十五万南京人是谁杀的吗？"但我控制住了自己的尖刻。闹到最终他们也没放我的计程车过去，我只得拎着沉重的行李在炎热中走到酒店门口，那儿停着大轿车和小轿车，是会议用来送与会代表去机场的。

最后的这个小插曲又使我想到很多。在世界上，我们的民族大概属于灾难最深重的民族之一。经历这么多灾难却仍然能保持如此之高的人口基数。似乎每个灾难深重的民族，都有高于其他民族的人口基数。似乎愈经摧残，人丁愈旺；愈是战争、饥荒、贫穷，愈是生养繁衍得不可收拾。于是就有了"中国人是杀不完的"这样一句豪言壮语，也就有了"砍头只当风吹帽"、"杀人不过头点地"之类的对残忍的浪漫化接受。这些统统成了我们善良、宽容的组成部分。有人说，德国人因杀犹太人而真诚忏悔了，日本人为什么连错也不认？德国人的忏悔，是跟犹太人认真、负责地对待历史的态度分不开的。也就是说，要想结清一笔债务，债权人和负债者双方都必须认真、负责，必须合作。而"砍头只当风吹帽"之类的浪漫语言，不可能不影响我们民族对生命价值的态度，进而影响对于生命权利（人权）的态度。假如我们对于自己的生命价值都如此不珍视，抑或过分慷慨，我们又能到哪里去讨人权呢？

从“Rape”一词开始的联想

——*The Rape of Nanking* 读书心得

一九九五年末，我的朋友史咏给我寄来了一本很大的书，他编辑并出版的一本图片册，是纪念“南京大屠杀”的。这确是一本大书，其中刊出的四百多幅照片，多是从美国、德国、日本的档案中搜集的，还有小部分，则是日本军人的私人收藏。我的第一感觉是这书的沉重，它的精神和物质的分量都是我难以承受的。书的英文名叫作*The Rape of Nanking——An Undeniable History in Photographs*。我立刻注意到这里的用词是“rape”（强奸），区别于中文的“大屠杀”。对这个悲惨的历史事件，国际史学家们宁可称它为“大强奸”，然而强奸仅是整个罪恶的一个支端。

却恰是这个貌似片面的称谓，引起了我的全面思考。显然，那个迄今已发生了六十年的悲剧中的一部分——强奸，是最为刺痛东西方学者和社会良知的，是更值得强调而进入永恒记载的。在“南京大屠杀”期间，有八万中国女性被强暴，与三十五万遇难者的总数相比，占稍大于四分之一的比例。但“rape”却包含更深、更广意味上的残杀。若说屠杀只是对肉体（物质生命）的消灭，以及通过屠杀来进行征服，那么“rape”则是以首先消灭人之尊严、凌迟人之意志为形式来残害人的肉体与心灵（物质与精神的双重生命）。并且，这个悲惨的大事件在它发生后的六十年中，始终被否认、篡改或忽略，从抽象意义上来说，它是一段继续在被凌辱、被残害的历史。那八万名被施暴的女性，则是这段历史的象征。

她们即便虎口余生，也将对她们的重创哑口，正如历史对“南京大屠杀”至今的哑口。“rape”在此便显出了它的多重的、更为痛苦的含义。因为人类历史的真实，是屡屡遭“rape”的。

今年八月，我出席了在南京举行的“南京大屠杀历史学术国际研讨会”，会上得知日本对此段历史所持的三种学说：一是彻底否认此事件的存在，认为它是由中国人或其他国人编造出来诬陷日本的；二是粉饰事态，把一场有组织、有预谋的大型屠杀说成是处理战俘时的失控，而整个屠杀量仅在几千人；三是承认并忏悔这场屠杀。在持前两种说法的人那里，历史仍是柔弱可欺，可被任意辱没的俘获品。

The Rape of Nanking 一书中，编者们把这场持续六星期之久的大屠城以“屠杀”、“强奸”、“抢劫”、“纵火”等罪恶形式来分章。所有的图片解说都有着学者式的客观，以调动人的理性为原则。尽管如此，我仍是缺乏那股冷静的力量来将它一口气读完。坦率地说，我花了一年多时间才完成了阅读。图片那地狱似的残酷，使我一次又一次虚弱得看不下去。再次捧起它来时，往往是数周以后了。阅读间断最长的，是我读到“强奸”的章节。一些被轮奸后的中国女性，被迫暴露私处，有的被迫以自己的手将下体无遗展露。看到此我浑身冷汗，似乎感到那恐怖与我并没有六十年的间

隔，甚至觉得被糟践的也不只那一代的南京女性。即使日军士兵当时的行为是由人向兽的一个偶然退化，那么事后将此邪恶摄入相机，并长久地私藏下来，我不能想象，是怎样生性残忍、暴虐的人才能在理性恢复后还能正视自己曾犯下的罪恶！因此我怀疑那暴虐是信仰所至，也就是植根于理念的。

在我翻阅这部大型图片册时，我总是不断翻回到图图大主教为此图片册写的序言："人类相互之间残暴行为的恶性发展看来是无止境的。……我相信人类本性中有一种缺陷，若任其自由放纵，那么这种缺陷会在人们之间引起猜疑、疏远和迫害，甚至导致作为'最终解决方式'的种族灭绝行为。"

The Rape of Nanking 一书让我看到，六十年前发生在南京的悲惨一幕，离图图大主教所指的"最终解决方式的种族灭绝行为"并非很远了。我甚至认为，更为可怕的是那种"灭绝行为"中的理念基础，是那种把某个信条发展到极致从而歇斯底里的精神因素。这不幸是日本民族本质中的一个缺陷。更不幸的是，六十年来，他们中的一部分人并没有摒弃六十年前的信条，正是这信条使他们否认当时南京发生的一切，拒绝对那一切承负任何责任。

我试着设想这本书传到当年的肇事者那里，他们将会如何反应。书的编辑者以史学者及社会科学者的立足高度，对每一桩陈述做出求证。其中没有控诉情绪，却有一种"历史不容强奸"的镇定和沉着。我想，这本书仅是第一步，它仅为包括中国人、日本人在内的人类提供了大量线索，而真正的、普遍的对于 *The Rape of Nanking* 的反省与思考尚待开始。犹太民族数十年来呕心沥血，以详尽的宣传、报道来雪耻对他们民族的大屠杀，出版了无数的书籍、纪念册，制作了无数纪录片、故事片，写进了各种教科书。

犹太人的这种对自己民族及人类负责任的态度，从此终止了有史以来世界对犹太民族的公然歧视。而中华民族也是世界上受外族侵害最深的民族之一。因此，雪耻被“rape”的南京，以及雪耻被“rape”的历史将恢复的是人类文明必不可少的公理。

我注意到自己在这篇文章的写作中用英文的“rape”取代中文的“强奸”。自然是因为英文对我不具有中文那样直接的刺伤力。中文的“强奸”二字给我的痛苦——这痛苦多半来自屈辱，是我无法回避的。由此想到我之所以一再延迟对*The Rape of Nanking* 的了解，是我在逃遁这含有深深屈辱的痛苦。记得我的长篇小说《扶桑》问世后，有的读者读到书中描写早期中国移民所遭受美国人欺辱时，感觉到不适。我们即使有过尊严遭践踏的历史，最好还是忘却，最好我们自己也不要提醒。不提醒、忘却，似乎那段历史便不复存在。如峨眉山那副著名的对联所说“天下事了犹未了，何妨于不了了之”。它在某种程度上代表了中国人的处世哲学。宽厚和浑沌同时是美德亦是弱点，同时是积极亦是消极。而“不了了之”是对后世不负责的态度。正如大主教图图在*The Rape of Nanking* 一书的前言中所说：“无视历史真相是一种不负责任的犯罪，至少是对后世心灵的严重损害。”

就在我写此文章前夕，我又收到史咏寄来的*The Rape of Nanking* 的增补本。增补部分是他在参加“南京大屠杀历史学术国际研讨会”之后搜集的鉴证性文献。其中一部分是日本军队在屠杀过程中的机密电报，还有的就是各宗教埋尸组织的记录，最难得的是一些日军官兵的战地日记。方方面面的证据全呈出了，对于历史真实的强奸，必得终结于此。然而报复并不是*The Rape of Nanking* 一书著者们的企图。一切追究的终结是出于那心愿——和解。这就是为什么书中不见以牙还牙的情感煽动和民族主义的召唤。书的著者们是不屑于民族主义立场的，他们试图让历史自身来求证和批判。

图图大主教在*The Rape of Nanking* 一书的前言的最后部分说："为促使作恶者认罪并寻求和解，有必要使人们了解发生在南京的事实真相。我们只能原谅我们所了解的事物，而没有原谅的和解是不可能的。"

这里我们看到大主教坚实的逻辑，即了解真相——原谅——和解。因此，让世界和我们自己了解真相是第一步。了解痛苦和屈辱的真相是不堪忍受的，然而对这长达六十年的"rape"，它是唯一的了断方式。

静与空

——看陈川画有感

陈川是个画家，偶尔也写诗。

陈川有个妹妹，叫陈冲，演电影之余，常作诗。兄妹俩时而一同读诗赞画，或一同吟诗作画，诗和画都意犹未尽时，两人便且画且诗。

在一首表达对绘画的理解的英文诗中，陈川写道："绘画萌生于语言哑然之处。"

读到这首诗时我想，能写出此感觉的人不仅深爱绘画，而且他必定常常在绘画中沉思默想。

这句诗道出了我心里最难捉摸的一个感觉。

我和陈川仅见过两次，是许多年前了。那时他刚从上海美术专科学院毕业不久，在交通大学当教师，他和妹妹陈冲伙着一帮子朋友同来的。大家都对刚刚大量舶来的西方生活与文化以及艺术思潮兴趣盎然，我们的话题从卡夫卡、梵高、猫王的歌，到美国的鸡蛋多少钱一打，谈得广泛却不深。那时我已看过陈川的一些画，可以说对他人的了解远远不及对他的画。

一别多年，直到我六年前着陆美国，才又有机会看到陈川的画。那次我偶然步入Santa Monica 一个颇大的画廊，发现四周挂的都是陈川的画。那是个专门代理陈川作品的画廊，我在每一幅画前流连，对他的进步惊讶极了。

后来我向陈冲借过一本画册，其中汇集了陈川的画作和陈冲的诗作。画册放在我的茶几上，得闲我就捧起来翻一翻。每回看，那些画都显得更加内在，更添一层未可言喻之意。它们似乎在我眼前变得越来越天真，同时也越来越复杂。就那样翻看它，一翻便是大半年。它们让我不时想起那个高个头的陈川，十分地敏感，同时又颇豪放，酷爱读书，也酷爱运动，讲一口用词精确的英语。据陈冲说，陈川的居处总是贴了满墙壁冷僻的英文单词。不断地，我会从陈冲那儿听到陈川的消息：他开了一个又一个画展；他引起了重要收藏家的重视并收藏了他的作品；他恋爱了，他恋爱失败了；他做了父亲，他如愿以偿地有了一间采光理想的画室。他没变多少，还是那个简简单单做人，认认真真作画，一如既往地痴迷艺术的陈川：早晨准时开车出门吃顿早饭，即刻回到画室去思考和画画，从早晨最柔嫩的阳光直画到黄昏最成熟的阳光。听了这些，我看着陈川的一幅幅画，就看出一个向着完美求索的人、一个艺术的朝圣者所必有的苦楚。

看着陈川的《加州的小木屋》中的白房绿地、《椅子上的雏菊》中的旧椅新花、《梦的季节》中那个与梦魇撕扭的少女，我会在心里问：它们是被怎样的眼睛看进去，被怎样的心灵过滤过，又被怎样的手和笔表达了？生活原来是可以这样被汲来，这样美妙地被重新配置和处理。被陈川处理过的这块，生活原形虽在，但他已不求形似，而力求神似了。

每个艺术家都希望通过自身来注解生活，来表现（而不是再现）他对生活的理解和认识。陈川的注解是真诚而动情的，他以他的画笔和色彩注解一种偶然：光和影、气温和体温、风和呼吸、梦和现实，突然融汇在一个点上，一个从来没有出现过，也再不会出现的点上。陈川捉住了它：一个欢乐和伤感的和弦，一个绝妙的情景交叠而发生的瞬间休克。

陈川的内心，被多少如此极美的休克所折磨！

陈川的母亲向我讲起过儿时的陈川，说他曾经是上海少年划船队的队员，一次折断了手臂，他却不吱声地忍着痛，每天仍去参加比赛前的训练。他知道对运动员来说，停止训练就意味着退步，甚至淘汰，他的坚韧和耐受能力是成年人都难以想象的。他母亲还说起过陈川童年的其他故事：八岁的他背着画架，独自徒步去动物园写生。陈川似乎对于此类远征十分习惯，他还时常步行穿过整个上海，只为了省下车费去买几张绘画的纸张。不得已的吝惜使他从很早就非常在意纸面上所留下的每一笔触，以及那每一笔触所能表现的极致、所能达到的饱和。

现在他成年了，正在成长为有着独特画风的成熟画家，早年的坚韧、“吝惜”，以及那些隆冬和酷暑中的跋涉，都潜藏于那些静极的画面中。

画如其人，画的性格成了人的性格的延伸，那些笔触的层面是凝练的，然而层面之下，是那样的丰满和丰富，无论深处有多澎湃，表层却是静，静得惊心动魄！

这不也像那个有点拙口笨舌，不太长于语言，却满心是表白的陈川吗？对了，就是那个静出来的“空”，陈川画中的空是最让我感触、发我深省的东西。是某处响着蜂鸣，某处萦绕着歌声，某处有渐渐深沉的钟声的那种空。那空在一束干净的斜阳里，在光线中活泼飞舞的尘粒中，是Virginia Wolf（To the Lighthouse）式的空……那不再有匆匆捻动纽扣的手指的空壁橱，那曾经奔忙着脚步的空楼梯，那过去是银器玎玲的空餐室，那从前是绸衣窸窣的空草坪……

同样地或相似地，陈川那深绿的、灰色的“空”也留下了极浓的怀旧情感，怀旧是那个抛掷白丝巾的女孩：什么失落了，什么一去不复返了；怀旧成了那一束弃于农庄前的玫瑰，还带露水，还带刺鼻的新鲜气味，却是无以寄托，无以施予；还有那个拧身而卧的少女，恬睡了，也那样任性，许久前一个秘密的遗憾，只有梦能够给她重来一次的机会。画中的一块块空间留下了人的感情和动作，那是人的空缺，而不是灵魂的空缺。人的灵性充斥在这空间里，看着这些画面，我像是读Virginia Wolf 那样微微心痛：这样又甜又苦的情致、景致怎么如此似曾相识？

这童话与哲思的调和怎么就这样击在我天性的某个痛处上？一刹那，我怀恋极了……

那个时刻我真想告诉陈川，他竟发现了最重要的：那形之上、形之深处的形态，以及神态。我却没有告诉他，我多么怕我的一口外行话，一脑子对“抽象”、“写实”的无知让陈川啼笑皆非，我只是一次又一次地向那一块块“空”注目，它的美在于总有一瞥不知从何处来的目光在上面掠去掠来。

我一直都没有机会告诉陈川，我对他作品的这番感想，我们都太忙了，打电话到他那里找陈冲，竟也尽快绕过对方，怎么会这样忙？连陈川买车也要买跑车，连他来旧金山，在妹妹家客宿，我们也难约出个共同方便的时间长谈。忙得这样，才觉得陈川的“空”太好了，太人道了。它让我回首，看见了我们童年那些呆瞪眼的午觉时分，那些无所事事以至无事生非的暑假，那张断裂的唱片转得忽高忽低，重复着一段莫扎特，那奢侈的无聊，草地上一片阳光就够我们一个下午的消磨，一块开着小花的原野就足够让我们忘记回家。

陈川毁掉了许多画，是因为他的不满足而一遍遍去画某个局部，最终那局部不可收拾，使整个作品报废了。心里有，笔下无；心到了，笔怎么也不到。这种时刻，我这个写小说的人太有同感了。而我，只认为手永远满足不了心，心太易变、多变，即使手已十分地敏捷，心的期望将又会涨上去。只能让它去，尽善尽美只是说说而已。而陈川却宁可一个作品不存在；它若存在便应起码在那一刻让他心满意足。对于陈川，完美是一个作品存在的起码标准和理由。不知他可懂得，越是追求尽善尽美，对理想和现实的距离越是不能忍受，越是不能妥协，也就越是痛苦。

然而，人能够没有理想吗？我们今天的一些人已穷到了只剩钱了。“理想”二字在我们的字典里，已经被磨损得要消失了。满腹心事的陈川却沉吟着，怀疑着，他想把曾经有过的，将来必定也会有的，调在他的色盘上，画给现实的我们。

有关陈冲以及《陈冲前传》

头一次见到陈冲时，她还是个地道的孩子。那是在上海的锦江宾馆，我父亲在那儿包了间房写作。陈冲当时十八岁，刚得了“百花奖”。她梳两根短辫，在两边肩膀上甩来甩去，更显得她好动，是孩子气的那种好动。她穿一件米色的细灯芯绒衬衫，下面配一条同样布料、色彩、式样的长裙子，是牛仔风格的，一看就和街上流行的花红柳绿、烫头发区别极大。我刚说她的衣着别致，她马上告诉我：“这是自己做的！”

她哥哥陈川也马上补充：“我妹妹穿得最破！”

我懂他的意思是指朴素。我当时还是一个女军人，一条军裤加一件便装衬衫，辫子盘在头上，似乎与陈冲的朴素做伴儿。

其实在见她前，有关她的故事就听得不少了。我的继母俞平也是位电影明星，恰和陈冲在《青春》中同时担任主角：一个演军医，一个演小哑巴亚妹。那是陈冲的第一部电影，也是她的成名作。我的这位妈妈回家来总讲到陈冲。她说：“没见过这么灵的小姑娘——从来没演过戏，导演一说就明白，戏马上到位！比那些在电影界混几十年的人强太多了！”也谈到她的其他：爱读书——有空就捧一本英文书，一个人躲着，嘴里叽里咕噜的。还有就是爱吃零食——身边总带个饼干盒子，里面是话梅、糖果，只要一听这只盒子响，“好哇，陈冲”，大家都逗她：“逮着你啦！又吃什么呢？”继母的总结是：“才十五岁，完全是个孩子嘛！再懂事，书读得再多，毕竟是个孩子！”

当时我联想到自己。十二岁进军队歌舞团，军纪严明，绝对不能吃零嘴，加上那几块钱军饷也实在买不来什么高级零嘴，我就把一只信封装了白砂糖放在军服口袋里，再放一把小汤匙，实在馋了，就舀一匙砂糖飞快填进嘴里，再装着没事似的东张西望，偷偷吮吸着在嘴里慢慢溶化的甜。因此我听到继母讲到陈冲吃零嘴，就有了一份非常的理解。当时中国的国情造就了一批早熟的孩子，而孩子总不可能泯灭孩子的天性。

成了“百花奖”影后的十八岁的陈冲仍是童趣十分。她很少有安静的时候，在宾馆的房间里，一会儿坐沙发上，一会儿又坐地毯上。一听我爸录音机中的古典交响乐，她马上建议：“咱们来跳舞吧！”她将音乐换成了“披头士”，即兴地跳起来，又是转，又是跺脚，还不断煽动我：“来呀来呀，你不是跳舞的吗？”我说：“我没学过这种舞！”她说：“这舞不用学，高兴怎么跳就怎么跳。” 我又找个理由：“我太胖！”那时我正由舞蹈演员改行为写作，人在不可救药地长肉。陈冲马上安慰我：“我也不瘦！跳跳就会瘦！”最终还是她一个人蹦跶到一脸汗。然后就说：“饿啦！”我问她：“这儿有早餐剩下的点心，要不要吃？”“要！”她马上说。此后每次早餐，我爸爸就多要两个小笼包什么的，说：

“说不定陈冲会来吃的。”第二次见陈冲，她却谈起卡夫卡来。她问我对《变形记》的看法，我老实巴交地说：“奇怪，我读不进去。”她叫我耐心些，读得专注些，就会读进去了。她一再说：“这本书太震撼了！”我感到《变形记》的震撼却是在十年之后，当我用英文重读它时。这时我才悟到陈冲那么早熟的领悟力。我们在美国的重逢是一九九〇年，在一个朋友办的聚会上。我奇怪她的“无长进”：仍是一派学生打扮，嘻嘻哈哈地跳着自编的舞蹈，跳累了便声称：“我得吃点儿什么！”她于是跑进厨房，用手抓起一个冷馄饨，塞进嘴里，吃得满足得不得了。

这个时间的陈冲，已是好莱坞片酬最高的亚裔演员。一个朋友轻声说：“你看她，像个大明星吗？一点架子也没有！”陈冲的“没架子”是出了名的。一些美国记者在专访文章中也常提到这点。有位女记者说：“……进来了一位穿夹克、背大书包的女孩，我一看，这位著名的东方女明星怎么活脱是个逃学的孩子？”

我曾写过一篇文章，谈到她那出奇大的书包。那里面总是装着她正在读的书。她读书兴趣广泛，从文学到社会学，再到心理学，一切。当然她最爱的是文学，那是她能写一手好散文的缘由。她也写散文诗，非常敏感细腻的诗句。她最让我嫉妒的是她读书的速度，她可以一夜读完两百多页的一本书。有时她在早上九点来个电话：“昨晚又失眠了，不过我把××读完了。”我想，这人读书像她吃饭一样又快又猛，毫不斯文，尽管诗和散文写得都十分斯文。有时跟我谈话时冒出的感受也是极诗意的。有次我跟她开玩笑说：“哎，陈冲，你知道你这人的组成结构吗？你是半肚子诗，半肚子食！”

她听后哈哈地笑起来，说：“你写我的传记里没有这两句！可惜可惜！”

说到我今年写讫的《陈冲前传》，使我对她的了解更深一层。幸运的是我在写作过程中，她碰巧在旧金山拍摄《金门》，我和她隔三差五地碰面，有时就在她的摄制现场闲聊。写到不明白之处，我会马上跑去找她，带个小录音机，来一番问答。她十分配合，总是有问必答。有时还会给自己下一番过分的结论，诸如，“我这人不雅致，从小就是个粗俗的孩子”。

我说：“胡说八道——假小子性格怎么能叫粗俗！”

她说：“反正我不是个娴雅的女孩，现在也不是！”

我只得放弃争论。

《陈冲前传》写作的顺利跟陈冲的合作有很大关系。她的直率、坦诚，使我不用费任何气力去掏真话，我们的问答也从不必兜圈子。有时她把心底最秘密的话也告诉我，说：“人都有罪恶的一闪念嘛！”但我认为一闪念不能代表一个人的本质；对于陈冲的本质，我自认为是看得很清楚的，那就是对事业的执着，对朋友的诚恳，对文学、艺术的着迷，对好吃的东西的狂爱。

这次她从英国给我写的两封信中，提到的事都离不开她正读的书、她看过的一部好电影，以及她吃过的一些新奇东西。

回旧金山第二天，她便对我说：“有一部很棒的意大利电影，我们去看吧！”

我立刻说：“好啊！”她推荐的小说和电影很少使我失望。

我们去了，电影果真棒得不得了。我出了电影院被打动得神魂颠倒，直抽冷气。她也还没出戏，因此找不到她停车的位置了。找到车，她胡乱开一阵才想起该去哪里。

一路上我们都在谈论这部电影，谈它的立意、导演手段、演员的表演……她又是那样：眼里闪着孩子似的认真，就像她十八岁时谈起卡夫卡。我想，我真的喜爱这个朋友。或许我著的这本《陈冲前传》中，倾注了我对她的喜爱，抑或是偏爱，因此它不尽然是客观的。但我不管。

谭恩美的中国情结

家是千好万好的，尤其是节日前的家。谭恩美（Amy Tan）在感恩节前夕匆匆结束了旅途，踏进这座在旧金山的冬日尤其显得温暖的家。自一九八七年《喜福会》出版之后，她总是颠沛在旅途上，按出版者和经纪者的要求为她的新作巡回介绍，与读者见面。这次还是如愿在感恩节同丈夫、母亲、弟弟，以及亲近的朋友们在自己的家团聚了。节前的时间仅够她对环境做最后的装点和准备食品、饮料。有十几位客人要来。这座维多利亚式的房子不久前完成了内部装饰：浅棕色或暗橙色的墙壁，似乎都是金色调。那色调让进入此地的人都感到了女主人在她每部作品中体现的热情与浪漫，和一层隐隐的躁动不安。

看着自己的母亲、丈夫和弟弟一家同坐在一张餐桌上，谭恩美的童年、少年和成年都在这里了。她是出生在奥克兰的成千上万的中国孩子之一。同那些孩子一样，她也一度有过无所归属的痛苦。童年的恩美（大家叫她Amy）时而想：不知怎么回事我生在一个错误的家庭里了，我大概误入歧途，跑到这个中国人的家里来了。美国社会被称为“大容器”（Melting Pot），对各民族文化的溶解之迅速和彻底使恩美选择美国的生活方式：“我们吃汉堡和苹果派，企图使我们的中国特征消失。好像有这些不同特征是一种耻辱。那是一种自我憎恶。”也像其他落生在美国的中国女孩一样，她也对自己的东方形象感到疑虑，似乎这是她被这块国土接受的致命的一个障碍。在她那些不成熟的年岁中，她甚至想到去做整容手术，使自己成为美国芸芸众生中不可区分的一员。每个少年人都害怕与群体中的少数站在一起，年轻时代的恩美，作为一个有文学潜质和异常敏感的女孩，更是加倍体验了这种青春期心理特征。

她后来把她与母亲的冲突变成了《喜福会》和《灶王爷的妻子》两部成功小说的情感焦点。母亲此时穿着女儿为她设计的黑丝绒外套和裙子，正安享这阖家团聚的感恩节晚餐。她曾经那么执着地要将恩美培养成她心目中的成功者：一个神经外科大夫，或一个钢琴独奏家。而恩美从小就想成为一个作家，在八岁时获得了作文竞赛大奖，此后便不断地为自己或朋友编写各种童话故事。母亲竭力用中国传统影响女儿，而女儿却渴望走出唐人街，走出母亲心目中的中国模式。在恩美十五岁那年，她那位工程师的父亲去世了。不久，哥哥也被同样的脑瘤夺走生命。那是母亲和恩美最黯淡的年月。为了摆脱病魔在这个家庭中的继续纠缠，母亲带着恩美和弟弟远走瑞典。此后恩美和母亲在意愿和志向上的矛盾愈来愈外化了，有一次母女俩竟有整六个月中断了对话。恩美成了作家后对人说：“那时我母亲已确信她没有我这个女儿了，我也确信我跟她两不相干。”

充满文化矛盾的母女关系造成了那样一种独特的爱：爱有多深

痛苦就有多深。一个情结形成了。恩美后来在《喜福会》和《灶王爷的妻子》两部长篇小说中，都是围绕母亲和女儿的冲突，给此情结以最形象的注解。她以第一部书中的四对母女，第二部书中的一对母女来象征一种新生体从母体剥离，又在另一高度上和另一层认识中回归母体的过程。后者，已不完全是同一母体，而是一个人情感的祖国。一九八六年，当恩美和丈夫路第一次回到中国时，她感到自己人格的完善。“当我的脚触到中国的土地时，我顿时变成了中国人。我知道自己从来不完全是个中国人，我却总是感到那种联系。而一刹那我有一种完整的感受。就像拥有父亲和母亲，我拥有中国和美国，因此一切都归于完整了。”

她在这次旅行中找到了和母亲失散了三十多年的两个姐姐，她们是母亲第一次婚姻留下的。因此那个“完整”，也具有实质的意义。

餐桌上恩美的丈夫路·德马太坐在右侧。他和恩美是大学开始相爱的。在恩美不从母志以语言学硕士完成学业后，他们开始了美满的婚姻生活。路是个税务律师，个性沉稳可靠，长久以来是恩美最坚稳的情感支撑。他的意大利血统似乎从不影响他对恩美的理解。他理解恩美时起时伏的感情和情绪，理解她生存于创作时空与现实时空的两重自我，理解她丰富的同情心。她的文学编辑患了癌症，她不断流泪了几天后，决定为编辑租下一栋三面环窗的公寓，让她总能看见纽约的日出日落，静静度过她病痛的时日。路理解恩美一次次去中国旅行。最后一次是为中国被弃婴儿募捐。它虽然不是一次顺利和成功的旅行，路却仍是百分之百地理解和支持她。他理解她那些不大众化的举动，比如，在今晚的晚会上肩上始终挎一只小型黑色尼龙旅行包。有的客人刚进门诧异，问她背着行李是否要出门。她回答包里装的是只十个月的小狗——她怕人来人往纷乱的脚步会伤了它，也怕它见不惯那么多客人而紧张，那样把它背在身上它会感到安全。路对妻子全部理解。

坐在对面的是恩美的弟弟。他常常想到恩美同他一同度过的童年。她一直是个富有同情心的人，有一度去为残疾孩子工作；对于稍弱的人和动物，恩美永远会给予同情和帮助。她也慷慨，经她介绍给自己经纪人从而开始文学生涯的作家已经不知多少位了。

靠门的一边坐着摄影师。几乎恩美所有被刊出的相片都出于他的手。他看着这个始终年轻的女作家，身材略显单薄却全是意志和力量。他始终在捕捉她的一瞥眼神一抹微笑；如同她小说中幽默机智的行文一样，她在日常生活中也常有独特的表达。她在讲她打算写的本世纪初中国移民生活的小说时说："如果一个人有那种生活在想象中的奢侈，并且人家还付钱给你去进行这种奢侈，干吗不去享用它，去创造更不同于现实的东西呢？"

当人问到恩美："你和你母亲现在的关系怎样？"

她回答："我的书出来后，她就跑到各个书店去看，是否有卖，要是她看见那家书店没卖我的书，她就把人家训一顿。"她说到此出声地笑起来。

客要散了，路轻声问妻子，是否要他开车送母亲回去。恩美说："她愿意留下来也行。愿意走就送她。反正尊重她的意愿吧。"

是否是这样的完整：以叛逆开端，以顺随和尊重结尾？

邬君梅与《枕边书》

每个艺术家似乎都有自己的一个“变法”时期，就是他（她）长期对自我、对艺术的求索，他（她）的思考和实践的积累突然出现了一个不期然的转折，或说一个质的变化：“众里寻他千百度，蓦然回首，那人却在灯火阑珊处。”辛弃疾的几句词，道破了艺术创作，甚至是人格发展的这个奇特现象。邬君梅就把她在《枕边书》的演出，看成她电影生涯的这样一个里程碑。

邬君梅觉得在这部片子里，导演彼得·格林那威把她挖掘得相当彻底。在全片拍摄结束后，她对彼得说：“我感到精疲力竭。我被完全地消耗了。”她庆幸下一部片子《宋家皇朝》的开拍与《枕边书》的杀青之间仅隔四天，“否则我很可能会进入一种严重的精神压抑状态。因为我身上的每一个细胞都变成了蔡子（女主人公）。”

一九九六年的戛纳影展上，《枕边书》获得了“一种注目（Certain Regard）”奖项。此片以它惊世骇俗的对于人体的展示与探索使邬君梅被西方媒体认为是“好莱坞近两年来最受关注的亚裔女星”。此后邬君梅听到人们对她的风传：“邬君梅在《枕边书》里暴露得浑身连一根纤维也没有！”她以她颇有名气的哈哈大笑来回答：“其实也没那么邪乎！没那么裸！”她接下去用彼得的话纠正道：“不是暴露，是裸体；裸体是种艺术形式的人体。”对于裸体与暴露的区分，是文野之分，是趣味高下之分，亦是审美官能和生理官能之分。她说：“在看罗丹雕塑的人体时，你绝不会产生邪念的，并且也不会对他的人体模特儿想入非非。因为人体已经变成艺术家创作的工具，已不再是肉体了。”

但她并不是一开始就有这样的认识。出身于电影家庭的邬君梅从中学时代就开始拍电影，对于裸体，她却始终持保守态度。她说：“可能是因为我的中国传统教育，我一直拒绝拍有裸体要求的戏。”当彼得·格林那威邀请她出演蔡子时，她感到荣耀。因为彼得在电影界一直是最有个性的导演，虽然并不是创票房纪录的成功者，但他的作品一向被艺术界和知识界看作实验性和纯艺术的。经他发掘的演员后来都被证实为优秀的演员。但邬君梅几乎要谢绝这位电影大师的青睐。她对他说：“假如你要让我演，你就得把那些裸体戏删除掉。”这当然是不可能的。《枕边书》是一部根据日本文学经典小说改编的电影，其中生、死、性、爱都是通过在人体上的书写来表达的。也就是人体是整部故事最深层次的语言，是语言之核。

彼得只是劝邬君梅通读剧本，并且要反复地读。邬君梅照办了。开始，她仅是遵照导演的意志去读。渐渐地，她感到她有了不断阅读它的冲动。她说：“这是一部很美的剧本，它既是极其的文学化，又十分有视觉感。我渐渐融进了它，它也逐渐融进了我。八个月时间，我就是反反复复在读这剧本，简直对它着迷了。到最后，我觉得我如果不去演女主人公，反而不正常不自然了。因为她在我心里已成熟了。我就对彼得说：‘我准备好了。’”

邬君梅总认为自己“傻人有傻福”。还在高中时期，就被《末代皇帝》的导演贝托鲁齐选中，去演皇妃李文绣一角。从那以后，她又演了大大小小七八个角色，有配角，也有主角，有的也演得得心应手，但与《枕边书》中的蔡子相比，她认为那些角色都是一系列铺路石，是一场独奏的一场场预演或练习曲。作为一个女演员，她不认为自己有惊人的美貌，仅仅是“还过得去”，这反而使她立志去探索表演，追求丰富。不依赖青春和美貌反而使她自信，她说：“我的表演生涯一定会长寿的。西方最成功的明星大多是三十岁以上的，那种人格的丰满多有魅力啊，跟他们比比，那些青春美貌的小姑娘小伙子有什么看头！”她自信自己将成为一个演技派的演员。

邬君梅的自信还来自她的人生观念。她说：“我首先是要做人，其次做女人，再次做演员。我不相信做演员必须放弃做个正常人、正常女人的乐趣。并不是非要经历极端的痛苦才能表现痛苦。假如你去踏踏实实做人了，那么你才能有人的各种层次、各种侧面，人的酸甜苦辣。并不是演戏的时候，一个演员才能丰富自己；平常做人，吃饭睡觉读书，与人交往，生活本身就在丰富你、提高你。”她常常对人提起英国女演员艾玛·汤普逊的一句话：“不工作是非常重要的。”

邬君梅至今仍怀念《枕边书》剧组的创作气氛。尤其是导演彼得·格林那威，他以自己的艺术想法和激情把所有人的创作欲都充分调动出来了。他要求某个画面要像林布兰的画，或要求某处用光

"要使皮肤发出琥珀的光泽"……在这样出神入化的艺术境界中，邬君梅最初对裸体的不适很快消除了，她只感到自己已成了导演手中的雕塑泥，她以自己的内在去配合导演完成一尊雕塑。她对笔者说："那真是一个最理想的创作环境！导演不断从我的表演和我的个性中得到灵感，去修正自己心目中尚未成形的女主人公。本来女主人公是个日本人，他根据我的气质把她改成了日本和中国的混血。又因为我的上海背景，他把蔡子父母的相遇地点改成了上海。其实我并不是个典型的东方女性，不声不响的，彼得被我的幽默感逗乐了，而且不断在我身上得到新的启发。"据说彼得一贯和演员保持距离，但他和他的女主人公却相处得非常融洽。

当笔者谈到好莱坞以及西方在中国女性身上希冀的那种病恹恹、古老玩偶式的美，使西方银幕上的中国女性相当落俗套，包括化妆和服饰，他们都以想当然的模式来处理，这种对东方女性不求甚解的认识，是否在彼得那里得到纠正。邬君梅说："因为这部作品并非写实，应该算作抽象或说超验的，他对这个女主人公的塑造，当然也就在相当程度上是写意的。"她再次强调，"彼得是个绝不随大流的导演。"

邬君梅对《宋家皇朝》的删减感到遗憾。她说正是因为那几场戏，她才同意去扮演宋美龄的，可现在把这几场戏删去了。她说："一般情况下，自己的戏被删总是不开心的嘛！哪个演员愿意自己得意的一些戏被删掉呢？"

不过邬君梅很少有想不开的事。若有，她对朋友回肠荡气地大笑一通，自信和从容就又回来了。她很喜欢"随缘"这两个字，演戏、做妻子、将来做母亲，她认为都是有种缘分在主导，所以不必太刻意追求。她说："我也很喜欢不拍片的生活，看看佛书，也读读林语堂、张爱玲——我的这些素质和我妈妈很有关系。她总是让我自由选择自己的爱好、自己的生活。我那样大大咧咧、丢东忘西，她也只摇头微笑，苛责和惯使都在其中了，却表现得那么有节制，那样含蓄。”

邬君梅的自信和从容多半是从母亲的爱与支持中来的。她常说：“我要做个完整的女人，就像我妈妈那样的女人，她有一种平衡，使做女明星、做女人、做母亲全都和谐地成为一体，不矛盾。那是一个女人一生所能期望的最大成就。”

— THE END —

严歌苓 | 作家，编剧

1958年生于上海
曾为部队文工团舞蹈演员、战地记者
1988年入美国哥伦比亚艺术学院，获艺术硕士及写作MFA学位
现旅居柏林

代表作品

长篇小说
《寄居者》《老师好美》《床畔》《妈阁是座城》《补玉山居》
《陆犯焉识》《金陵十三钗》《赴宴者》《小姨多鹤》《第九个寡妇》
《雌性的草地》《一个女人的史诗》《无出路咖啡馆》《心理医生在吗》
《扶桑》《霜降》《芳华》

中短篇小说自选集
《吴川是个黄女孩》《少女小渔》《天浴》《白蛇》《穗子》

散文集
《波西米亚楼》

波西米亚楼

产品经理 | 常怡君　　装帧设计 | 朱镜霖
技术编辑 | 顾逸飞　　责任印制 | 刘　淼
产品统筹 | 陈　曦　　策 划 人 | 路金波

图书在版编目（CIP）数据

波西米亚楼 / (美) 严歌苓著. -- 天津 : 天津人民出版社, 2018.9

ISBN 978-7-201-13861-9

Ⅰ. ①波… Ⅱ. ①严… Ⅲ. ①散文集－美国－现代 Ⅳ. ①I712.65

中国版本图书馆CIP数据核字(2018)第161739号

波西米亚楼

BOXIMIYAN LOU

出　　版　天津人民出版社
出 版 人　黄　沛
地　　址　天津市和平区西康路35号康岳大厦
邮政编码　300051
邮购电话　022-23332469
网　　址　http://www.tjrmcbs.com
电子信箱　tjrmcbs@126.com

责任编辑　张　璐
产品经理　常怡君
装帧设计　朱镜霖

制版印刷　河北鹏润印刷有限公司
经　　销　新华书店
　　　　　果麦文化传媒股份有限公司
开　　本　880×1230毫米　1/32
印　　张　9.5
印　　数　1-7, 000
字　　数　220千
版次印次　2018年9月第1版　2018年9月第1次印刷
定　　价　45.00元
